新时代文学晋旅　山西中青年实力作家中篇小说代表作

邢利民　李骏虎＿主编

微醺时各怀心事

WEIXUN SHI GE HUAI XINSHI

吕魁　著

山西出版传媒集团　北岳文艺出版社

·大原·

图书在版编目(CIP)数据

微醺时各怀心事 / 吕魁著 . —太原 : 北岳文艺出版社, 2024.5

("新时代文学晋旅":山西中青年实力作家中篇小说代表作 / 邢利民,李骏虎主编)

ISBN 978-7-5378-6860-0

Ⅰ.①微… Ⅱ.①吕… Ⅲ.①中篇小说—小说集—中国—当代 Ⅳ.①I247.5

中国国家版本馆 CIP 数据核字(2024)第 085596 号

微醺时各怀心事

吕魁 著

//

出 品 人 郭文礼	出版发行:山西出版传媒集团·北岳文艺出版社 地址:山西省太原市并州南路 57 号 邮编:030012
选题策划 高海霞	电话:0351-5628696(发行部) 0351-5628688(总编室) 传真:0351-5628680 印刷装订:山西万佳印业有限公司
责任编辑 高海霞	
	开本:787 mm×1092mm 1/16
装帧设计 张永文	字数:219 千字 印张:15.25 版次:2024 年 5 月第 1 版 印次:2024 年 5 月山西第 1 次印刷
印装监制 郭 勇	书号:ISBN 978-7-5378-6860-0 定价:70.00 元

目　录

我略知她一二

一

风风火火赶往机场，被告知航班因故延误，那让人抓狂的感觉就像热血沸腾的十七岁少年，横刀立马，只差最后一哆嗦就能睡到身下女神，如野猫般性感诱人的小姐姐却虚晃一枪，翻身躲开，笑吟吟说，别急，让我们慢慢来。

回复工作邮件，上洗手间，翻看毫无营养的畅销书，吞咽昂贵且难吃得要命的机场餐……我把在候机区能想到的消磨时间的事儿都做了个遍，竟然还要半个小时才能登机。四周无论男女老少，都在玩手机，我当然不会例外，找了个空位坐了下来，成为他们中的一员。

也就几分钟没看，拇指松开，朋友圈又蹦出十余条未读信息，连刷几条，不是晒娃晒狗，就是微商广告。我快速滑动屏幕，直到看见赵艺萌的头像才停了下来。

十几个小时前，赵艺萌发了两张她身穿黄色比基尼，前凸后翘，站在银色沙滩上的养眼照。而此刻她又更新一组，点击放大其中一张，画面中的赵艺萌头戴鸡蛋花，白色长裙，一脸岁月静好的模样。再点开一张，画风突变，穿着吊带热裤夹脚拖鞋的赵艺萌背靠一座凉亭，她手握一罐啤酒，长腿逼人，酥胸微露，笑容慵懒却不失性感。

饱过眼福，我才注意到配图文字：有一座小城这些年一直放在心底深处惦记着，让我身未动，心已远。清迈，泰北玫瑰，邓丽君歌中那座有故事的小城，我来了。

赵艺萌真是越长越逆龄，还是那么胸大腿长，人美气质佳。单看这组极富小清新的清凉美照，很难想到她已年过三十，是一个四岁小男孩的单身母亲。

我在她照片下留言：《小城故事》唱的是泰国清迈？我一直以为是台湾的某座小城。

评论写好刚发出去，赵艺萌就秒回了我，哈哈，土了吧，你不会还没来过清迈吧？这里风景美得不像话，有机会带着你的女朋友来玩吧。我可以给你们推荐酒店。

我没接她的话，想了下，回复她：别总忙着环游世界，追逐心中的诗和远方。再回国路过北京有机会一起吃顿饭，聊聊天，见一见还在为眼前生活苟且的我。我们这都多少年没见了？

赵艺萌没有答应，也没有立刻拒绝我。她回了一串微笑的表情符号，别无他言。

赵艺萌是我的高中小师妹，低我两届。高考前夕，班里男生疯传高一有个小女生笑起来很像台湾女明星徐若瑄。我依稀记得，初次见到赵艺萌是在学校操场，盛夏黄昏，我刚踢赢一场球赛，在树荫下气喘吁吁大口喝水时，身旁原本散落的球友们忽然间三两聚集，低声交谈，目光却向同一个方向飘去。我顺着他们看的方向望去，穿着白色T恤、扎着马尾辫的赵艺萌，从有光的地方朝我走来。

身旁的人告我说，她就是新一届校花小徐若瑄，听闻此言，我也就留意多看了两眼。赵艺萌像是已经习惯，似乎还有些享受走在校园里被男生们注视。她高昂着头，面带笑容，不避讳任何人投来的目光，像只饱食后的小鹿，走得轻盈欢快。我没看出赵艺萌和徐若瑄有多么像，甚至并不觉得她长得有多么好看，不过她高耸挺拔的胸部倒是给少年时的我留下无法磨灭的印象。

而再美的女孩、再挺的胸部也敌不过高考前的兵荒马乱，疲于应考的我没有时间也没有精力勾搭包括赵艺萌在内的好看女生。我和赵艺萌搭上话，彼此相识已是一年后，大一那年的国庆节回了趟家，和几个哥们儿在夜市喝酒吃完烧烤，在去往网吧的路上，途经一家KTV门口，遇到五六个女生，前面的两个是我高中同班同学，其中一个高个子女生我还和她短暂坐过几周同桌。她们俩高考都落了榜，高个女生在本地一所大专学财务会计，另一个则去了亲戚当经理的药材公司跑起了销售。看到我，她们俩显得异常兴奋开心，一边一个拽住我胳膊，闹着非要我请客。

高个女生对我说，马山，你请我们唱歌，我介绍美女给你认识。说着，就把她身后的赵艺萌推到我面前。

和我初次遇到相比，赵艺萌又漂亮了许多。确切说，是学会穿衣打扮，扬长避短，发育更成熟了。

我伸出手说，你好啊！赵艺萌！

我再简单不过的问好引得众人意外，穿着黑色吊带背心，牛仔超短裙的赵艺萌仔细地看了看我，颇为诧异地说：你好，我们认识吗？

至少我认识你，我们这一届男生没几个不知道你的，三中小徐若瑄。一旁的几个哥们儿纷纷点头，随声附和我。

赵艺萌愣了神，随即用手背遮住嘴，身子向后仰，咯咯笑个不停。

听我这么说，那俩女同学更是起劲，说今天这客你不请也得请。转身向服务生要了最大的包房，点了一大堆小吃和冰镇啤酒。

那天晚上，我所在的小城下了21世纪的第一场秋雨。那年代在KTV里男生爱唱任贤齐、周华健，女生会点王菲、范晓萱。我忘了赵艺萌那一晚唱了辛晓琪还是许茹芸的歌，反正曲调悲伤，歌词哀怨，与欢快的气氛格格不入。我吼了几首摇滚乐，喝了不少冰啤酒，酒过三巡，透过疯狂玩闹的人群，我注意到沙发那一端的赵艺萌频繁看表，神情焦虑，看样子随时会走。于是我借着酒劲走了过去，坐到她身边，没聊几句就要走了她的

QQ号码。

也就是从那个晚上开始，随着科技的发展，时代的进步，我与赵艺萌从QQ聊到短信，从短信聊到MSN（一般指MSN Messenger。MSN Messenger是微软旗下即时通信软件），又从MSN聊到微信。从高中女生赵艺萌，聊到女大学生赵艺萌，再聊到某广告公司公关策划经理赵艺萌。有阵子我们每天都聊，也有过三五个月甚至一年没有联系。但只要聊开了，我和她就没有什么不能聊的。我股市亏了多少钱，伤了哪个姑娘的心，她如何被猥琐上司"吃豆腐"，交往到劈腿闺蜜的人渣男友等个人隐私，都会在每个暧昧潮湿的午夜向彼此袒露心扉。这十几年来，我相继追看过赵艺萌的QQ空间、博客、校内网、微博、朋友圈上的每一张照片，不遗余力地跟帖夸赞过她的美，同时也意淫过她无数次，却自始至终没有和她成为情侣，更没有和她真刀真枪做过爱。

我与赵艺萌相识至今已有小二十年，算起来，我们俩总共见过不到十次，平均每两年才见一面。我读大学期间，除了寒暑假回家能约赵艺萌吃顿饭，见一面，更多时候我和她只通过网络聊天。赵艺萌考到杭州读大学后，数次邀请我去玩。我答应她一定会去，可因为种种琐事屡屡爽约，没有兑现。

直到大四下学期，我和当时的女友从北京坐绿皮车到苏杭穷游，算是毕业旅行。得知我要来，赵艺萌在QQ上表现得分外热情，她留言说她给我规划好了游玩线路，还要在西湖边请我吃正宗的杭帮菜。可我并没有告诉她我携女友同行。

离开杭州的前一天，女友在当地的远房表亲设家宴款待我们。我知道这是此行我唯一能和赵艺萌见面的机会，编了个很烂的借口推脱不去，好在女友也没起疑心，放了我半天假，独自前去赴约。

赵艺萌约我在南山路一家咖啡馆见面，在等她出现之前，我竟有婚内出轨偷情般的刺激感，连着抽了几支烟都抑制不住心中兴奋之情。为了见我，赵艺萌显然是做了精心打扮，她穿了身红色及膝短裙，齐肩卷发，妆容精致，同色系的高跟鞋使她原本就足以诱人的美腿显得更加修长。赵艺萌端庄地坐到我对面，小口嘬着热摩卡，我问一句，她回一句，不时冲我笑。我们俩在网上聊得热络，真面对面坐到一起，像是知道接下来会发生点儿什么似的，彼此都带点儿尴尬。

这是干吗啊，咱俩怎么像网友见面一样拘谨啊。我只是客观描述，并没刻意活跃气氛，而对座的赵艺萌听到我这么说，笑得花枝乱颤。她一笑得用力，过于饱满的胸部就跟着上下剧烈颤抖，弄得我都不知道眼睛该看哪里。

黑咖啡续到第三杯，我才来了状态，觍着脸吹起了牛，讲着网上看到的各类段子逗赵艺萌开心。赵艺萌也渐渐放松下来，她双脚交叉，单手托腮，边听我以过来人的身份讲着大学生活遇到的种种奇葩事，边用调羹一圈圈地搅拌着早已凉掉糊成一团的奶昔。

那天下午，赵艺萌兴致颇高地带着我爬了雷峰塔，参观了极具文艺色彩的中国美术学院。在一条里弄深处，极其偏僻的小馆子里，她请我吃了顿据说只有老杭州人才知道的正宗杭帮菜。从赵艺萌对杭州的熟悉和喜爱程度，一点儿也看不出来她在这座城市待了不到两年。

夕阳西下，我和赵艺萌肩并肩，沿着西湖漫无目的地走着。赵艺萌边走边给我讲解着西湖十大美景。或许是她穿的那条红色裙子过于好看，或许是湖边晚风撩拨心弦，我只看到她的两片嘴唇在上下翻飞，至于她说了些什么，喝了两瓶啤酒的我压根儿听不见。赵艺萌那凹凸有致的身材，好闻的发香让我忽然有了拥她入怀、吻她双唇的冲动。

我有意向她靠近，先用指尖触碰了她的指尖，看她并不闪躲，就用小指去勾她的小指。赵艺萌愣了下，停住脚步，看了眼已被我攥在掌心的手，与我四目相对，大方地笑了。得到赵艺萌的默许，我的色胆更大了，走到一片幽静处，我伸手试图去搂她的腰。这个越界的举动赵艺萌没再让我得逞，她闪了下身，打掉我的手，假装嗔怒地说，哎呀，痒。说完，她侧着头冲我眨了眨眼，主动牵起我的手，与我十指相扣，像什么也没有发生，继续前行。

在太子湾的一块草坪上，我靠着一棵柳树抽烟，赵艺萌脱掉高跟鞋，光脚坐在草地上，环抱双膝。我们俩有一搭没一搭地闲聊，聊着聊着，赵艺萌和我说起她的童年以及她对未来的憧憬。

我爸活着的时候倒还好，我们家算不上富裕，但十天半月一家人还能去饭馆吃一顿好的。我爸一走，就像木屋抽走房梁，我们家立刻就垮了。家里没了经济收入不说，还要还给我爸治病欠下的几十万债。说是债主，其实都是些远房亲戚，他们三天两头来要钱，拿不到钱就搬洗衣机、冰箱。为了还债，家里能卖的几乎全卖光了，到最后甚至连住了不到两年的新房也抵了，我妈带着我和我姐又搬回到只有十五平方米的城郊老宅。

小时候看到一起玩的女孩只要对着爸爸一撒娇，就能得到想要的玩具，我站在角落里看着她们邀宠的样子，说不羡慕是假的。你知道吗，我曾三年没有添过一件新衣服，都是我妈不能穿的给我姐，我姐穿小了的给我，我再拿着洗旧的衣服，按照当季最流行的款式，剪个下摆，缝个亮片什么的再穿到身上就像是新衣服一样。等我读了高中，我妈嫁给了我继父，我姐大学毕业工作了，欠的债差不多还清了，日子才有了好转。

所以我从小没有安全感，是因为我真的是穷怕了，不知道你有没有穷过，人一穷，连最基本的安全感都没有，想得最多的都是最世俗、最琐碎的事情，什么爱情啊，未来啊，都成了奢侈品。也不怕你笑话，初中时看到别的女同学穿好看的裙子，吃着我从来没见过的外国零食，我就写日记暗自发誓，等我长大我要赚花不完的钱，买最漂亮的裙子，所以我一秒钟也不敢停下来。高中时我拼命学习，每次考试，只有考到前三名我才会有安全感。现在到了大学，我报了法语班，考了导游证，每周做四份兼职，不放过任何一次实习机会。可我渐渐发现，有些事是命中注定的，这世界上很多事情不是你努力就会有好的结果。但这也无所谓，至少我还能靠嫁人改变我的命运，我早就想好了，只要能让我和我家人过得好，哪怕让我嫁个又老又丑的老男人，哪怕他不够爱我，只要他有钱并且愿意给我花我都会毫不犹豫嫁给他。不过还好，我爸妈把我和我姐生得都不算难看，这真是不幸中的万幸，否则我就真的万劫不复，没有改变命运的本钱了。

赵艺萌真是把我当作可以交心的蓝颜知己了。她像是独幕剧表演者，整整一个小时，都是她一人自顾自地在那追忆着少女时期对父爱的渴望，以及对有钱的安稳生活的向往。

不管赵艺萌说什么，不远处的我都用"嗯""哦""是吗""这样子"等语助词回应她。赵艺萌还想说些什么，却突然停了下来，她察觉出了我的敷衍，朝我翻了个白眼，表情不悦地说，你在干吗啊？真没劲。然后她将拿在手中的空矿泉水瓶神经质般捏得啪啪作响，望着前方的湖面晃神，好长时间不发一语。

而赵艺萌并不知道，我之所以心不在焉，是因为只要春风一起，从我站的位置看过去，很容易看到她那随风飘荡的裙摆下，极具诱惑的大腿和若隐若现的红色内裤。这乍泄的春光让我不得不精虫上脑，以至于全程她讲她的，我满脑子想的都是待会儿怎么骗她带她去开房，上哪儿去买避孕套，该怎样对女友撒谎说晚回去一会儿女友是否会相信等一系列围绕着一定要把赵艺萌睡了的各种细节问题。

恼人的是，箭在弦上之际，女友神准到可怕的第六感又一次开启。她不间断地给我打着电话，一通挂断，一通立即响起，上衣口袋里不停震动的手机，敲的原本就不安的我更加心虚。一场突如其来的大雨则彻底浇灭了我的欲火，赵艺萌也似乎发现了我的不轨企图，她不知是为了躲雨还是躲我，慌慌张张，甚至可以说是狼狈不堪地跃上一辆公交车，匆忙得都没来得及与我告别。

二

再次见到赵艺萌已是两年后的初夏，这一回轮到她大学毕业旅行。在MSN上，她留言说她会和她的男朋友，那个家里有两间鞋厂的福建泉州富二代一同来北京玩两天，再从北京转机去冲绳看樱花。

据赵艺萌介绍，她的福建男友在美国读的小学，十来岁和友人结伴逛遍欧洲，中国也去过不少地方，可就是没来过北京。

Jim（吉姆）对中国历史很感兴趣，你要刚好工作不忙，带他看些历史景点，领略下我们泱泱大国的帝都神韵。

那时我在一家地产公司已经做到项目经理，尽管还是北漂，可毕竟有了点儿积蓄，手头也就宽裕了些。赵艺萌到北京那两天刚好是周休，我开着租来的车载着赵艺萌和她精瘦的男友穿行在雾霾中的三环上，陪他们俩白天爬长城、逛故宫、漫步颐和园，晚上在后海边喝啤酒、去全聚德品尝烤鸭。

我知道，赵艺萌来过北京不止一次，可她如同敬业的演员，始终保持亢奋状，表现出看什么都新鲜的样子。每到一处，赵艺萌近乎夸张般大呼小叫，或紧紧钩着男友的手臂，或从背后搂住男友的脖子，挥着手，嚷嚷着要我给她们拍情侣照。反倒是赵艺萌的男友兴致不高，一路玩下来更像是陪她开心，应付差事，哈欠不断，打不起精神来。

对赵艺萌男友我谈不上讨厌，但也喜欢不起来。说是受过美式教育，可我看到更多的还是南方人特有的精明和挑剔。不过他情商颇高，修养也算不错，不吹嘘自己，也不贬低他人，更没有凸显身为美籍华人的优越性。可是从他的只言片语，以及不经意间流露出的不屑眼神中，我还是能看出他对我的戒备，以及对北方人的种种不满。

赵艺萌离开北京前一晚，我安排了极具老北京特色的铜锅涮肉为她和她的华裔男友践行。赵艺萌男友滴酒不沾，先是说从小不吃羊肉，看到爆肚、大肠等内脏又不断皱眉，但问他是不是吃得不习惯，他又挤出笑说挺好吃的，很合口。这哥们儿如梅雨天一样的性格搞得我一点儿脾气也没有。

趁他接电话离席之际，我问赵艺萌，说真的，跟他在一起你受得了吗？

你这问的什么意思啊，赵艺萌把一片沾满芝麻酱的羊肉片塞进嘴里，鼓着腮帮子说，有什么受得了受不了的，我承认他长得虽然不算帅吧，可也看得过去。主要是他很聪明，有才华，他会四国语言你知道吗？还是个极限运动爱好者，热爱冲浪、攀岩、潜水，小提琴也演得不赖……我就喜欢这种有才华的男人。

我看你是喜欢他有钱吧。我给赵艺萌酒杯添满，直言不讳地对她说。赵艺萌不知是没听见还是听见了装傻，她仰起头，将杯中酒一饮而尽，并没作答。

我也喝光了杯中酒说，他对你好吗？

挺好的呀，赵艺萌耸了耸肩，他对我有多好，难道这两天你看不出来吗？

我很想说一点儿都看不出来，话到嘴边，呷了口啤酒又咽回肚中。

对了，来之前你怎么给人家介绍我？他看到你和我这么熟络，难道不怀疑我和你曾经有过什么吗？

听到我的话，赵艺萌像是按了开始键的发条娃娃，咯咯笑个不停。

你笑什么笑，这有什么好笑的。我莫名其妙地望向她。

赵艺萌并不理会我，她笑得双肩颤抖，好半天才迫使自己克制笑意，用力绷着脸说，先说好，我说了你不准生气啊。

我点了点头。

说啊，说你不会生气我再说。

不生气，快说吧。

赵艺萌又笑了两声才说，没来之前Jim是挺警惕你的，主要是我把你形容得太好了。我说你是名牌大学毕业，在一家房地产上市公司做到中层，有房有车有北京户口，就是没有女朋友。

在来的飞机上Jim认真问过我怎么和你认识的，是否和你相恋过。我说没有的事，我和你就是普通朋友，退一步说就算我喜欢你，你也不会看上我的。我这么说，起初Jim还半信半疑，不过这两天下来，Jim说看你穿的衣服、戴的表、开的车，以及你对一些问题的看法，他确定相信你我之间不会有什么啦。

我点了根烟，没有插话，笑着听她说完。

你生气了？赵艺萌隔着桌中央的铜锅，歪着脑袋看向我，你看你，说好你不会生气我才说的啊。

没有啊，我熄灭烟蒂，这有什么好生气的，他说得很对啊。

得了吧，我还不了解你，你这样子就是生气了。赵艺萌噘起嘴说，至于吗，他一个外国人不懂瞎说，我和你这么多年朋友，你什么样我能不清楚吗？

我被赵艺萌着急认真的模样逗笑，伸出手，情不自禁地捏了捏她那在蒸腾雾气下熏得绯红的小脸蛋。手刚收回，Jim就走了进来，赵艺萌背着他冲我吐了吐舌头，然后夹了满满一筷子男友爱吃的蔬菜，若无其事地涮了起来。

从冲绳看樱花回国不出仨月，赵艺萌和华裔男友的爱情也如同樱花凋谢般无疾而终。赵艺萌刚失恋那两天，我总能在后半夜接到她打来的电话，她一开口就能听出来她醉了酒。赵艺萌在电话中反复强调她有多么爱Jim，而他又是那么软弱无情，在其母亲的逼迫下，同她狠心分手。

他说他喜欢短发女孩，我毫不犹豫剪短留了七年的长发；他热爱极限运动，我报名参加攀岩俱乐部。我努力变成他会喜欢的样子，想方设法讨好他，可又有什么用呢，他还是选择和我分手。

我不止一次幻想我和他结婚后的生活，随他一起回到美国，住在好莱坞电影里那种带后花园的联排独栋大别墅。生一男一女两个宝宝，再养一条拉布拉多，周末一家人去海边兜风，或是去奥特莱斯大采购……

他说他妈妈不喜欢我，说因为我是北方女孩，说我个子不够高，说我不够成熟，太孩子气。全都是他妈的鬼扯，我知道，说到底，他妈妈还不是嫌我家境不好，嫌我穷，认定我配不上他儿子，所以才硬要拆散我们，命令他和他们老家的银行行长女儿在一起……

电话那端，用情付诸流水的赵艺萌入戏太深，她时而哭哭啼啼，时而失控歇斯底里，时而又小声抽泣，不发一语。起初我还说些"旧人不去新人不来""告别了错的人，才会与对的人相逢"之类俗套笨拙的话语试图安慰赵艺萌。久而久之，我发现她只不过是在我这儿疗愈情伤，当我是个可以毫无顾忌倾诉伤心事儿的树洞，根本不需要我有所回应，索性将电话搁在一旁，任由她说，直到她在电话那端睡着。

赵艺萌很快就从失恋的阴霾中走了出来，在社交软件上遇到了新的男友，一个在西湖边上开了家创意料理餐厅的台湾同胞。仅我所知，含这任男友在内，赵艺萌在两年内谈了三段恋爱。有关后续几任男友的具体信息赵艺萌没再主动和我说过，我也就不得而知，不过从她间或更新的相册照片来看，她交往的历任男友至少有两个共同点，那就是都比她大且都挺富有，否则不会送路易威登限量款手袋为她庆生，也不会坐头等舱飞到巴厘岛跨年。

仿佛一夜之间，赵艺萌忽然不再热衷于恋爱，生活的重心逐渐转到对事业的追求。大学毕业后，学新闻专业的赵艺萌去了杭州本地的一家时尚消费杂志做美食记者，工作主要内容是去杭州城内各个新开的餐馆试餐，再写一篇千余字软文在当期杂志的美食推荐栏目上发表。这么轻松惬意的工作，她居然说做得无聊不开心，干了一年多跳槽去了家互联网公司，负责媒体公关。再后来，身处两个城市，忙于生计的我们互动越来越少，直到断了联系。

这期间，赵艺萌曾来北京参加过一次会展，在MSN里她给我留言约我见面，却碰巧赶上我在成都出差，遗憾错过。她还给我打过一通电话，说她早已爱上杭州，受够了看房东脸色半夜搬家的漂泊日子。赵艺萌问我们公司在杭州的楼盘最小户型首付需要多少，她说她想在这个如诗如画般的南方城市定居，想有间属于自己的房子。我托了一圈人，费了好大周折，终于帮她争取到她看中的那个楼盘的最低折扣，她却极不靠谱地对我说对不起，说她还没攒够首付的钱，不想在最该奋斗的年纪选择安逸，这么早就安稳下来。

三

北京奥运会那年深冬，在凌晨雪夜的簋街火锅店内，正在陪上司吃夜宵的我接到赵艺萌打来的电话。这之前差不多有一年我和她没了联系。

电话刚一接通，赵艺萌劈头盖脸就说，马山，你知道吗，我和你是这个世界上最熟悉的陌生人。话没说几句，我正纳闷，她就缓缓唱起那首同名歌曲。

当她唱到"我们变成了世上最熟悉的陌生人，今后各自曲折，各自悲哀"时居然呜咽起来。这突如其来的哭声让我不知所措，慌忙问她，你这是怎么了？是喝多了在玩大冒险还是遇到什么事了？

任我怎么追问，赵艺萌就是不作答，她时断时续地唱着，同时夹杂着明显的抽泣声。我不再讲话，在雪地里抽着烟，任由她唱。

一曲唱毕，不等我开口，赵艺萌立刻挂断电话。我再打回去，语音提醒，对方已关机。

翌年初夏，我结束广州的外派回到北京，刚下飞机打开手机，收到一条短信和两个未接来电，都来自赵艺萌。我给她回电过去，电话接通，赵艺萌很平静地告我说，她辞职了，恢复单身也有一阵子。我正要调侃她几句，却听到她说，我要离开杭州回老家，不是探亲，是彻底回去了，找份工作，再随便找个人，结婚生子。这周六我会到北京转车，周五晚上你有没有空见一面。

我知道赵艺萌最爱吃日本料理，也明白她一旦真回到老家，回到那个相较于杭州来说要闭塞落后得多的北方小城很难再吃到正宗的日料，于是就约她在京城颇有名气的居酒屋吃寿司、生鱼片。

到了约定的那一天，我临时有会走不开，赵艺萌提前到了日料店，等了我足有四十分钟。一入座我连忙道歉，赵艺萌嘴角含笑说没关系，能见到你已很开心。

我喝了一大杯冰水，落掉身上一层细汗，才专注欣赏赵艺萌的美。她剪短了头发，修身的黑色小短裙以及小巧精却不失奢华的古驰耳坠都使她看上去成熟了许多。等菜上桌之际，我们俩面对面坐着，各自回复电话处理公事，看上去不像老友相聚，更像是一顿商务会餐。

我点了人均最贵的那一档自助餐，赵艺萌瞟了眼菜单浅笑着问我，请我吃这么奢侈的大餐，是欢迎我来北京，还是欢送我回去？

我为她斟满一杯清酒，什么欢迎欢送的，你难得来趟北京，我当然要好好招待你。

赵艺萌显然对我的回答不满意，她注视着我问，仅此而已？

不然呢？就是老朋友好久不见，一起吃顿饭，叙叙旧。还能有什么？说说吧，这一年多你过得怎么样？

赵艺萌撇撇嘴说，还可以，不好不坏。

我给她餐碟里夹了厚厚一片三文鱼说，这一年多你够神秘的，也不见你更新日志和相册，对你的近况一无所知。

这么关心我啊？赵艺萌偷笑，那你呢，交新女友了吗？

你看我像是有女友的样子吗？

谁知道呢，赵艺萌盯着我看了几秒，摇了摇头说，这些年来你一直是这样子，飘忽不定，让人猜不透。

猜我干吗，我有什么好猜的。

你太不靠谱。赵艺萌一字一句地说，任何一个女孩和你在一起都不会有安全感。

你说得对，这我承认，不靠谱是我唯一的优点。

无赖，赵艺萌被我气笑，拿擦过嘴的湿巾砸我，我没有躲。

气氛莫名其妙就冷了下来。赵艺萌不再讲话，也不吃东西，她像是做好十足准备的面试者般等我发问。其实我是挺想问她今后的打算，从暖风熏得游人醉的西湖边回到北风呼啸的家乡甘心吗？可我也不知道哪里出了问题，我一时卡壳问不出口，索性埋头吃着鲜嫩多汁的烤鳗鱼。有那么几分钟，四周安静地只听得到酒精炉上寿喜锅的沸腾声。

最终还是赵艺萌打破了快要凝结住的空气，她咬着下嘴唇问我，难道你就不好奇我为何下决心要离开杭州吗？

好奇又有什么用，这不都是你已经做决定的事了。

赵艺萌顿了下，扬起头，故作轻松地说：不打算祝福我几句吗？

祝福你什么？哦，是得祝福你。我举起酒杯，祝你今后的人生过得随心所欲，有个好的归宿。祝你好运，赵艺萌。

真够假的，你还不如祝我福如东海，寿比南山。赵艺萌没有与我碰杯，仰起脖子，喝干满满一杯清酒。

那是我同赵艺萌吃过的最别扭的一餐，两个人各怀心事又同时心照不宣，有意避开不去触碰彼此埋藏心底的话，只聊过往。看得出来赵艺萌也有话对我说，好几次她话到嘴边，欲言又止，往嘴里塞了块寿司，前言不搭后语地讲起她当记者时遇到的有趣事情。

结账时赵艺萌对我说，待会儿别急着叫车，我吃得有点儿撑，能不能陪我走走。我犹豫了下说：行，我陪你走一程。

一出餐厅，赵艺萌像是蓄谋已久似的快走了两步追上我，一把跨住我的胳膊。看我没反应，她搂得更紧了，头也顺势靠在我的肩膀上。我有点不自然，她却如同恶作剧得逞了的孩子般坏笑着。那一刻，走在北京夜色中的我和赵艺萌宛如一对情侣。

现在回想，那天晚上只要我想，赵艺萌不会拒绝。可那真是个奇妙之夜，说不上来是为何，有可能是那阵子我熬夜太多过于劳累，有可能是那一餐多喝了两杯清酒上了头，总之当我坐在路边石椅上抽烟，赵艺萌依偎在我怀里，柔声细语问我要不要去她房间喝杯红酒，我没过脑子，脱口而出说，这次就算了，待会送你回酒店后我还得去趟公司处理点儿事情。

话刚说出口，我明显感觉到赵艺萌身子向下一沉，她放开我的手，整个人从我身上抽离出去，双眼死死盯着我，像是用眼神在问我确定吗。

我躲开赵艺萌的目光，转身走到路边，招手拦了半天也没等到一辆空车。那几分钟赵艺萌站在我背后像是锲进了地面，一动不动。风吹乱了她的长发，落寞的表情在路灯的照射下忽明忽暗。

为了掩饰内心的慌张，我没话找话说，你明早几点的车，要不要我送你？

不必了。去忙你的吧。

那好，一路顺风。

终于有车停下，赵艺萌撞开为她开车门的我，迅速钻进车后座，重重摔了车门，头扭向另一侧，又一次没与我告别。

四

那晚过后，除了三年前一次极偶然的巧遇，近些年有关赵艺萌的近况我都是通过她朋友圈里的状态及各类照片推测，或是在酒桌上偶尔听到我和她共同相识的友人谈及她。

回去没几个月，赵艺萌就到母校任低年级的英语老师，一届学生没教完，她就调至市旅游局，负责涉外工作。活儿不累，赚得不少，还经常出国。听说赵艺萌能得到这份美差，完全是靠她那在小城呼风唤雨的老公。

按世俗眼光看，赵艺萌嫁得相当不错，娶了她的，是当地最有名望家族的第三代。那小子我有一定了解，读高中时和他在校队一起踢过几场球。他脚下活儿糙，踢中后卫，肤色黝黑，个高且壮，大伙都叫他黑牛。印象中黑牛球品一般，场上习惯抱怨裁判，输球了会骂骂咧咧，还和对方球员发生过肢体冲突。不过黑牛人倒是大方，也有钱，训练时他给队友成箱成箱地买矿泉水，球踢完无论输赢，他都会请所有队友，十几号人去校外的烤肉店，以赛后总结的名义吃肉聚餐。

黑牛家族的第一桶金始于他的祖父。20世纪80年代初，身为村干部的黑牛爷爷带头承包了村里没人敢要的几个废弃煤矿。也就六七年不到，原本等着看笑话的村民全都傻眼，眼巴巴瞅着黑牛爷爷成了先富起来的那拨人。进入90年代，黑牛的父亲及几位叔伯，农村包围城市，用发往南方的一车又一车煤炭换来的真金白银在市里开起酒店、超市、洗浴中心、海鲜酒楼，整个家族的财富呈几何式爆炸增长，待黑牛从县城转到全区重点中学读高中时，不夸张地说，市区内每两条街就有一家公司是他的家族产业。

黑牛和赵艺萌同届不同班，他刚转学过来没多久，普通话还没说利索就对赵艺萌展开猛烈追求。仅一个学期，黑牛就做过晚自习后在赵艺萌宿舍楼下点一圈心形蜡烛、手捧九百九十九朵玫瑰花送至赵艺萌课桌前等引起全校轰动的土鳖行为。黑牛没有参加高考，他和大多数有钱人家的小孩一样，高中尚未读完就被家人送到英国镀金。

身在大不列颠的黑牛难得痴情仍旧情系赵艺萌，有一阵子我经常能在赵艺萌的校内网、微博上见到黑牛隔着英吉利海峡和八个小时的时差，第一时间在她刚更新的照片下嘘寒问暖，表露爱意。和赵艺萌聊得最频繁的那几个月，一聊黑牛，她就会半抱怨半炫耀地说，真是烦死人了，他真是钱多没处花，天天漂洋过海给我寄东西。我生日他给我给我寄了个卡地亚的表，我不要，他死活要我收下。没过几天又给我寄来古驰新款包，我说太贵了，我收不起。他轻描淡写地说，伦敦那边圣诞节促销买的，才1200磅，划算便宜。

黑牛、赵艺萌的婚礼值得一提，档次之高档，规模之盛大不仅一举成为本市有史以来最奢华的婚礼，甚至以《富二代办奢华婚礼，豪车云集如办车展，千人赴宴席开百桌》为标题登上门户网站的社会版。新闻配图上的黑牛坐在劳斯莱斯幻影里笑得恣意妄行，他身旁一袭白色婚纱的赵艺萌，美得让我有点陌生。

据亲赴现场的同学讲，整场婚宴土豪得令人咋舌，每桌的中华烟、茅台酒不算什么，由各种豪车组成的迎亲车队浩浩荡荡三十多辆，一眼望不到头。担任婚礼司仪的是从北京请来的常在春晚上露脸的某知名相声演员，证婚人则是省级高官。那些平日里在电视上才能看到的歌星竟活生生出现在眼前，站在用几块铁皮板拼凑搭建的临时舞台上，任凭台下宾客们大声喧哗、喝酒划拳，十分敬业地唱着20世纪90年代中期的流行歌曲，给婚礼助兴，为新人送祝福。

赵艺萌最终在众多追求者中选择携手黑牛共度余生，是被他的痴情一片打动，还是其他原因，身为路人的我就不得而知了。我只知道新婚宴尔的赵艺萌日子过得相当滋润，她的朋友圈几乎不再发人生感悟、心灵鸡汤，或是粉色少女系小清新自拍照，取而代之的是豪门阔太的日常生活，傍晚她晒在黄浦江边五星酒店喝的英式下午茶，翌日清晨就更新慵懒于丽江的早午餐，不是在健身房挥汗如雨秀马甲线，就是在草间弥生的作品展上与大师合影留念。至于卡地亚手镯、爱马仕围巾、古驰墨镜等大众眼中的奢侈品，都不过是在她若干照片中一角出现的配饰而已。赵艺萌没有在网络上放过哪怕一张她和黑牛的情侣照，整个朋友圈塑造出的是穿衣有品，物质优渥，追求精神层面愉悦的完美女神。

赵艺萌去香港备孕这事儿，我是在一场同学会上，听当初介绍我们相识的那个高中女同学说的。她也不是说给我一个人听，老同学聚会，除了叙旧，能聊到一起的本来就不多，谈论曾经校花的近况不失为一个好话题。不知是谁先提到赵艺萌，那位女同学迅速接过话茬，抽丝剥茧般向我们极力暗示赵艺萌和黑牛很可能是先上车，后补票，未婚先孕。

他俩结婚也就半年，这宝宝马上就要出生了。有钱人就是不一样，凡事都追求效率。

看听众兴致颇高，女同学越讲越起劲，我断断续续听她说到赵艺萌待产的医院在香港很有名，很多知名女星都是在那家医院生产，坐月子。价格当然不菲，用那位女同学的话来说，在这种私立贵族医院生孩子的钱都够小地方一个普通家庭把小孩供到高中毕业。女同学还说，得知赵艺萌怀的是男孩，黑牛及其家族成员，有奖她名贵跑车的，有奖她北京豪宅的，钻石、名表、奢侈包更是数不胜数。

聊到最后，在座的女人个个羡慕赵艺萌，说她关键是爹妈会生，人长得漂亮，才有好命嫁入豪门，真是人生赢家。男人个个嫉妒黑牛，说他关键是会投，投胎有钱人家，有花不完的美元，才能有美人相伴，能随心所欲去世界各国欣赏美景、吃美食，简直是人生赢家。

又过了几个月，我忘记是在成都还是在大连，只记得那天为了签单，我陪一五十多岁的大叔级客户喝着怎么喝也喝不完的高度白酒。我实在喝不动了，找了个借口跑到洗手间把自己抠吐，然后用冷水浇头，靠在墙上猛吸几口烟提神，迫使自己尽快平缓下来，好恢复状态，重回酒桌再战。

就在这时，赵艺萌在朋友圈发布了她和黑牛的宝宝来到人世的消息，配图是宝宝粉色的小手叠放在赵艺萌的掌心。我盯着这张图看了足有一根烟的时间，酒精上脑，也就顾不了那么多，点开赵艺萌的头像，用醉酒前的最后一丝理智恭祝她喜为人母。赵艺萌很快回复了我她一贯爱用的笑脸表情。我自顾自打了很长一段话，就要点击发送，忽然觉得这样挺没劲的，又逐字逐句删除，改发888.88元给她，算是贺礼。

赵艺萌谢过我说：马山，你书读那么多，还会写小说，给我孩子取个名字吧。我还没答应，她就转给我6666元，附言写着：谢过大作家。

那钱我没要，不过日后我还真翻阅古籍，搜索百度，认真琢磨了几个颇有寓意，且适合男孩的名字告给赵艺萌。至于后来她有没有采纳就不清楚了，时至今日我也不知道她小孩的名字。

五

赵艺萌消失前几个月我意外见过她一面，那也是迄今为止我最后一次见到她。

那是2013年秋季，刚出版新小说集的我在出版社的安排下，接连一周，在长三角多个城市的书店、茶室、咖啡馆进行系列新书读者见面会。上海那场活动安排在淮海路某知名购物中心一楼的城市书店。和我同场的嘉宾有一位写青春校园故事而走红的80后美女作家，她有多部作品改编成影视作品，且都由深受学生党追捧的人气偶像出演，人气自然爆棚。

签名售书环节，美女作家桌前人头攒动，队如长龙，我和另外几位同样没有什么知名度的作家完全被忽略，偶尔前来一两个读者，我们甚至会对其心存感激。这样尴尬了有一刻钟，其间找我合影留念的读者连十个都没有，百无聊赖的我索性低头同上海本地几个友人群聊微信，商量晚点是去寿宁路吃小龙虾还是去衡山路找个酒馆喝一杯，这时，听到近处有悦耳的女声传来：大作家，给我签个名呗。

我抬起头，看到桌前黑色书皮上一只粉嫩的手。我抬头向上看去，尽管硕大的墨镜遮住她三分之二的脸庞，但我确认眼前这位一准是个大美人。她烈焰红唇，胸部壮观到随时能将紧身白衬衣的纽扣绷开，深色暗条纹西装裤下踩着一双跟极细的高跟鞋，显得格外干练。与此同时，灯光下闪闪发亮的钻戒，纤细手腕上做工精致的女士表，以及随意挂在小臂上的爱马仕手袋都在不经意间透露出她的高贵。她的出现引起人群一阵骚动，有那么几秒钟我完全看呆，就连那位美女作家都明显放缓了签字速度，不时侧目看她。

还记得我吗？大作家。她侧身斜靠着桌角，手指敲了敲桌面，近似挑衅般地冲我笑。

我一时无法将眼前这位身材火辣，贵气逼人的大美人与我所认识的任何一位女性朋友联系起来，只好讪笑着问：您好，您是？

她略感失望，轻轻摇了摇头，没想到你还真认不出我了啊。话音刚落，她用两根手指潇洒地取下墨镜，棕色的卷发顺势滑向肩后，露出小巧却不失奢华的香奈儿耳环。

看到她眼睛的那一瞬间，我近乎失态地大叫，我去，怎么会是你？赵艺萌！

我来附近的成衣店取周末晚宴要穿的礼服，碰巧红灯，不偏不倚，我一眼就看到路边巨幅海报上你的宣传照。你可真行，几年不见越写越出名了，什么时候获诺贝尔奖了别不认我这个老朋友啊。

赵艺萌用银质刀叉，动作熟稔地把半熟的Ａ级夏萝莉牛排切成小块，缓慢且不失优雅地放进嘴中，悄无声息地咀嚼着。

这是家欧式建筑物改建成的私家会所，主营法餐。服务生介绍说：这儿当初是民国时期某位知名银行家的官邸，风景绝佳，推开窗就能将暮色中的黄浦江尽收眼底。

没想到我们竟然这样相遇，我吞掉盘中最后一只法式焗蜗牛，故作深沉说，这样戏剧化的桥段只有在狗血的偶像剧里才会出现吧。

这有什么不可能的，就像我朋友圈签名档写的我很喜欢的那句话，"永远相信美好的事情即将发生"，喏，这不就发生了！赵艺萌嘴角上翘，专注地顺着纹理切着牛排，并没有抬头看我。

你怎么会在上海？定居了？

暂时还没有，孩子奶奶常年住这边，她想孙子了，我就带小孩过来住一阵子陪陪她，刚好公司在这边也有点事情需要处理。

聊不了几句，赵艺萌的手机铃声就会响起。我望向别处，作势不去听，她也没刻意避开我，轻描淡写地挂掉一通电话又接起，"今晚八点之前一定要把那笔尾款收回来。""我说过多少次了，雪茄吧主基调还是要以冷色系为主，你给我弄个鹅黄色是什么意思？""苏黎世的酒店都安排好了吧？对了，接机的车最好选德系，老爷子坐习惯了。""我给王秘书打过招呼了，你直接去办就行。"

不好意思啊，赵艺萌用餐巾擦拭嘴角，不问自答说，一天到晚尽是这些乱七八糟的小事情，他从来不管，只能我去做了。哎，趁热把鹅肝吃了，凉了就腻了。

尽管我与赵艺萌差不多五年没见，尽管她嫁入豪门，成为人妻人母，可当我们面对面坐下来，再在一起说笑闲聊，往日那种微妙的感觉又一次卷土重来。我们俩颇有默契，谁也没有主动进攻打探对方私事，聊得更多的还是已积满灰尘的陈年旧事，和一些不痛不痒的社会新闻。只不过和往常不一样的是，这一次换成她主说，我作为听众，称职聆听。

最近我在看我公公推荐我看的傅高义写的《邓小平传》，读得越多我越佩服他老人家的政治智慧，我们这样的发展中国家一定要先发展经济，稳定压倒一切，人民生活水平提高了，富裕有钱了，社会公共福利设施跟上了才能渐进地去实现民主。要是现阶段去搞西方民主那一套，三权分立，一人一票，只会是穷人更穷，富人更富，社会动荡，暴民狂欢……

教育和医疗、食品安全本质一样，都事关人命，一定要注重品质。马山，你还没有结婚，等你有小孩了你就会和我一样关注教育问题了……

我老公的堂妹在广州开了家影视公司，在娱乐圈还算有些知名度，去年暑期档好几部青春片都是他们公司投的。我推荐过你的小说给她，她看后对好几篇都很感兴趣，找机会我介绍你们认识下，看有没有合作可能。

从我认识赵艺萌以来，就没见她有过这么强的倾诉欲，很多话题都是我刚开个头，还没说几句就被她随声附和接了过去，侃侃而谈。有那么几分钟，我都听得恍惚走神，产生了自己身处于某演讲节目录制现场的错觉。我想应该是酒精起了作用，再加上她在他乡偶遇我颇为开心，才彻底聊到嗨。

待甜品上桌，我实在忍不住低声对赵艺萌说，你回头看一眼坐你斜后方的那个男的你认识吗？前菜还没吃完他就进来坐那儿，什么也没点，直勾勾地注视着你。开始我还以为他像其他男人一样，只是猥琐地偷看你，可我越看越觉得不对劲，他和我对视都不躲我眼神。

赵艺萌挖了一小勺栗子蛋糕放入嘴中，看都没看，满不在乎地说，他是来接我的司机。我喝了酒，一会儿回去开不了车了。

司机？看他那眼神我怎么感觉像是在监视你？

赵艺萌双眉紧蹙，又瞬间舒展。监视什么啊监视，我又不是嫌疑犯。看我又要好奇追问，她略带不耐烦地制止我说，行了，行了，快吃吧，这么好吃的蛋糕还填不满你的嘴啊。

六

老实讲，赵艺萌和黑牛没有白头偕老我并不惊讶，不过他俩婚姻短暂得连一届世界杯都没有撑过去，这多少让我有点儿诧异。关于他俩离婚的原因说什么的都有，小道消息满天飞。有说赵艺萌与大学时期谈的前男友旧情复燃，婚内出轨，给黑牛戴了绿帽。有说黑牛钱越多越空虚，婚后染上赌瘾，隔阵子就要飞去澳门，每次赌资都上百万，输多赢少。较靠谱的说法是黑牛家族数人卷入省内某高官（黑牛和赵艺萌婚礼的证婚人）的贪腐案，为了不连累赵艺萌和孩子，同时也有转移财产嫌疑，黑牛为赵艺萌办好新西兰绿卡后，两人才协议离婚……

黑牛家族多位成员涉及高官贪腐案一事，与当初他和赵艺萌的婚礼一样，不仅上了门户网站的首页，还是头版头条。有无良媒体翻出黑牛赵艺萌的结婚照，标题耸动，引得网民热议，跟帖评论骂声一片，对赵艺萌极尽羞辱漫骂，毫无理性可言。一篇所谓的深度调查揭秘稿件尽管用了化名，明眼人还是能从中看出黑牛父亲及其叔父涉案太深，在劫难逃。若黑牛真是因此同赵艺萌断了关系，也算是义重情深，不枉夫妻一场。

或许是流言蜚语太过伤人，恢复单身的赵艺萌某天深夜在朋友圈发了一条类似离婚声明的长文。我刚读了开头两句，顺手接通当时正处于热恋期的90后小女友电话，待聊完再想找来看，包括那篇声明在内，赵艺萌的朋友圈全部清空，白茫茫一片。

时至今日，我再也没有见过赵艺萌，也不知道余生是否还能再一次遇见她。我试着给她发过几次微信，却都石沉大海，没等来回应。听老家朋友说事出后不久她就辞去公职，带着母亲和孩子去了她姐姐所在的邻省省城定居。这期间，那起震惊全国的高官贪腐案尘埃落定，黑牛的父亲以及两位叔父以单位行贿罪判刑入狱。关于黑牛的踪影众说纷纭，一说他同他的小叔滞留在香港四季酒店躲避风头，一说他早在案发之前就已将名下产业变现，移民去了澳大利亚。可不管是哪种版本，都没有提到赵艺萌。她去了哪里？有没有受到牵连？过得怎样？已然成谜。

就在我差不多快要忘记赵艺萌时，今年春天的某个雨夜，我正在公司加班，手机响起，提醒有新的好友申请。我瞥了一眼，虽然微信昵称及号码都很陌生，可看头像我一眼就认出是她。

这是我的小号，只添加了亲人和极个别的几个朋友，加你在内不到二十人。

懂，会保密。

赵艺萌显然不愿多谈她的近况，我问得隐晦，她答得闪烁其词。我和她聊的更多是北京楼市，这是我的专业，也是她再度联系我的目的。赵艺萌语音如同客户般向我咨询了二十多分钟，我听明白她的想法，详细给她介绍了京城各楼盘现价及未来趋势，建议她要真想尽快出手她名下的四套房产，也未尝不是好的选择。

聊至尾声，我问了这十多年来我一直想问她的问题。

赵艺萌，你快乐吗？

赵艺萌回复了我一串问号，隔了有七八分钟才回复说，我很快乐啊，我不缺钱，我很自由，有的是时间，想去哪儿玩去哪儿玩，想买什么买什么，怎么会不快乐呢？

你快乐就好。

不要同情，更不要可怜我，我不需要。

那倒不会，没这个必要，我也没这个资格。

倒是你马山，眼看就要四十了，怎么还不成家，你究竟在等什么？

什么也不等，赚钱要紧。

又是钱，去他妈的，钱是王八蛋。

怎么会，钱可是个好东西。

赵艺萌用省略号表达她对我的无语。

你需要钱吗？说个数，告我账号，我打给你。你知道，我现在什么都没有，穷得只剩钱了。

那倒不必，我穷归穷，但一时半会还不至于饿死。

这么多年了，你还是老样子，一点也没变。

对了，前阵子我在回国的飞机上读完你的新小说集，很喜欢你写的那个新疆女孩。她活得那么真，敢爱敢恨，来去自由。马山，你有没有兴趣写写老朋友我呢？

可是你的事我知道的并不多。

没关系，就写你所知道的。

我答应了她。

昨晚是我年假在老家的最后一晚，酒足饭饱后，几个发小起哄，拉着我去了当年与赵艺萌初次相遇的那家KTV寻欢作乐。巧的是，《最熟悉的陌生人》前奏刚一响起，赵艺萌就在朋友圈发出她背靠安达曼海的清凉自拍照。几个小时前在饭桌上，酒足饭饱，有人聊到黑牛，自然也就有人说起赵艺萌。男同学们感慨着赵艺萌的命运，赞叹着赵艺萌的美貌，却都不清楚后来她去了哪里。身材明显走样的高个女同学信誓旦旦地说，和黑牛离婚后的赵艺萌之所以变得更美，是因为她垫了下巴，开了眼角，动了山根，打了玻尿酸。

在陪唱小姐荒腔走板的歌声中，我陷在沙发上，逐张滑动照片，点击放大，仔细地赏着赵艺萌的美。赵艺萌有没有整容我还真看不出来，不过与十七年前我第一眼看到的相比，她身上的光，已消失不见。

朝九晚不归

AM 6：30 —— AM 7：30

不等闹铃响，马山就会醒来。

几个月前公司体检，马山对医生说："我很久没做梦了。"

医生摘掉口罩，翻看马山眼睑："这很正常，亚健康，你们白领都这样。"

医生冰冷的脸映射进马山撑开放大的瞳孔："按时吃饭，早睡早起，压力别太大。"

亚健康这个词蛮流行的，马山好像在哪儿见过。他已想不起上一次按时吃饭、早睡早起是什么时候了。他只知道除非借助酒精，否则睡得再晚、再困、再累，一点儿声响，一丝光亮，或是来自体内的轻微尿意，都能随时使他清醒，继而失眠至天明。好多个清晨，半梦半醒的马山感觉自己轻得像是羽毛，从空中缓缓飘落，坠入地面的那一刻，他便睁开眼睛。

通常只需十分钟，马山就会完成晨起的一切琐事，衣冠楚楚出现在小区空地。马山居住的社区位于三环边上，建于20世纪90年代初，当时因地段优越、欧式风格名噪一时。据传首批业主非富即贵，都是改革开放先富起来的那一批人。而二十多年过去了，京城高档楼盘层出不穷、鳞次栉比，该社区如同被一群妙龄少女环绕当中的迟暮美人，黯然失色，风光不再。现今住户除了看护孙子，安度余生的老人，多数是像马山一样，有欲望，没理想；有想法，没办法的大龄北漂。

从离开校园算起，这是马山在这座城市换的第五处住所。大学毕业，马山和六个同学在离母校不远处的居民楼合租了套两室一厅。人最多的时候连厨房都无处下脚，过道上都睡满了人。属于马山的空间只有一张硬板床和一小格书柜。刚入社会的马山月薪不足三千，交完房租，剩的钱也勉强只够一日三餐。

工作了两年，收入翻倍的马山搬离了众人戏称的"蚁穴"，搬进一间半地下室。虽然还是和他人合租，但至少不用再排队洗浴、早起抢马桶，总算有了一点私密空间。又过了一年多，物价噌噌上涨，工资纹丝不动，为了活得不那么狼狈，马山再度跳槽，换了份收入更高的工作，随即认识了新公司的同事，也是他的前女友 Ashely（阿什莉）。

北京太大，两个人太渺小，碰巧又都是单身，彼此谈不上有多喜欢对方，但相拥取暖总好过一个人寒冷过冬。于是，一来二去，短信传情，两次约会，三场电影。那一年平安夜，费尽心机，下了血本的马山终于如愿以偿和 Ashely 在四季酒店的单人床上确立了男女关系。没几日，禁不住 Ashely 三番五次发嗲撒娇，马山搬离了地下室，狠了狠心，在名为"时尚青年"的公寓里租了套精装修大开间，与心爱的她双宿双飞。

与多数办公室恋情一样，每天一出家门，离班车站尚有百米远，马山同 Ashely 就条件反射似的，一前一后，形同路人。在公司他和她更是各司其职，假装互不相识，即便在走廊上擦肩而过也只是点头微笑，客气得像是没有任何交集的两根平行线。这种地下党般的恋爱起初还挺新鲜刺激，时间一长，却令人压抑生厌，越装越累，那滋味还不如有妇之夫偷吃，寂寞寡妇偷情。

热恋总是短暂，好似流星飞逝，樱花凋落。感情日趋冷却的两个人，平日忙得要死，回到家倒头便睡，只有周休二日才敢放松，做爱做的事。吃顿平价麻辣锅，去商场买折扣商品，或是看网上下载的盗版电影。夏日深夜，失眠的马山望着身旁素颜油头，轻微打鼾的 Ashely，伤感地发现，与其说爱她，不如说从头到尾只不过是想找个伴侣，填补身处大都会中难以名状的孤独感。

日子一长，细水长流，再加上车、房、存款、户口等世俗纷争，这段名存实亡的爱情最终保质了一年零两个月又十七天。大吵过后，为了彼此互不尴尬，搬出爱巢的马山又潇洒辞职，在一个电闪雷鸣的暴雨夜，人财两空的他拖着两个编织袋都没装满的全部家当，蹭住到大学校友兼老乡的出租屋。

马山还真不见外，以失业加失恋的名义，蹭吃蹭喝蹭睡，一蹭就是大半年。老乡也真够意思，不但不收他房租，水电物业费还全免。这样的好日子一直到老乡的未婚妻硕士毕业，从外地投奔而来才宣告终结。实在没脸住下去的马山才极不情愿地寻到现今住处，上网投简历找了份新的工作，开始了还算全新的生活。

和那些进出国际公寓、从事债券投行的大学同学相比，马山租住的二十平方米单间令他多少有些不安。好在只有同学聚会，或偶尔登录人人网时他才会有这种被放大的失落感。周一到周五，马山每一秒都在为生计奔波，忙得没有时间空虚。况且，住得越久，马山反而越喜欢这个有烟火味的小区。它虽不具备高档社区的泳池健身房、私人会馆，但清晨有早餐摊，傍晚有烤串店，一家理发馆，两间报刊摊，院内老妇遛狗，院外有戴耳机骑车上学的少年。房客三教九流，上至公职人员，下至Soho（居家办公）宅男，三五戴金链壮汉，几个四季性感、行走摇曳的神秘女郎……

"反正住得再好不也是租的房？谁也不比谁牛。"马山就这样自欺欺人，宽恕自己。

AM 8：00 —— AM 9：00

十八岁那年夏天，马山头顶县文科状元的耀人光环，坐大巴、乘火车，来到千里之外的首都，在某知名高校攻读经济法专业。这之前，来自山西南部县城的马山对北京的固有印象仅局限于在书本、电视上看到的故宫、长城、烤鸭、北大、清华。马山人生中很多个第一次都在祖国的心脏经历的：第一次乘地铁、第一次吃西式快餐、第一次仰望高耸入云的摩天大楼，第一次住五星级酒店……日积月累，马山彻底在北京这个国际大都会完成了个人的现代化进程。不夸张地说，北京对马山这种乡下穷学生的冲击，丝毫不亚于发展中国家的国民初到发达国家时的那种震撼感。

　　算一算，马山来北京已十五载，虽然暂时还没拿到北京户口，帝都日落黄昏、袅袅炊烟中的万家灯火也没有一盏属于他，但在内心深处，马山早已认定自己是北京人，至少是新北京人。作为一名资深北漂，马山对北京的熟悉，从某种程度上说远超过对家乡的了解。当然，遭上司训斥、被同事设局暗算，深更半夜喝酒买醉时，也不是没有想过一走了之，回老家随便找个女人结婚生子，过一眼能看到头的安稳日子。可真等到过年回家，十年没变化的县城，错综复杂的人际关系，昔日的儿时玩伴聚在一起就像没有明天似的喝酒打牌、捏脚洗浴，搞女人……这一切的一切让马山反感不适，待不了几天便开始想念也曾让他茫然伤心的北京。马山知道，他早已沦为家乡的陌生人，即便想回也回不去。

　　"宁可在大城市做条有梦想的沙丁鱼，也不回老家做混吃等死的咸鱼。"这句心灵鸡汤很长一段时间出现在马山的网络社交软件的签名档。不管怎么说，马山好歹在这个城市也打拼奋斗了十余个春夏秋冬，虽然还没混出人样，还买不起梦寐以求的Dream Car（梦想拥有的车），但现今酷暑严冬他至少敢站在街边伸手打的。不用像刚入职那会，为了省几十块车钱，即使劳累发烧，还要像张照片一样被前后左右夹击在空气像是凝固一般的公交车里。早点马山也敢去便利店买牛奶、三明治，而不是拿循环使用多次的麦当劳咖啡杯，觍着脸，装作若无其事地续杯，再去街边吃两块钱一个、地沟油味浓的鸡蛋灌饼。

　　马山戴着耳机，听着节奏强劲的摇滚歌曲边吃边走，走进地铁站。他要换乘三次，途经十六站，耗时五十五分钟才能到公司。早班地铁，每节车厢都挤满了睡眼惺忪、萎靡不振的上班族。车一到站，黑压压的人群蜂拥而入。车再到站，人们又好似放生回大海的鱼群，仓皇而散。乘客无论男女，都和马山一样耳朵里塞着耳机，听着歌，面无表情地玩手机。手机里那几个无聊的小游戏马山早玩腻了，可是不对手机发呆一时也不知该做什么。前几年，运气好时，倒是能看看邻座养眼的漂亮姑娘。如今地铁线路越修越多，好看的姑娘却越来越少。偶尔运气好能遇到一两个光鲜靓丽的美女，不是戴着口罩就是手掩着鼻，没坐几站就眉头微蹙，厌恶逃离。

列车疾驰，车窗忽明忽暗，不时闪现出马山的身影。他朝前挤了挤，注视着玻璃窗中的那张脸，看着看着竟有几分眼生。那是一张标准的烟酒脸：脸颊消瘦，肤色发灰，双眼黯沉无光，稀疏的发际线一如退潮后的沙滩，裸露出油光锃亮的脑门以及无处宣泄的荷尔蒙憋出的数粒青春痘。也就这两年，一过三十，马山明显感觉到身体各种生理机能大不如前。二十啷当岁，熬夜赶工，彻夜狂欢不在话下，天一亮照样虎虎生威。如今别说通宵，就是晚睡个几小时，翌日立刻现世报，轻则四肢乏力，萎靡不振，重则头痛欲裂，感觉随时可能倒下猝死。想起体检时医生所谓的亚健康，马山摇头惨笑。

跳过那张不忍卒读的脸，目光下移，马山对身上这套耗资半万、上个月过三十二岁生日当礼物买来送给自己的意大利进口西装颇为满意。贵是贵了点，但贵在修身，与之搭配的，是同色系的衬衣、皮鞋、风衣。这一点他真心感谢Ashely，和她相恋之前，马山我行我素，不拘小节惯了，就算是见客户或参加重要宴请，也只会套上衣橱里唯一的一身西装，根本不管合不合身，更别说什么色系搭配。是Ashely一次次提醒纠正，穿西装时务必要穿同色衬衣皮鞋、要打素色领带、宁可光着脚也不能穿白色袜子，否则再高档的西装都能立刻穿成送水工或售楼先生。

好女人胜过好老师，这话一点儿不假。不单是穿衣搭配，马山在Ashely身上学到很多。比如理想没有古驰包值钱，比如山盟海誓不及房产证一张。所以，爱到尽头，与其说分手，马山更像是告别恩师，从Ashely那儿毕业。撕心裂肺、痛彻心扉倒不至于，那感觉就像新买的手机被盗，养了几年的宠物狗离世，失落多于悲伤。

分手快三年了，马山说不清出于什么目的，或许纯粹犯贱，夜深人静，或出差站在异乡街头，还是会不时想起Ashely。他从她的人人网、网易博客、QQ空间一路追到新浪微博，有事没事就上线刷新，如同职业狗仔般关注着Ashely的一举一动。已离开北京回到南方水乡、用回本名、嫁为人妻的胡晓娜，似乎知道马山悄悄关注了她，配合度很高地不时更新。她的微博毫无营养，大多是几句无关痛痒、小女人自艾自怜的矫情语录，配上一张PS过度的自拍照。尽管如此，马山还是看得上瘾，他像个私家侦探，通过胡晓娜的微博推断出她的近况，知道她摇身一变成了公务员，嫁了个家庭殷实、做木材生意的老公，开八十万的车，住三百多平方米的房，怀有身孕，过上了她朝思暮想，而马山却无法替她实现的贵妇梦。

AM 9：30 —— AM 11：30

如同Ashely回到老家叫回本名胡晓娜一样，马山一踏进公司，就立刻成为众人口中的Lion（莱昂）。同事之间互称英文名已成习惯，像上司老Charles（查尔斯）、财务Linda（琳达）姐，倒是他们的中文名字，一时半会儿，马山还真想不起来。Lion就Lion，马山谈不上喜欢，但也不反感，大家都是为了混口饭吃，一个代称而已，爱叫什么就叫什么吧。

马山落座工位，打开电脑的同时会习惯性抬头望一眼正前方墙上的挂表，若是刚好九点，或差一两分钟九点，马山会有种类似球星压哨进球、逆转胜出的自得感。但要是早到了七八分钟甚至更多，他会面露不爽，像被占了多大便宜，转而去楼梯间抽烟，消磨时间。

简单来说，马山工作状态大致分为办案子和找案子两种。接到案子，无论活大活小，多少都有的赚。有钱赚也就有了奋斗的动力，与委托人沟通、起草合同、整理材料……马山把红牛当水喝，强迫自己保持亢奋，在办公室和打印室呼啸来去，忙得一个人像是一支队伍。而没案子、或等案子的马山则安静得好似透明人，除了给潜在客户发发问候邮件、打打电话，更多时候他喝着热咖啡，咬着汉堡，漫无目的地浏览着各大门户网站，看看这个世界都发生了些什么。我国在世界经济总量排名第二、神舟九号飞上天，谁昨夜暴雨中不幸遇难、谁无耻炒作一夜爆红、谁贪污被抓、谁当上了省长……爱他妈谁当谁当，这些马山都不关心。每天一睁眼，马山就欠房东一百五十块钱房租，这就是他活着的唯一理由。整个国家再四海升平、繁荣昌盛，和他一点关系也没有。他竭尽所能，只想赚得多点儿，再多一点，好让自己能更潇洒自信地穿梭于这座冷冰冰的城。

顺便说下，每天早上的咖啡和汉堡都是新来的实习生Fay（菲）买给他的。当然，有时也会换成橙汁、鸡肉卷或别的什么。总之从Fay来后的那周起，马山就很少自费买过早餐。只要他愿意，总能吃到Fay提供的藏在他办公桌下左边第二个抽屉里的当日早餐。

Fay是马山同校不同系的师妹，还在读大四，一天到晚活力十足，看任何事都积极乐观，眼里满是对美好未来的无限憧憬。Fay一来就被派到马山所在的团队跟案子，她算是马山带的第一个实习生。其实马山也没怎么刻意教她，他办案像是下围棋，胸有成竹地布局、落子、步步杀机，最终大获全胜。从头到尾，Fay在一旁观棋不语且聪明伶俐，整个流程跟下来，不但不碍手碍脚反而提了不少令人茅塞顿开的好建议。

都是过来人，Fay那点小心机马山一眼就看破。她之所以晨起为他买早点，加班给他送夜宵，或许对他是有点儿好感，但主要还是想借机讨好他，望他能在老总那美言几句，继而在实习期后转正，获得一份薪水还算不错的工作。从Fay来的那天起，马山就刻意和她保持距离，他知道像Fay这种年轻貌美、目的性明确的女孩志存高远，不是他想留就能留得住的。即便施展点小伎俩，暂时占有她的人，俘获她的心，等到她拨开云雾，懂得现实生活残酷，漫漫人生路不会有奇迹从天而降时，她一定会和她的

"师姐"Ashely一样义无反顾地离去，像无垠海面中的孤帆扁舟，去寻找下一个能让她停泊、给她充足安全感的港湾。不过这并不妨碍马山周末约她K歌蹦迪，午夜梦回时在MSN上调情，发暧昧短信。

AM 12：00 —— PM 1：30

午饭照旧是在公司楼下的港式茶餐厅解决。马山吸着冻奶茶，等炒河粉上桌。邻桌那小子张口闭口都是响当当的大人物名字，暗示自己是皇亲国戚，向几个外地土大款吹牛皮，说只要钱到位，长安街的地都能拿到批文。

手机在裤兜里震动，马山掏出来查看，是Fay。马山想这个点Fay找他无非是邀他同进午餐或问他饭后水果想吃草莓还是梨，刚好又听那小子吹牛听得兴起，于是随手挂机。Fay似乎摸透马山的心理，和他比起耐心，他越是刻意不接，Fay越是重拨不断，执着得近乎挑衅。几个回合后马山败下阵来，他带着怨气接通："讲话！"

"Lion（莱昂）哥，你吃过午饭没？"Fay嗲声嗲气，不等马山回答，她神神秘秘地说："我告诉你哦，你刚一下楼，老板就来找过你，看脸色还成，就是有点急。他要你立刻去他办公室，立刻！"

Fay的特意强调让本来没当回事的马山瞬间有点儿不安。他还是修炼得不够，没沉住气，坐立难安。刚上桌的河粉没来得及吃，猛喝了两口奶茶，朝公司疾步前行。

等电梯上升时，马山才冷静下来，暗自揣测Boss会因何事突然找他。他在脑中的搜索引擎快速搜了一遍，想不出最近有何疏忽。人际关系维护得小心翼翼，工作称不上滴水不漏但至少没出现致命失误。唯一可能的是又有时间紧、任务重的活要他接手，或者临时委派他去外地出差。想到这儿，马山放松下来，他松了松衬衣领口，拐弯到洗手间小便，又抽了根烟，才晃晃悠悠敲响老总房门。

果不其然，前阵子老总亲自代理的那宗大案已胜诉。本应他亲赴珠海收尾款，开庆功宴，没想到有大人物临时点名要见他，只好委派马山替他飞一趟。

马山暗舒一口气，心中窃喜，这么好的美差难得一遇。这不是第一次也不会是最后一次，马山早已习惯。他的杂物柜中长期搁着一只小行李箱，里面装着便携式手机充电器、常用药，以及从头到脚、从里到外的换洗衣物，随时待命出发。

马山接过文件袋和一张支票，老总又煞有介事叮嘱了近半个小时才放饥肠辘辘的他走。刚出办公室，Fay迎面撞了过来，吓了马山一跳。她像个娱乐小报记者，跟在马山身后，边走边好奇地追问。马山想了想，也没什么好隐瞒的，就一五一十告诉了她。顺便像老师给学生布置作业一样吩咐Fay，在他出差这几日，务必把手头案子的咨询报告整理出来。

Fay心不在焉地点了点头，若有所思的神情分明是在想马山此次珠海之行她能否有利可图。

马山嘴角一抽，心知肚明地笑。路过Fay的工位，看见办公桌下用几张废旧报纸虚掩的一大束玫瑰。回过神的Fay顺着他的目光望去，假装没事，却用身体巧妙挡住马山的视线不自然地说："哦，我嫂子今天生日，这花是我哥暂时搁我这儿，下班后取走，好给我嫂子一个惊喜。"

这借口还算有创意，尽管马山不知道她什么时候多出了一个已婚的哥哥。

"代我问你哥好，顺便祝你嫂子生日快乐。"说着，马山拉起行李箱转身离去，任凭身后的Fay解释不停。

PM 2：00 —— PM 3：30

航班惯例晚点，马山拖着行李箱在航站楼里百无聊赖地闲逛。在候机室的书店，他拿起一本某位当红女主持人写的自传，翻了两页，看不进去，放下，换了本写官场生存之道的小说，又翻了两页，又放下。马山已经好几年没完整读完一本书了，偶尔翻翻报纸，也只是兑兑彩票，看看娱乐版那穿着性感的女星。他想他一定是有了选择性阅读障碍，没办法再像大学时那样，没事就往图书馆跑，不论是小说、哲学，还是历史书籍，随便拿起一本，很快就能沉浸其中，一看就是一天。

书店转角的电视机里，一个谢了顶的中年大叔侃侃而谈成功之道。反正无聊，马山驻足观看，想听一听他在鬼扯什么。瞥了两眼，忽觉此人面熟，仔细回想，想起十年前，大三寒假前夕，他曾挤在学校大礼堂的过道上，和一千多位校友共同聆听了这位知名青年人生导师的公开课。

回过头想想，所谓的青年人生导师纯属扯淡，多数是把自己那少年不得志，中年走运发迹的恶俗经历厚颜无耻地编造成神话般励志传奇，以此博得正在建立人生观的大中院校学生的好感，从而打开市场，觅得商机，出书、开讲座、四处走穴。演讲的话题更是空洞虚无，无非是将往日的苦难当作今日炫富的资本，戏谑中外名人，讥讽同行晚辈，偶尔穿插几个庸俗不堪的励志故事，再喊出几句烂大街的格言或自我意淫的口号就敢宣称"人生指南""职业规划""九十分钟改变你的命运"。其实说穿了不过就是"厚黑学"的本质披上"心灵鸡汤"的外衣。可那时的马山单纯幼稚，不仅攒钱购买青年导师的每本著作，还大段大段摘抄书中名言警句，天真地将青年导师的每一句话奉若神明。那堂讲座青年导师具体说了什么马山早已忘记，倒是记得他油光满面的古怪笑容以及唾沫横飞喷溅出的若干人生哲理中的其中一条：努力不一定有机会，不努力就一定没有机会。他把这句话铭记在心，可以说有了这个座右铭，马山才下了留在北京、成为新北京人的决心。说起来，马山能混到今天这地步，还得感谢这位青年导师才是。

机场广播提示登机。马山排在队尾，一手提行李箱，一手刷微博。他正目测一个台湾90后嫩模上传的性感自拍照胸围是D还是E，手机铃声不合时宜地响起，他以为会是老总，没想到是老爸。

马山和父亲的关系谈不上很差但也不算亲密。几年前马山母亲去世后，家对马山来说，就是一根电话线，每月一张的汇款单。他和父亲的感情日趋平淡，从一周一通电话，到一个月两次，再到两三个月也不联系。有天深夜，醉酒的马山不知为何突然就想起他在这个世界上唯一的亲人，便疯狂地给父亲打电话。拨了许久，无人应答，马山急了，不断重拨，焦急等待中马山自己吓自己，他怕父亲会不会遭遇不幸，已离他远去。

当电话那端传来父亲带着浓郁睡意的熟悉声音，马山嗓子一热，喊了一声"爸"，手机紧贴耳朵上，蹲在路边嚎啕大哭。

然而待到平日，偶尔接到父亲打来的电话，马山却像是和陌生人讲话，不知该说什么。甚至有些抵触，装作在忙，不想接听。比如此刻，铃声响了好一阵，马山迟迟没有去接。

父亲小心翼翼地问他过得好不好，最近忙不忙。

"还好"，马山打断父亲问话，"我就要登机了，有什么要紧事快说吧。"

父亲停顿了下，从他的弟弟，也就是马山的二叔近日干农活摔断腿讲起，吞吞吐吐绕了一圈才讲到重点："你叔家的房子，前年翻修都不止这个价，你看你能不能回来一趟，帮个忙，给镇上多要点儿拆迁补助？"

马山听懂了父亲的话，不耐烦地说："我叔那房是危房，棚户区改造是政府给的福利，再说拆迁款给的不少了，就别要了，我回去也帮不上忙。"

"你叔的意思还是想让你回来，咱们家你学历最高，又在北京当律师，你把你叔的情况向有关领导反映一下，咱不蛮干，咱讲理。"

"我又不是省长，我哪有这本事！"

"可你不是律师吗？"

"我是律师，但我的专业这事用不上。"

"律师不就是替人伸冤，打官司吗？咋还分专业呢？"父亲疑惑不解。

马山懒得再和父亲多解释："行了，行了，飞机要起飞了，我关机了，你吃好喝好少管闲事，需要钱我给你寄，戒酒吧。"

父亲连说了几个好字，叮嘱他也要保重身体，多喝水，少熬夜，还想说些什么，但还是欲言又止地挂了机。

马山走上飞机，放好行李，在靠窗的位置上坐下，略显疲态地翻看手机通讯录。他想从那些已在家乡政府部门工作的昔日高中同学中，找出能帮他父亲和二叔的合适人选。找了一圈，不是关系疏远，淡了交情，就是致电过去，对方听明来意就委婉拒绝。空姐俯身，颔首礼貌微笑着提醒马山系好安全带，关闭电子设备，飞机即将起飞。马山点头，望着空姐婀娜的背影，关掉手机。

PM 4：00 —— PM 5：30

北京已落了一场冬雪，珠海却温暖如春。飞机刚一升空，马山就盖上毯子昏沉睡去。一觉睡了一千多公里，睁开眼，透过舷窗，俯瞰到片片绿地，瞬间有种不真实的穿越感。

马山记得自己第一次坐飞机，二十二岁，大学毕业没仨月，还是实习生的他陪同当时的经理，那个曾服役多年的转业军人，一同前往海口办一个经济案子。

那天是周五，又恰逢那一年的中秋节。下午例会刚开完，经理严肃得如同一位久经沙场的将军，头也不抬地命令他两个小时后去机场。毫无思想准备的马山像是初上战场就面临遭遇战的新兵，他手忙脚乱拷贝资料、复印合同，紧张到衬衣湿透贴在后背，丝毫没有即将初次乘坐飞机的兴奋感。

有个女诗人曾戏言："一下雪，北京就成了北平。"其实用不着下雪，但凡周末，或是节假日前一天，首都立刻变"首堵"，更不用说中秋节前一晚，周五晚高峰的北京。

尽管提早出发，马山和经理还是不出意料地困在机场高速上。时间分秒流逝，距离登机时间越来越近，整座城市成了一座巨型停车场，车子像垂死的爬虫寸步蠕动。空调已调到最大档，马山还是大汗淋漓，副驾驶位置上的他不敢回头看后座的经理，他能感受到身后那座火山随时都会爆发。

"Ｘ他妈的，要来不及了。马山，你现在立刻就给老子跑步去航站楼换登机牌。"

马山本能地大声说是，就差立正敬军礼。他接过经理的身份证，打开车门，一头扎进乌泱泱的车海。

手提行李箱的马山看上去好似领了军令状的敢死队员，他奋不顾身，又不失敏捷地在车流中来回穿梭，任凭身后鸣笛声、叫骂声不断，头也不回地朝航站楼一路狂奔。

等跑进航站楼马山才想起从没乘过飞机的自己并不知道该如何换取登机牌。他用最快的速度打听询问，走错一段弯路，气喘吁吁，终于找到正确的值机柜台。地勤小姐职业地微笑，用甜腻的声音对他说："对不起先生，您所乘坐的航班已于三分钟前停止办理登机手续。"

马山愣住，不知如何是好。那时的他还不知道怎样改签，傻傻地以为误了航班，票也就随之作废。马山趴到柜台上，觍着笑脸，用他那还算不赖的口才讨好央求着，换来的却是地勤小姐抱歉的微笑。

马山呆呆地站在人群中，四周嘈杂，他却像坠入静谧深海，听不到一点声响。直到上衣内侧的手机一下下震动敲击心房，马山才回过神来。犹豫数秒，长出一口气，还是鼓起勇气接通经理电话。

马山断断续续、委婉表达着晚点误机这一不可逆的情况，手机那端一阵静默，他以为讯号中断，怯怯地喊了声经理，听筒里猛然传来炸雷般的怒吼声："换个登机牌都不会，你干什么吃的？老子要亲手毙了你。"

接着是一阵忙音，马山吞咽口水，不知怎么就感到了解脱。

当经理双眼充满怒火，杀气腾腾朝他迎面疾步走来时，马山确信此刻如果经理有一把枪，他一定会毫不犹豫，就像一位军纪严明的将领毙掉临阵脱逃的懦夫那样，开枪把他毙掉。

经理愤怒得如同一只咆哮的狮王，右手食指戳着马山的鼻尖，用超乎想象力的恶毒词汇爆成粗口训斥他。脸上溅满经理唾沫星的马山虽然看不到此刻自己赔笑认错的古怪表情，但觉得自己好似一只大号垃圾桶，不断被各种垃圾污秽填充。

趁经理接电话的间隙，马山跑到就近的盥洗间，他把水龙头开到最大，双手一次次捧起冷水一遍遍拍打在脸上。当他望着镜子中那张挂满水珠的脸庞，仿佛看到学生时代的自己忽然间剥离远去，只剩下一副空荡荡的躯壳茫然若失地晃来晃去。

后来还是经理亲自办理，改签了最晚的航班。全程马山小心翼翼地跟在经理身后观察学习着每一个步骤，不敢多问一句。一登机，经理甩给他一叠审阅批示过的资料便摘掉眼镜呼呼大睡。马山早早系好安全带，认真看完显示屏播放的安全须知，像接受某种神圣仪式般坐得笔挺等待飞机滑翔升空。

现在的马山忙起来乘飞机比乘地铁还频繁。他开始越来越厌烦坐飞机，甚至担心自己得了幽闭恐惧症，否则不会在飞机起落时心跳不已、手心发汗、闭上眼默念经文暗求各路神明保佑平安。

PM 7：00 —— PM 10：00

接机的是一位酷似影星黄渤的小伙子，朝气蓬勃，笑容灿烂，一看就是刚入社会。一寒暄，果然工作还不满半年，那自信满满的眼神与当年的自己一模一样。马山钻进车门时下意识地看了眼后视镜，看到的是一张比暮色还黯淡无神的脸。

车子沿着海岸线疾驰，大海苍茫如暮，落日余晖给万物涂上薄如蝉翼般的金色。马山单手托腮倚靠车窗，安静地欣赏着黄昏中的珠海。

他不是第一次来珠海，但每一次都是来去匆匆，从没仔细欣赏过这个南方小城的美景。这些年马山因公去过的城市不少，但通常都是下了飞机就办正事，事情谈完天也黑掉。接着对方会尽地主之谊，晚宴在所难免，有时还会有招待唱歌、洗脚、泡温泉等余兴节目，一圈应酬下来往往已是凌晨。曲终人散，马山拖着醉醺醺的身体回到酒店房间胡乱睡几个小时，醒来又直奔机场飞赴另一个城市。

起初马山挺追求这种生活，他处心积虑，明争暗斗挤掉他人，一次次成功争取到出差机会。对于一个来自山西县城，出身农民家庭的职场新人来说，迷恋乘飞机去陌生城市，住星级酒店、被请吃名贵食物的虚荣感也在情理之中。

但也就虚荣了一年，马山渐渐懂得出差并不是度假旅游，甚至比日常上班还要累。他开始厌倦终日奔波于机场和车站之间，喝喝不完的酒、唱唱不完的歌、赔着笑脸说那些言不由衷却又不得不说的谎言。又忍了一阵子，马山终于受不了一周三次的舟车劳顿，他以不出差或少出差为条件和公司谈续约，结果是理所当然的谈崩。马山在五年内陆续跳槽了三家律师事务所，薪酬倒是逐年提升，但仍摆脱不了常出差的命运，昼夜不分，一天一座城，这让他头痛。

飞了近三个小时，千余公里，公事却用了不到四十分钟谈妥。晚宴马山再三推脱，可还是架不住对方盛情款待。觥筹交错，红白交替，频频举杯，一不小心，马山又喝多了。

酒至微醺的马山被"黄渤"带进一家夜总会的KTV包房。他陷在沙发里，低头回复Fay的短信，再抬头时面前站了一排穿着统一制服的姑娘。马山愣了一秒，随即反应过来。在座的几个男人相视一笑，心照不宣地谦让对方先选。身为远道而来的客人，马山被赋予优先选择权。

"这怎么好意思呢。"他一边说，一边扫视了那排胸大腿长的姑娘们。光线昏暗，酒精上头，马山一眼望去姑娘们都长一个模样，大眼睛、尖下巴、高鼻梁，好似一个模板复制粘贴出来。他努努下巴，指了指离他最远的那个短发女孩。那女孩带着一股好闻的香气朝马山走来，紧挨着他坐下，上身前倾，胸部顺势就春光乍泄。她开了两瓶啤酒，倒满一杯递给马山。

"老板，谢谢照顾我生意，这一杯我敬你，你随意。"女孩说的是粤语，好在不难，马山大致听懂。他和她碰杯，满满一大杯啤酒女孩瞬间喝光。然后又将空杯倒满，双手主动环绕在马山胳膊上。

马山已记不清初次遇到包房公主的场景。是在深圳？三亚？还是大连？那女的长什么样？谁请的客？当时又有哪些人在场？印象全无。事实上这些年，在各大城市的夜总会、KTV里点的包房公主，马山没一个记得。萍水相逢，逢场作戏，马山早就不会自作多情可怜那些并不需要他去同情的姑娘，他明白与其问姑娘弱智的问题，说些廉价的诺言，还不如多喝几杯，小费多给一些，才是对她们最大的帮助。

说真的，马山打心底尊重从事这一行的姑娘。选择走这条路，背后都有故事。她们和球员一样，拿身体做本钱吃青春饭，任美好年华在酒精里一点点消逝溶解也不心疼。所以通常公主们不主动说，马山从来不主动问。有时候酒精上脑，望着人群中手握麦克风，动情演唱情歌的迷人公主，马山会忽然觉得他和她们是同路人，殊途同归。说穿了，都是为了能过上理想的生活而不得已暂时出卖自己。只不过一个出卖肉体，一个出卖灵魂，归根结底都是出来卖，卖什么不是卖，谁也不比谁干净。

马山倒是曾一度好奇陪酒小姐什么时候成了人们口中的"包房公主"？在此之前，他对于"公主"的认知多来自童话故事或欧洲王室，那些年轻貌美、不愁吃穿、不知世间疾苦、永生快乐幸福的完美女人。他怎么也没办法将公主，这个高贵、尊崇的词与那些为了生计不得不坚强的女孩们联系在一起。马山想，最初那位命名人一定是个诗人，否则怎么能想出这喜剧般忧伤的称谓。

骰子摇起落下，酒杯溢满又空掉，你爱我，我爱你，你不爱我，没关系，我依然爱你……总有人一首接一首唱着诸如此类空虚寂寞冷的矫情歌曲。马山早已不是当初那个不好意思和包房公主坐得太近，眼睛不知该看哪里的青涩男生。他很自然地把短发女孩搂入怀中，女孩也很配合地把头歪靠在他肩膀，双眼放空，轻声哼唱着那歌颂爱情的歌。看上去，他和她宛若恋人一对。

PM 10：30 —— PM 12：00

有个男人喝多了，借酒撒疯，骂哭了一晚上都陪在他身边的小姑娘。马山听不太懂粤语，只见那女孩双手抱在胸前，泪水花了妆容，垂下头，夺门而出。马山不知道，也不想知道发生了什么。他只不过是个拿工资的打工仔，活干完不被老总骂就万事大吉，当然不会傻到去多管闲事，何况那个男人还是当地小有权势的官员。

有了这个小插曲，本来就意兴阑珊的众人正好借机散场。"黄渤"醉眼迷蒙地凑到马山耳边说："山哥，等我买完单，然后我们去泡温泉。"说完他朝收银台跑去。

刚才同行的那群人，有的进了洗手间久未出来，有的叫了出租车悄然离去，剩马山一人站在酒店门外的空地上等待去结账的"黄渤"。

夜凉如水，即便是在南国，海风一吹，冬季的深夜还是会感到阵阵凉意。马山点着一支烟，吸了两口，感到一丝温暖。他听到有个女人激动地说着四川话，循声望去，在一棵面包树后隐约看到刚才坐在"黄渤"腿上，"吹牛"玩得最好的那个小眼睛姑娘。

马山侧过身，竖起耳朵去听，听到蹲在地上的她呜咽说道："X你妈哟，老娘我出来卖，陪臭男人喝酒，被摸胸蹭大腿，换钱交房租，就叫你来接下我下班你他妈都不愿意，就知道躺在床上打游戏，你还是个男人吗？"

马山低头弹落烟灰，小眼睛姑娘越说越激动，"哇"的一声大哭起来。这时，短发女孩不知从哪儿冒了出来，快步走上前，将自己的西装外套披在小眼睛姑娘身上，遮住她裸露在外，瑟瑟发抖的双肩。

"你别哭了，为那个贱男人落泪不值。"短发女孩气场十足，一副大姐大的架势，像安慰失恋的妹妹那样用纸巾擦拭着小眼睛姑娘眼角的泪。

马山扔掉烟蒂的同时发现短发女孩正直视着他，赶忙收回目光，转身前行，装作什么都没看见。

"喂，老板。"

马山收住脚，慢慢回身，短发女孩站在他眼前面带笑容。

"我姐妹和她男友吵架了，那男的太过分了，烂货一个。"短发女孩轻咬嘴唇，手指着已从大哭转为轻声抽泣的小眼睛姑娘，义愤填膺。

"哦"，迟滞片刻，马山幡然领悟似的点了点头。

借着路灯和月光他看清短发女孩的模样。不丑，但也算不上是美人，五官小巧精致，组合在一起是张标准的南方女孩的脸。只是妆化得浓，猜不出她几岁。

"老板，能请我们吃个夜宵吗？好饿啊。"短发女孩双手交叉合十放在胸口，小心翼翼地试探。

马山笑了，短发女孩也冲他笑。马山又掏出一支烟，试了几次都没点着。女孩上前一步，主动用双手围成圈，护住微弱的火光，三番几次，总算点着。

"可我对珠海不熟啊。"

"不熟没关系，我熟啊，我带您去喝全珠海，不，是全广东最好喝的海鲜粥，您买单就好。"

马山没回话，算是默许。短发女孩扭头，开心地挥手，示意小眼睛姑娘快跟上。

"老板您真是个好人。"短发女孩笑得谄媚。

马山递烟给她："你冷不冷？冷就来一根，或许会好些。"

AM 0：30 —— AM 1：30

短发女孩口中的粥店，其实是家通宵营业的高档海鲜城。店内古香古色，木桌藤椅，醴陵瓷餐具，装修极具岭南风格。马山靠窗而坐，推开窗，月光下墨绿色大海沉默入迷。

已是午夜，空旷的大厅只有零散的几桌食客。马山和短发女孩面对面坐着。小眼睛姑娘刚到粥店门口就被她那骑着摩托车的男朋友接走，而"黄渤"压根就没跟着来，他在酒店停车场不等马山解释完，就心领神会地冲他挤眉弄眼，临走时坏笑着祝马山玩得开心，别累着。

最后只剩马山和短发女孩，吹着海风，吃着一锅他从未尝过却很美味的粥底火锅。

"老板，听你口音，北方人吧？"

"嗯。"

"北方好啊，虽然我从来没去过。听说那里的冬天冷得要命。"短发女孩颇显做作地吐了吐舌头，"能知道您是北方哪里的吗？"

"山西。"

"哇，我出运了，竟然遇到山西煤老板。"短发女孩高兴地拍起手来，"老板从见你第一眼我就知道您是有钱人，我最爱吃萝卜糕了，能再要一份吗？"她用纸巾擦嘴，扑扇着长长的假睫毛。

马山觉得好笑，他放下勺子，直视她："你哪儿人？广东吗？"

"不是。"短发女孩摇了摇头，咬了一口刚上桌的萝卜糕用浓郁的方言说："我是湖南的。"

"那你一定很喜欢恰（吃）槟榔喽。"马山模仿着短发女孩的湖南口音。

"才不嘞，那个鬼东西有什么好恰（吃）的。"

"所以说，不是每个山西人都是煤老板。"

"晕，你绕这么一大圈是想说这个呀，我差点儿都没明白过来，欺负我读书少。"短发女孩娇嗔道，"你就算不是煤老板，也比我有钱。"

"那还真不一定，我就是一打工的，每月拿固定工资，没车没房没存款，纯屌丝一枚。"

"我不信。"短发女孩重新打量马山，"你从北京来的？"

"你怎么知道？"

"我是谁，我多冰雪聪明。"她洋洋自得，"刚才在 KTV，你明显是主角，他们轮番敬你酒，有个老男人塞给我三百块，说让我照顾好你这个北京来的老板。"

"别再叫我老板，我都说了，我就是穷得一无所有的北漂，很可能你比我还有钱。"

短发女孩不接马山的话，自言自语："你知道吗？我们常年陪的都是些秃头大肚子的中年大叔，没办法，谁让他们有钱呢。像你这样的年轻帅哥太难得了，所以今晚当你们一群人走进来，姐妹们都说你要点了谁，算谁幸运，改天得请吃海鲜大排档。"

"你太抬举我了。"马山一时语塞，不知该如何接下去。他胡乱地笑了笑，换了个话题："你去过北京吗？"

"当然没有。我都说了我连北方都没去过，怎么会去过北京呢。"短发女孩向马山讨了根烟，熟练地点燃抽着，并说："我一直想去北京玩，想去看看故宫、颐和园啦。我告诉你，我最爱看清宫剧了，什么《步步惊心》啦，《甄嬛传》啦，我都看了好几遍，总幻想自己会和剧中的女主角一样，'咻'的一下就穿越到清朝皇宫，所有的太子都为了能得到我斗来斗去，争风吃醋。"她痴笑，"另外，我还想去北京吃全聚德烤鸭，去爬长城，去天安门广场看升旗。听我奶奶说，我小时候学会的第一首歌就是《我爱北京天安门》……"

短发女孩做小女生状，旁若无人地唱完整首儿歌。看着她那一闪而过的孩子气，马山内心瞬间柔软，他也给自己点着一支烟，装作漫不经心地说："有机会你来北京玩吧，我安排。"

短发女孩并没马山意料中的那么兴奋："少来，你又逗我，酒话谁会信啊。"

她朝他嘟嘴，一眼把他看穿。这让马山有点儿窘，顺势找台阶下：

"我说话算话，你不信我也没辙。你要有空就来吧，只要我没出差在北京，一准招待你。"

"不好意思，麻烦您再说一遍。"短发女孩把开了录音功能的智能手机放在餐桌中间，双手托着脑袋，一脸坏笑。

马山看了眼手机，又抬头看短发女孩，她那略带挑衅的眼神似乎在问他，你敢吗？

这调皮的举动又一次惹笑马山。他熄灭烟，重复刚说过的承诺："我说真的，你来北京，我请你。当然，事先声明，五星级酒店、豪车大餐别想，我也没那能力。但至少我包你吃住，包你玩好……"

"成交。"短发女孩收起手机，潇洒地按下停止键，"我包你爽。"她得意地笑。

这之后的十多分钟，两个人对坐无语，低头收发短信，各抽各的烟。窗户上沁着水雾，窗外飘起似有若无的冬雨，空气中混着香水、海鲜以及烟草的味道。有那么几分钟，马山和短发女孩营造出来的氛围场景像极了欧美独立小众电影里的迷离画面。

几碗热粥下肚，一种说不出的舒服劲在马山身体中上下游走，酒也醒了一多半。他伸伸懒腰，打了个哈欠，看了眼短发女孩，她滑动着手机触摸屏，不时嘿嘿傻笑，刷着微博。

"给你看这个。"短发女孩将手机伸到马山眼前，那条微博写的是"祝我生日快乐"。配图上的短发女孩表情夸张地咬着一块奶油蛋糕，笑得没心没肺。

"你生日吗？"

"上个星期五。"

"那补祝你生日快乐还来得及吗？"

"当然来得及，但是祝人家生日快乐得诚心，诚心就得有生日礼物，礼物呢？"短发女孩摊手做索取的手势。马山下意识摸了摸身上的口袋，除了钱包手机外别无他物。

"算了，没关系，欠着吧，下次补上。"短发女孩大方地挥了挥手，像是施恩于马山。

"你这是过几岁生日？"

"你猜啊。"

"不是十八就是十九岁。"

"你看上去一本正经，想不到挺会哄人开心的，没少骗女孩子吧？"短发女孩哼了一声，"要十九岁就好了，可惜再也回不去了。我都二十四了，老了。"

马山一口水差点没喷出来："别逗了，你这才哪儿到哪儿啊。二十四要算老，那我这三十好几的岂不是老不死了？"他自认为讲了个还算不错的冷笑话，短发女孩却一丝笑意也没有。

"女人哪能和男人比呢。你们男人越老越有魅力。而我们女人呢，年龄和魅力成反比，更别说干我这一行的。"

马山本想接过短发女孩的话再贫两句，可话到嘴边，看到她眼睛闪过的那抹忧伤，轻咳一声问："你上周五生日？12月21号？"

"是呀，传说中的世界末日，是不是很酷。"

"你不怕吗？"

"怕？怕什么，怕死吗？"马山点头，短发女孩很鄙视地白了他一眼，顿了顿，低声说："死谁不怕啊，是有那么一点儿怕，我到现在都还没有收过铂金包，没有去过马尔代夫，没有亲眼见到大明星，没有中过彩票，没有爱……"短发女孩把到嘴边的话又咽了回去，她低落了两秒，又恢复灿烂笑容："总之我还没有活够，不过转念一想，反正要死大家一起死，也就没什么好怕的。"

"生日聚会上我喝醉了，醒来后睁开眼，阳光扑面，装满整个房间。我恍惚了好一会才确认世界末日过去了，我不但没有死，还老了一岁。从那一天起我更坚信人生苦短，要及时享乐。活一天，赚一天钱，反正按理说已死过一次了，那为何不活得开心些，尽量为所欲为呢？"说这番话的短发女如同一位哲学家般目光深邃。

"那你呢，你相信世界末日、害怕死吗？"

马山摇头，短发女孩不甘心地追问："那你相信爱情吗？"

马山一愣："这和世界末日有关系吗？"

"没关系啊，就想到了，随便问问。"

"也不信，至少目前不信。"

"为什么？你没女朋友吗？我还以为你都结婚了。"

马山玩着手中的空烟盒，没笑也没回答。

"你不信世界末日，也不相信爱情，那你信什么？你有信仰吗？"

"信仰这么奢侈的玩意儿我哪配有。信钱算不算？如果算，那钱就是我的信仰。"

"哈，真有你的。来，为我们有共同的信仰干杯。"短发女孩哈哈大笑，找来杯子才想起没有要酒。转而拿起粥碗，与马山的茶杯相碰，像个女土匪头子，仰起头，一饮而尽。

AM 2：00 —— AM 3：30

在酒店宽大的单人床上，马山顺其自然和短发女孩做了爱。都熟到这份上，要不和她发生点儿什么，才是对她的不尊重。

马山裸着上半身，拨弄着尚未吹干的头发从浴室走出，看到试衣镜里反射的慵懒性感的短发女孩。她披着浴袍，双指夹着一根细长的女士香烟，曲线玲珑地坐在书桌前玩着电脑，

屋内回荡着短发女孩随声附和香港歌手薛凯琪的《Better me》。

远处海港传来阵阵船笛，我一直飘零到被你捡起。如今望着反映窗户玻璃，有个我陌生又熟悉。

"这歌真好听，你唱得毫不次于原音。"

"行了，留着你的甜言蜜语说给下一个姑娘听吧。"短发女孩轻轻一笑，大腿根部的刺青若隐若现。

"你不是不信吗？喏，睁大眼睛，看仔细了。"

马山探头望去，电脑显示屏播放着湖南卫视一档知名综艺节目的开场舞，五六个年轻的舞者活力四射地跳跃欢腾。

"信了吗？"短发女孩按了暂停键，画面定格在一对男女脸上。"这是我，抱我的是我的舞伴也是当时的男友，那时我还留长发，和他分手后我才剪短的。"

"这也是我，还有这个，这个，都是我。"短发女孩一脸骄傲，她接连播放了几期该节目的开场秀，她穿着性感，跳着看上去大致相同的舞步，镜头少得可怜。

"你还真的做过舞者啊。"

"别瞧不起人，刚才我在床上跳得怎样你又不是没亲身体验。"

马山回味地笑，下体又有了反应。

"您还真是个文化人，说得那么好听，什么舞者，其实就是个伴舞的呗。不只这一档节目，好多台综艺节目的开场舞我都跳过。不过从专业角度来看，其实我跳得并不好，瞎跳，没有什么天赋，只能算是爱好而已。"

短发女孩熄灭烟又续上一根，"我前前后后跳了四年，钱没赚下，伤落了一身，韧带还撕裂一次。二十岁那年，我的搭档，我的初恋男友，那个贱男人，取走我全部的积蓄背着我和我最好的姐妹跑去北京。"

意料之中的狗血桥段，马山也很老套地问："那么后来你……怎么又……"

"你是想问我怎么就做了这一行，当上包房公主的吧？"短发女孩见怪不怪，"我从小在湘西大山里长大，我妈死得早，我爸把我养大却得了重病付不起医药费，我弟弟上学又得交学费，所以出来陪酒喽，就这么简单。"

看着马山信以为真的沉默表情，短发女孩忍了不到半分钟，像个作恶得逞的孩子般笑出声来。

"骗你的啦，怎么可能这么倒霉？我告诉你，你今后再碰到像我刚才那样，诉说悲惨身世的包房公主千万别信，这只不过是骗取客人同情心好多要点小费的台词。至于我嘛，那对狗男女去了北京，我在电视台认识的一个姐姐问我愿不愿意和她南下去广东赚钱。我没怎么多想就答应了她，反正我一个人没依没靠没牵挂，刚好长沙也待腻了，换个城市没准机会还会多些。"

"然后就来珠海了？"

"那倒不是，第一站去的广州，两年后去了深圳，其间中山、江门、东莞都待过，珠海是我来广东的第五站。至于为什么做了公主，没为什么啊，我倒是想像那些好命的女孩子一样，坐在写字楼里吹冷气，喝咖啡，当白领。可我书读得少，脑子笨，爱玩，人懒又怕闷，高职没读完就去做模特喽。我十七岁当模特，一做就是五年，只要有钱赚，我什么活都接，淘宝网拍、车展、夜店舞者，我都做过，可是赚得都不够多，买个包包、化妆品钱就没了。后来我看到和我一起走台作秀的姐妹们一夜之间都变得好有钱，背的都是大牌包，戴的都是蒂芙尼的钻石项链，每个周末都去港澳吃大餐，住五星级酒店。看着她们一个个光鲜耀眼，说不羡慕是假的，你知道，没点虚荣心那就不是女孩子。我请姐妹里混得最好的那个姐姐喝红酒，送了她一个蔻驰的钱包，旁敲侧击向她打听哪儿来的那么多钱。她告诉我说很简单啊，去找个有钱爱玩又怕老婆的老男人就ok啦。那上哪儿去找呢？然后，然后我被她带着进出珠海各大夜总会，就这么入行喽。"

短发女孩漫不经心地说着，像是在转述他人的经历。

"喂，我要说我也挑人接的，你信吗？"

"那我很幸运。"

"嘴可真甜，那我说我想嫁给你，你敢娶吗？"短发女孩似笑非笑，嘴角上扬，目光挑逗。

"敢啊。"马山停顿了下说。

"行了吧，你都迟疑了，真假。"短发女孩又冲马山翻了个白眼，"好了，不说这些废话了，讲真的，今晚你开心吗?"

"开心啊。"

"开心就好。"短发女孩莞尔一笑，"你开心，我有得赚，各取所需，谁也不欠谁。"

在二十四楼的落地窗前望去，大海如沉睡的巨兽般温驯。一架夜行航班从空中安静划过，不远处的澳门灯火璀璨，情侣路上没有情侣。短发女孩从身后环抱马山，脸贴在他的后背，像乖巧的宠物。马山忽然有种比射精后还要空虚的空虚感，他没有，也不敢回头去看她，生怕再多看一眼便爱上她。

AM 8：00 —— AM 9：00

虽然睡了五个小时不到，马山还是先于闹钟醒来，浓妆卸去的短发女孩婴儿似的蜷缩在枕边。马山惯性摸出手机，一条未读短信一个未接来电。他扫了眼信息，又到月底，房东催交本月房租，顺便告知下水道又堵上了，这个月要加收维修费。马山小声爆了句粗口，顺手删除，接着关紧浴室门，清了清嗓，小心翼翼回拨老总电话。

一刻钟过去，马山走出洗手间，借着窗帘缝隙透出的几缕阳光，看到侧身坐在床沿的短发女孩。她一条腿垂直在地毯上，另一条腿弯曲，脚背弓起，优雅、缓慢地穿着丝袜。

"你醒了，要不要一起吃早茶?"

"恐怕要让你失望了，"短发女孩站在衣帽镜前专注地画眼线。"有个熟客，澳门的老板约我去香港跨年，我答应了，他马上就来接我，不好意思啊。"

"没关系。"马山大方摊手，耸了耸肩，假装满不在乎。

手机响起，短发女孩走到窗前，背过身用粤语嗲声撒娇，笑声连连。马山从钱包里取出一沓钱，数出八百块，趁短发女孩不注意，放进她的手提袋外侧兜。过了半分钟，马山又数出五百块，手在空中停了下，还是塞了进去。

东西不多，也就没什么好整理的，马山很快收拾好拉杆箱，整装待发。

"要回北京了吗？短发女孩一手握手机，一手拎着大号的路易威登手袋在他身旁停住。

"不，临时接到公司通知，改飞上海。"

"哦，祝你一路顺风。嗯，不对，坐飞机好像不能祝一路顺风的。"短发女孩自问自答，"那祝你好运，发大财。"

"谢谢，你也一样。"

短发女孩盯着马山的眼睛微笑。她戴上墨镜，俯身绕过马山，伸手取走他背后桌子上的钱包。

"我已经……"

"我知道，我都看见了。"短发女孩将马山钱包里剩下的几张百元大钞全都抽出来，很自然地扔进手袋。

"心疼吗？心疼你才会记住我。"

说完，她拉开房门，径直离去。

总有人路口先走

1

解封的当天晚上，我就约柴老师在内的五个酒友去老城区吃那家开了至少有二十年的重庆九宫格火锅。太想念那一口了，隔离在家七天，上顿面包夹火腿肠，下顿榨菜配方便面，肚子里一点儿油水也没有。锅底我选了牛油锅，加麻加辣。肥肠、黄喉、百叶、猪脑花，我净挑重口味的食材往锅里倒。一时间，雾气蒸腾，香飘四溢，上下翻滚的海椒和四溅的红油勾引着食客们味蕾的同时，也让每个人心情舒畅。一桌好友你来我往，白酒杯这边举起，啤酒杯那边放下，划拳的划拳，摇骰子的摇骰子，人间烟火气，好不热闹。

酒过三巡，柴老师用后槽牙咬开啤酒盖，站起身说，都静一静，那什么，我提一杯啊，这杯让我们共同敬马山。说着，柴老师将我杯子倒满，憋着坏笑说，我之所以提这杯酒，当然，马老板今晚请客买单是一方面，最主要的是，马山从省外回来，顾全大局，为了全市九十四万人民群众的生命健康着想，马山宁可自己挨饿，忍着寂寞，也要认真、自觉地居家隔离。你们说，这牺牲小我、成全他人、无私无畏的奉献精神，是不是值得喝一杯？

我仰头干掉杯中酒，在一众起哄声中，笑骂柴老师，你这都什么乱七八糟的，你要想喝就放开喝，酒我管够。还替全市人民谢我，你怎么不替全省、全国人民谢我，再给我发一锦旗呢。

我倒是想，可级别不够啊。柴老师厚颜无耻地放声浪笑。酒桌上有柴老师这么一号人，再冷的场子都能被他三两句炒热，这也是我喜欢和柴老师喝酒的原因。

这流水线出的工业啤酒还是不够劲啊，马老板，你的酒馆哪天恢复营业？这大热天的，要是能喝上一杯现打的精酿啤酒，那该有多爽啊。

悬，估计怎么着也还得小一周。你不是说我识大体，顾大局，那我就再积极一点，配合政府工作到底，等全市动态清零了，我再营业也不迟。老话说得好，好酒不怕晚，你再忍几天吧。

我又调侃了柴老师几句，起身去洗手间方便。我点着一支烟，掏出手机，弹窗新闻一连数十条：大乐透依然没中，买的股票又跌了，俄乌还在打仗，皇家马德里爆冷门，欧冠小组赛居然被淘汰出局。朋友圈更是热闹，有娃的晒娃，有身材的秀身材，没娃没身材的或摘抄网易云歌词，或在线卖着中秋月饼、小罐茶叶。我回了两通漏接电话，都是熟客询问酒馆何时营业，想去坐一坐，喝一杯。微信提醒有三条未读信息，一条是信用卡催缴账单，一条是房东问我来年是否还接着干，续不续约？还有一条是半个小时前纪大哥发来的。我猜老纪是不是又读到他认为不错的小说，或是讲人生哲理的短视频与我分享。点开他头像一看，竟然是一篇讣告，逝者正是老纪本人。

长兄纪安澜于2022年9月3日凌晨因病去世，享年四十二岁。兹定于2022年9月7日，在市殡仪馆举行告别仪式。因新冠疫情防控特殊时期，丧事一律从简。

妹妹：纪安沧泣告

2022年9月3日

老纪去世了？我瞬间酒醒，又读了一遍，确定不是恶作剧，赶忙拨打老纪电话，响铃许久，无人接听。我又打了几遍，依然没等到老纪的声音。我逐渐失去耐心，正要打给老纪的司机求证，提示音响起，老纪刚发来一条五十九秒的语音信息。我赶忙点开功放键，传出来的是低沉的女人声音：你好，我是纪安澜的妹妹，纪安沧。我哥哥今天凌晨突发心肌梗死，没有抢救过来，去世了。我刚从省城赶回来，正在操办他的后事，有点忙不过来，这会儿不方便接听电话，不好意思。那条讣告是我按照哥哥微信通讯录里的好友排序，逐一群发的。若有打扰抱歉。您要是我哥生前的朋友，等他入土的那一天，要是能来吊唁他，我想他在天上看到，一定会很开心。

算上隔离那几日，前后我也就一个多月没见到老纪，好好的一个人，怎么说走就走了呢。我连着续了两根烟，都没缓过来。我一走出洗手间，迎面撞上柴老师，他一脸严肃，还掺杂着几分惊慌，看到我劈头盖脸就问，收到信息了吗？靠，老纪不在了。

我找出老纪妹妹发的那条语音，播放给柴老师听。柴老师猛吸了两口烟说，真他妈的，你说咱们怎么也活到送朋友走的年纪了？！我一时语塞，没接上柴老师的话，只听见他又说，老纪到头来还真是心梗走的。你记得吧，在你酒馆，老纪给咱俩说过，要是他这辈子无法善终的话，大概率会死于心梗。我当时还劝他来着，我说纪哥，你可别学蔡桓公讳疾忌医啊，既然你有冠心病家族病史，你心脏也时常会感觉到不舒服，那就早点儿去北京，找个大医院，早搭支架早没事。再说你也不缺那点钱，你那辆宾利车卖俩轱辘都够你搭一特别好的进口支架了。

你还记得老纪当时怎么回答的吗？柴老师换了种声调，学着老纪说话时的温吞状：柴老师啊，人要想活得久，一是要好好吃饭，二要按时喝酒。最重要的一点，你一定要切记，算是我这个当哥哥的对你的人生忠告，那就是戒掉体检，远离医生。

柴老师模仿老纪说话那惟妙惟肖的样子，让我晃了神，一下回想起大半年前的一个冬天雨夜，店里喝到最后只剩我和老纪两个人，在歌手赵雷低吟浅唱的歌声下，老纪轻呷了一口印度淡色艾尔啤酒，放松地靠在沙发背上说，人生一世，有的人活长度，有的人活宽度。要我选，我选后者，过了三十五岁，我更注重活在当下，活一天要有一天的精彩。比如这一天吃了顿很美味的食物，听了一首很悦耳的歌，看到一片很美的景色，当然了，最好是喝到一杯陈酿的美酒。一天能体验到一件让人身心愉悦的事，那这一天就不浪费，没有虚度。

老纪说这番话时，我也喝了不少，在酒精的促使下，我好像故意和他作对似的打断他说，纪哥，你这么说，那是因为你有资本。你有的是钱，有钱可以为所欲为。我在网上看到一句话，说得挺在理，钱是满足人们欲望的等价物。也就是说所有欲望，归根结底都是有价值的，明码标价，只要你有一定的财富，那理论上说真的可以活得无欲无求了。咱顺着你的话说，美食、美景、美酒，我俗点，再加个美人，这"四美"是个男人都会有欲望，但能不能够满足就是另一回事了。你想要得到这"四美"就得靠第五美——美元。像纪哥你这样，兜里有花不完的美元，那自然手上有美酒，桌上有美食，窗外有美景，身旁坐美人了，你当然选择活人生宽度了。人比人得死，货比货得丢，你像我这种生而平庸、碌碌无为的人，除非命中有偏财，大乐透中奖，否则这辈子眼看也就这样了，一眼能望到头。所以你这个命题，要我选，我肯定选活人生长度。

我喝了一大口冰啤酒，跟辩论队员似的总结陈词，纪大哥，不怕你笑话，我车贷、房贷不说了，仅四张信用卡加起来，每个月到日子要给四大行还小三万块钱，晚还一天都没得商量。你说我有什么资格活生活的宽度？我只能寄希望自己命硬，能活得久一点儿，能让我家老爷子安度晚年，再把他体面送走。能看到我闺女谈恋爱，穿着洁白的婚纱嫁给一良人。要是我运气能再好点儿，能活到熬死仇人的岁数，那我这辈子值了，活得连本带利，赚到了。

老纪被我的酒话逗乐，他显然话没说透，但只是与我碰了杯，笑了笑，任由坐他对面的我跟上了发条似的，东拉西扯，喋喋不休。

柴老师提议，饭不吃了，立刻赶去老纪灵堂。我说这不合适吧，酒可以不再喝了，但咱俩怎么着也得陪到最后，要不然弟兄们会以为我好不容易请次客，吃到一半逃单了。

这没什么，你要抹不开面儿，我去给大家解释，这老哥几个都是本地人，懂规矩，明事理。你想想，纪哥生意场上所谓的那些朋友，有一个算一个，哪个不是表面看着你好我好，一团和气，背地里明枪暗箭放个不停？能让他愿意卸下心房、坦诚相待的，除了咱们两个还有谁？都这个时候了，你我不去给纪哥撑场子，于情于理都说不过去。

话音未落，柴老师拉着我快步走出火锅店，伸手拦停一辆出租车，我们去送老纪最后一程。

2

我三十岁那年过得精彩至极，年初我与一个大我两岁的东北姑娘结了婚，不到岁末，我就完成从单身汉一跃成为一个小生命爸爸的人生三级跳。待我还没适应身为人父的角色，我妈就在一次境外旅行中，因一场交通事故意外去世。我大半年都没有从丧母之痛中回过魂，每晚靠着酒精麻痹自己，勉强入睡。可不等闹钟响起，我又会猛然间睁开眼，眼睁睁地看着天是怎样一点一点亮起来的。那阵子，我看再搞笑的喜剧片也笑不出声，对任何事情都提不起兴趣，如同汪洋中随浪浮沉的一只小船，晃晃悠悠，靠不上岸。

命运的安排还真是有趣，不按常理出牌。我以为失去至亲已是我人生的至暗时刻，没想到一切只是噩梦的开始，接踵而来的是孩子她妈对我无休止的抱怨指责。吵来吵去，核心观点是嫌我活得没有上进心，过于知足常乐。她以我大学同学为例，说读的都是同一所大学，为何谁谁谁毕业没几年就成了某外企大中华区负责人，税后年薪百万，在四环内买了学区房；谁谁谁创业成功，公司三年内融了四轮钱，估值近百亿美金。反过来再看看我，三十岁的人了，一事无成，结婚两年搬了三次家，换的出租屋，住的环境一次比一次差。上班坐公交，下班挤地铁，就连周末想吃顿大餐，看场电影，都得像精算师般算来算去比着价，提前买好折扣券。

在一次闺蜜聚会后，孩子她妈下半夜回来，发疯似的将熟睡的我摇醒，向我彻底摊牌，歇斯底里地告诉我，她受够了过这样糟糕透顶的穷日子。她说她之所以当初愿意嫁给我，是指望与我携手漫步人生路，我能为她遮风挡雨，而婚后我非但没替她遮挡住风雨，反过来还给她制造风雨。她声泪俱下地控诉我说，孩子出生后她不敢多花一分钱，背的是高仿香奈儿包，穿的是网购廉价连衣裙。好不容易不用一下班就带孩子，想和小姐妹放肆欢聚下，又为了能赶上回来的末班公交车，跟灰姑娘似的踩着高跟鞋，午夜夺路狂奔。她说她多一天也忍不了和我绑在一起，浪费她所剩无几的青春。我没有和她多废话，甚至还有莫名的解脱感，欣然同意了她天亮就去民政局办理离婚手续的诉求。婚离得比我预期的要顺利，积蓄归她，孩子跟我，欠的外债我还，名下共同财物她得。

北京奥运会开幕式过后第二天，我顶着全市高考文科第八名的头衔，带着一行李箱换洗衣服，在绿皮火车的硬座上哐当哐当了一天一宿。当我随着人流涌出车站，仰头看到西客站广场在朝阳照射下金灿灿的"北京"两个字时，旅途颠簸带来的疲惫感瞬间消失，取而代之的是掩饰不住的喜悦。那时候我深信自己就是奇迹的代名词，前方会有无限的可能等着我，假以时日，我会在首都扎根发芽，闯出一片天地。

可人生哪来那么多奇迹。大四那年我考研失败，为了能留在北京，我去了一家娱乐小报做文字编辑，那也是我职业生涯的第一份工作。白天我对着电脑，修改着诸如《某知名女星深夜烤肉店私会神秘光头男》《惊爆！新科影帝私生子大曝光，生母竟然是她？》之类的明星花边新闻稿件，晚上下了班，在沙丁鱼罐头般的地铁里挤一个半小时，回到五环外和另外三个大学同学合租的公寓，吃一份充满地沟油香的回锅肉盖浇饭，刷两集

《康熙来了》，再打两盘手游，临睡前固定看一眼大学校花在个人社交平台上发布的性感照片，一天过完又是重复的一天，一晃两年便过去了。

北漂数载，我前后跳槽六次，除了娱乐小报编辑，我还做过电影公司企划宣传、少儿读物发行、某互联网金融品牌策划经理，兼职当过枪手，替知名编剧写古装穿越、仙侠神幻网剧的本子赚点儿外快。正如我的微信朋友圈签名引用的那句诗"京城米贵，居大不易"。有活儿找到我，只要不违法害人，不管什么性质，我统统都接，赚得再少也是钱。算一算，也就在大学师哥创办的某少儿英语在线教育公司任职公关经理那两年攒了点儿积蓄，其余几份工作，慌慌张张几个月，忙忙碌碌大半年，到头来赚的那三瓜两枣，交完房租，还完信用卡，所剩无几。我没钱，但我好在有自知之明，我深知自个儿几斤几两，那在北京买房、成为新北京人的梦我压根就没敢做过，我知道我迟早会因扛不住帝都生存的压力被淘汰出局，那感觉如同池塘里人工养殖的大闸蟹，时令一到，就要被捕捞上岸，发往全国各地。

日本作家村上春树说得在理："成熟男人的世界始于一场葬礼和一次离婚"，独自带孩子的日子，累是累了点儿，但也没想象中那么手忙脚乱。网上花二百块钱咨询的周易老师算得还挺准，这孩子的八字是真的旺父，自打小家伙跟了我，有那么一阵子，我买股票股票涨停，给管理层提交的方案一次通过，极少修改，项目奖金一度拿到手软。可到头来，我还是决定带着女儿离开北京，回老家定居。促使我结束北漂生活的理由很简单，除了我姑娘，这世界上唯一能让我挂念的只剩下我的老父亲。他人到古稀之年，我妈前脚刚走，我的爷爷奶奶紧跟着驾鹤西行。短短两年不到，老父亲发妻离世，父母双亡，只剩他一个人在老家独居，我放心不下他。

十年前我离开时，家乡是典型的北方四线小城，城东到城西就算堵车，开车也超不过半个小时。那几年房子均价不到三千块，随处可见基建工地，整个城市都在跨越式发展，向北京奥运会献礼。等我领着女儿回来，家乡如同参照时尚杂志、对照欧美名模仿妆容的女高中生般，不得要领。城市中心区域新起了两座环城高架，街边有了肯德基、麦当劳等全球快餐连锁品牌，仿澳门威尼斯人建的奥特莱斯商城内，偶尔可见三三两两、播放着抖音洗脑神曲的贡拉多船百无聊赖地在人工运河上穿梭滑行。据说市内最高档的楼盘每平方米也逼近了万元。即便如此，这座一没能源、二没工业、三没高科技产业的北方小城仍稳居国内四线，在省内的经济排名踮着脚尖也挤不进前三名。就好像是埋头苦读的中等生，用功努力了一学年，期末考试成绩虽有所提升，但排名依然不上不下，没有太多存在感。

真应了网络上那句鸡汤，能用钱解决的问题都不是问题。我低价卖掉我妈留给我的旧公寓，在城郊换了一套小独院，将我爸接来，圆了我爷孙三代住同一屋檐下的梦。我托熟人雇了一位住家保姆，她可以照顾老人的日常起居，烧饭做家务，也能顺带帮我接送孩子，一下子将我解放出来。虽说一走十年，但我毕竟是在这个地方土生土长，没几天我就适应了小城市的慢节奏。商铺过了十点半才会开门，早晚高峰都不存在堵车，晨起喝不到星巴克的美式咖啡，油条、胡辣汤的味道也不错。我去了一家回乡之前就谈妥的新媒体传媒公司，每月拿到手的工资还不及北京同等职位的三分之一，好在事儿少压力小，没有 KPI（关键绩效指标）考核，也没有末位淘汰制，几乎不用加班，更谈不上 996。这样一到晚上，天黑下来，我反而会无所事事，要么回家陪陪姑娘，和老父亲拉拉家常，要么在街上漫无目的到处溜达，无处可去。

我在老家的朋友不多，能坐下来一起聊天的，含柴老师在内不超四个。先前的中学同学，学习好的考到北上广，留在异乡成家立业，没考出去的昔日好友多数已结婚生子，在小城有了各自的营生。为了养家，朋友们整日为生计奔波，偶尔能聚齐，也无非是去网吧打打游戏，再到大排档吃烧烤、喝啤酒，末了剩下几个或离异或没有女人愿意跟的老男人，继续去足浴城洗脚按摩，天不亮不归。

这样的夜生活对我来说没有丝毫吸引力，反正都是消磨时光，还不如做点儿自己既喜欢，又能产生经济效益的事。在北京最后那半年，晚上失眠难入睡，我就会去小区外不远处，那个台湾同胞开的小酒馆喝两杯叫不上名的精酿啤酒，发呆放空。那时候我不止一次想，等有一天我财务自由了，我一定要开个属于自己的酒吧，和来店里的人喝一杯。总弯身捡六便士，偶尔抬头欣赏下皎洁月光，该是多么惬意的一件事。

这个梦想在北京实现的可能性几乎为零。可当我回到老家这个宜居宜业的小城，再加上刚倒腾完房子，手上还有点儿闲钱，我几乎没有多想，将银行卡里的存款全部取出，透支了信用卡，又借了柴老师五万块钱，雇了个会酿酒的小伙子和一个有眼力见儿、手脚麻利的小姑娘，在小城景色绝美的湖心公园小岛上，开了家名为"饮者"的精酿啤酒馆，取"唯有饮者留其名"之寓意。专营各种口味的小众精酿啤酒，短暂收留或心累或心醉，夜深不愿回家的都市夜归人。

3

老纪在吧台一入座，我就注意到他。并不是他外貌多出众，而是他手中拿了一本麦家的新作《人生海海》。

在这个短视频盛行，人人都有三十秒机会成名的网络时代，能静下心读书的人不多了。更别说在这个小城，多数人为赚几两碎银，忙得日夜颠倒，一年到头都读不完一本书。老纪并没有急着点酒喝，他拆开书的塑料封皮，翻看了几页，又掏出手机接听电话，在那坐了得有二十分钟才缓缓抬起头，望向挂在他正前方墙上的酒单，向我询问，那款桂花小麦啤酒，是你们自己酿的吗？当得到肯定回答，老纪随即点了一杯，酒没上桌之际，他又埋下头读起书来。

这间小酒馆营业一年多来，失业迷茫的年轻人，失恋买醉的花季少女，取景拍摄短视频的本地网红，吹嘘一笔买卖就能赚三千万的中年大叔我都见过，这在酒吧里读小说的，还真是头一回遇到。我把接好的酒外加一碟赠送的花生米摆放到老纪面前。他书读得专注，目光在字里行间停留了几秒钟，与我对视，说了声谢谢。我转身走回吧台，只听到他喊：您好，先生，我还没给您付酒钱呢。

在这座北方小城，陌生男性之间通常称呼对方为"伙计"，这一句"先生"，让我一瞬间仿佛置身于黄浦江畔或是国贸CBD。我打量着眼前这个男人，眼睛不大，鼻梁倒挺高，乍一看竟有点儿像演员段奕宏。我走回他身前问，您就喝这一杯吗？

还有其他酒推荐吗？他咧嘴一笑，眼角两条鱼尾纹随即显现。我给他推荐了两款我自认为还不错的酒，他微笑着耐心听我介绍完说，你说的这几款酒听上去都不错，不过我这人口味重，喜欢喝收口苦点儿、酒精浓度高的，老板，你这里有没有世涛？

说真的，来店里的客人通常都会点物美价廉、大众品牌的酒，能点世涛的，一看就是老手，至少是喝过好的精酿啤酒。

读麦家的小说，称呼人为"先生"，又会喝，懂酒，这算是我开店以来，遇到的比较特殊的客人。我征得他的同意，搬了一张椅子挨着他坐下，吩咐服务生从冷库里取出我私藏的那几瓶酒。我打开一瓶产自荷兰的世涛啤酒对他说，您不是本地人吧？来我们这里出差，还是旅游？

怎么，看我像是游客吗？他笑着用很地道的本地方言回答我，我就是这儿的人，只是早些年去南方读书，在上海待过几年。他伸出手，很正式地和我握了握，纪安澜，纪律的纪，安静的安，澜沧江的澜。我应该比你大，你叫我老纪就行。老板怎么称呼？

马山，马放南山的马山。我给自己倒了一杯，纪大哥喜欢喝精酿啊，我看您挺会挑酒的。

略懂，略懂，之前在上海那几年，被懂酒的朋友带着去过几间精酿酒吧，一喝就喜欢上了。我今天是碰巧路过，看到您店外招牌上的广告语"心有心上人，酒喝精酿酒"，觉得挺有趣，就进来喝一杯，味道果然不错，没想到在咱们这个小城市还能喝到口味如此纯正的鲜打啤酒。

老纪可不是像他所说的对精酿啤酒只是略知一二，第一次遇到他的那个晚上，老纪从国内各大精酿厂牌聊起，一路聊到麦芽种类、酿酒发酵，甚至就我这小店的年利润，他都通过每杯酒的单价，推算的大差不差。老纪对精酿啤酒的了解程度，说他是同行我都会相信。聊了一会儿，我去吧台给其他桌客人接酒，忙完再看向他所在的位置，已没了人影。

再次见到老纪是一周后，那晚店里客人不多，我和柴老师正看球赛，老纪推门而入，和上次一样，手里照旧拿了一本书。老纪看到我冲我点了点头。一回生，二回熟，我和他开玩笑说，纪哥，你怎么每次来喝酒都带本书啊，搞得跟我党地下工作者接头信物一样。

老纪笑了笑说，公园入口处不是有家书店吗。我有空都会进去转转，看看出了什么新书。

我瞥了一眼，老纪这次带的是余华的新作《文城》。纪大哥爱好文学啊，我边给他接酒，边假装不经意地询问。老纪把书放在吧台上，爱好文学谈不上，没事就喜欢读读小说，安静安静。

您真能静下来，现如今能读得进去纯文学作品的人不多了。我递给老纪一杯酒，您尝尝这个，上次你走得急，没喝上。这就是我给您说的蜂蜜艾尔啤酒，这罐今早刚酿出来，新鲜，您懂酒，您给提提意见。

老纪喝了一口，认真地就酒的入口感、酒体颜色、麦芽配比度给出了他的意见，他专业的点评使我更加好奇他的身份背景。一旁的柴老师一点儿也不见外，他拿起老纪搁在桌子上的书，随手翻了几页对老纪说，这位大哥，你知道吗，酒吧老板也是个大才子，他不但啤酒酿得好，小说也写得棒，全国知名青年作家，在国内好多文学期刊上都发表过作品。

是吗？听柴老师这么一说，老纪双眼放光，马老板你可真是深藏不露，你都写哪一类的小说？

别听他胡说，那都是早年间读大学，不知天高地厚，没事写着玩儿的。

瞧瞧，听见了吗？人没事写着玩儿都能发表，气人不气人。柴老师一脸坏笑，马老板可是北京985重点大学中文系毕业的高才生，出过书，还获过奖呢。柴老师掏出手机搜出我的名字给老纪看，不骗你吧，人家还有百度百科呢。

曾在《当代》《十月》《花城》发表过中短篇小说若干……老纪边看边读出声来。马老板，你可真厉害，年纪轻轻就在这么多大刊名刊上发表过作品，真是年少有为。老纪抬起头，看我的眼神和之前有些不太一样，这让我感到有些别扭。我正想客套几句，柴老师抢话说，怎么样，看不出来吧。马老板现在是归隐田园，封笔不写了，要是坚持写下去早就成名成家了，80后作家哪还有韩寒、郭敬明什么事儿。

那怎么不再写了呢？老纪面露憾色，多可惜啊。

说的就是，我们都劝过马老板，说咱们这地方多一位酒吧老板不多，但少一位作家，会让整座城市黯淡无光。可他不听劝啊，一心想着搞钱，开了这间小酒馆，弃文从商了，不再用好的作品去洗涤普罗大众的灵魂了，可惜啊，可惜。

眼看喝了酒的柴老师还想接着贫下去，我赶忙用手肘怼了怼他，用眼神示意他别再说了。老纪又追了一杯上一次来我推荐给他的那款世涛啤酒，在吧台与我和柴老师呈等边三角形对坐着。老纪给我提议，说可以考虑用小说题目给我自酿的那一系列新酒命名，不仅有趣，还有卖点。

桂花小麦啤酒口感清澈，入喉顺滑，可取名为《世界尽头与冷酷仙境》，淡色艾尔入口甘洌，后劲儿带点儿咖啡味，这反差感则是《一半是海水，一半是火焰》。

老纪一本正经地给店内的每款自酿酒都取了个相对应的小说名。懂精酿啤酒的酿造工艺和制作流程已让我意外，万万没想到，老纪对当下文坛的近况也了如指掌，就连各大文学杂志当月新刊发表了哪些名家的新作他都一清二楚。老纪从他手边那本《文城》聊起，兴致盎然地对我说，那个陕西籍老作家又出新长篇了，七十岁的人了，能保持两年出一部长篇，创作精力实在旺盛，不佩服不行。还有引领"东北文艺复兴"的那个沈阳青年作家，他的成名作改编成电影，上周我去电影院看了，剧本编得还行，就是演员没选好，演技稚嫩，没把原作中东北平原的冰冷无序下的粗犷感表现出来。

我再也忍不住我那颗蠢蠢欲动的好奇心，打断老纪的话说：纪大哥，我特别想知道您是怎么做到既懂酿酒，又对时下文坛活跃的小说家门儿清的？你学什么专业出身的？您这也太全面开花，多才多艺了。

爱好，都是业余爱好。老纪笑得谦虚，就跟有的人闲下来喜欢玩电脑游戏、打两圈牌一样，读小说是我日常的一个小爱好。至于酿酒，马老板你才是行家，我在你面前班门弄斧了，喝得多了，和你这样的专业人士聊得多了，也就偷师学艺点皮毛，不值一提。

和初次相见时一样，老纪第二次来酒馆，也没待多长时间。聊不了几句，老纪的手机铃声响起，他欠身走到不远处接听电话，隐约间能听到他呵斥电话那端的只言片语。等他再次回到座位坐下没多一会儿，手机再次振动，一杯酒没有喝完电话接了三四趟，老纪明显扫了兴，他付了酒钱，匆匆离去，看得出他活得多少有点儿身不由己。

那晚过后，老纪隔三差五就会来我店里，有的时候他只点一杯，喝完就走。有时看上去明显心情不错，喝开心了，一坐就是一晚上。要我在店里，老纪会和我分享他近期读的小说、看过的还不错的国内外电影。若是碰上柴老师替我看店，老纪则会和柴老师聊小城上世纪的风云人物、NBA球星。

老纪博闻识广，能言善谈，随便一个话题你只需起个头，三言两语过后，老纪就会主动接走，说不了几句，他就能讲到你的知识盲区，你只需只手托腮，做个合格的听众。老纪讲一件事，哪怕是讲个段子都很注重节奏，在哪儿埋个包袱，哪里垫个小坑，直到把你的期待值拔到最高点，他才会揭开谜底，让你不得不恍然大悟，继而连连赞叹。正如柴老师所说，老纪单口相声说得不次于郭德纲，和老纪聊一场，比听樊登读书会还长知识。

聊的次数多了，关于老纪的家世背景，我和柴老师像玩拼图游戏般，将彼此得知的信息凑在一起，也就对老纪略知了一二。

老纪虽和我同为80后，但他刚好和我一头一尾，他1981年生人，大我八岁，四舍五入，我和他年龄差距差不多得算两代人。老纪小学三年级，母亲因乳腺癌去世，父亲是个职业军人，兵营为家，老纪被爷爷奶奶拉扯带大。20世纪70年代末，老纪父亲作为一名运输兵，整天开着军用卡车，沿着澜沧江边给部队运送军需物品。为了纪念那段激情燃烧的岁月，老纪还在娘胎，老纪父亲就给他取名为纪安澜，小老纪五岁的妹妹自然就叫纪安沧。老纪父亲退伍转业回到老家县城，经远房亲戚介绍，去了县里的供销社，成为一名采购站司机兼业务员，依旧开着大卡车，只不过是从军用的换成民用，走南闯北，销货赶集。

老纪出生不久，老纪父亲凭借多年做业务员积累的市场经验和敏锐的商业嗅觉，他押上全部家当，又把亲朋好友能借到的钱借了个遍，回村承包了村里没人愿意碰的废弃多年的小煤窑。也就六七年，原本等着看老纪父亲笑话的村民一个个傻眼，眼巴巴地瞅着老纪父亲成了伟人在南方画圈后先富起来的第一拨人。到了20世纪90年代，老纪父亲和他的几个兄弟，农村包围城市，用发往全国各地的一车又一车煤炭换来的真金白银，在县城乃至市区开起了肥料厂、洗浴中心、大型连锁超市。老纪父亲的财富在90年代末期呈几何数倍增，待到了新千年，老纪家的商业版图已悄然建立，毫不夸张地讲，有那么四五年，全市最豪华的星级酒店、购物中心、海鲜酒楼，以及新建的两处楼盘，明里暗里，或多或少都和老纪家族有关联。

以世俗眼光看，有钱人家的小孩，学习成绩好不到哪儿，老纪却是个例外。他高考成绩算不上出众，但已是纪家三代出的第一个正儿八经的名校大学生。老纪高中毕业，南下上海，在一所综合类院校读的材料科学。尽管老纪数次不厌其烦，尽可能通俗易懂地给我解释过材料科学这个专业究竟是研究什么的，可我这个文科生，听得还是云缠雾绕，一知半解。大学四年老纪专业课学得马马虎虎，一次奖学金没得过，但也不至于挂科。他没正经谈一场校园恋爱，也没有勤工俭学，早早体验人间疾苦，大多数时间老纪都一个人泡在校图书馆的文学作品区，中外名家姓名从 A 到 Z 排序，他一本接一本地读，再小众的小说家的作品他都挑灯读过。

看得多了，自然难免技痒，老纪熬了几个大夜，一口气写了十余万字，四五个中短篇小说，题材涉及江湖武侠、乡土文学、青春成长。他信心满满投稿给各大文学期刊，最终都石沉大海，没有回响。而老纪心中热爱文艺的火苗并未被这朵涟漪浇灭，他将自己的作品打印装订成集，又买了半只盐水鸭和一打冰镇啤酒，敲开了校文学社社长的宿舍门。也不知道是老纪的小说写得好，还是他的酒量征服了文学社长，总之大三上学期，老纪接了班，成为该校文学社史上第一个非中文系专业的社长。

老纪没有和同专业大多数同学那样，大学毕业进入科研单位，或是出国留学继续深造，用老纪自己的话说，他应该是他们学院建系三十年来，不是唯一，也是屈指可数的，没有在相关专业领域工作的毕业生。老纪凭着他大学四年积攒的阅读量以及还算流畅的文笔，成功应聘到上海本地一家发行量很大的生活服务类周刊社，当了一名文娱专栏策划编辑。那应是老纪颇为怀念的旧日时光，但凡多喝两杯，老纪就会面带红晕，声调上扬，自觉不自觉地说起他二十岁出头，混迹上海滩文化圈的美好往事。老纪给我和柴老师分别讲过，他在陕西南路的季风书店和导演贾樟柯面对面聊天，喝咖啡；在读书栏目主持人梁文道的新书发布会后，和台湾作家张大春、骆以军在田子坊吃小龙虾，喝啤酒唱卡拉 OK。他群采过吴宇森，专访过王安忆，每当他路过巨鹿路 675 号，总想着自己的名字，有朝一日也能出现在《收获》的目录上。

老纪本想着，二十七八岁他能写出一篇在文坛立得住脚的成名作，三十岁出版个人第一本小说集，等到三十五六岁，最好能再获一两个国内知名文学奖项，成为 80 后新锐作家代表。可老纪第二个本命年还没到，就在一天清晨接到老家打来的电话，说他父亲前一晚酒局应酬，喝了不少酒，睡梦中突发心梗去世，家里人让老纪火速赶回家中办理后事。

父亲一走，老纪在这个世界上也就没了至亲，可那时候他还太年轻，并不清楚孑然一身、人生没有来路、只剩归途的滋味日后会有多难熬。他只想快一点儿把父亲的丧事办好，好回上海继续他的生活，编下一期的稿件，写他未写完的小说。没曾想，这一回来就再也没走成，老纪的叔叔伯伯未经他在场同意，就一致举手表决，由老纪接替他父亲，管理整个家族企业。老纪也不是没有推脱过，无奈阻力太大，长辈们根本听不懂也不接受他所谓的有自己的人生要过的说辞，反而轮番向他灌输家族荣耀、企业责任、社会担当。最后彻底打消老纪想回上海，决定留下不走的，是他那当过县中学语文老师的大伯说的一番话。

大伯语重心长地对老纪说，你父亲活着的时候，醉了酒不止一次对我们老哥几个说，他之所以一把年纪了还拼死拼活守，没日没夜地忙前忙后，就是为了能让你和你妹妹，以及你们的下一代活得轻松，能不看别人的脸色，随心所欲地活。以前有你爸在你们前面挡着，你有资格活你自己；如今你爸走了，不管从哪个角度说，哪怕是江湖道义，你都该回来，接管他留给你的这一摊，不管咱老纪家未来会有怎样的结局，你都得像个男人一样担当起来，天道酬勤。

就这样，沪漂编辑老纪，一夜之间成为几百名下属口中的纪总。他的日常也从在沪期间出地铁，上公交，早午餐便利店的盒饭配汽水，工作日通宵熬夜，采访编稿，周末出入各类文艺沙龙，与所谓的先锋画家、文艺片导演、畅销书作家把酒言欢，畅聊诗和远方，调频转换成有开不完的会、听不完的汇报、应酬不完的酒局。之前给稿件取标题的功底，全被老纪用在家里肥料厂新产品的命名上。有好几次，老纪坐在自家酒楼那金碧辉煌的包间内，用勺子神经质般搅拌着手边吃到反胃的佛跳墙，任一旁的意向合作方借着酒劲吹着不着边际的牛X，脑子里琢磨的全是他那写了一半的小说，男主人公的命运是不是该换条路走。

4

我和老纪从相识到告别，前后不到三年。若是将我和他的相逢一场拍成一部电影，那至少百分之七十的场景都发生在"饮者"酒馆内。老纪每次都是独自一人来，我从没见他带过朋友。店里酿酒的小伙子说，他倒是见过有一次老纪和一个男的来过，那男的应该是老纪的秘书。老纪坐在吧台边高脚凳上，喝一口酒，说一句话，那男的站在另一侧，满头大汗掏出本子快速记录，不时点头称老纪说得对。老纪来我这里从不提前打招呼，有好几次已过凌晨，我都打着哈欠，准备关灯打烊，老纪带着一身酒气，摇摇晃晃地走了进来，一屁股坐到他常坐的位子上，脱掉西装，拽掉领带，扔给我一包好烟，笑嘻嘻地恳请我别急着关店，陪他再喝两杯，聊聊文学。

老纪酒品着实不错，即便喝得再多，也不吵不闹，顶多就是借着酒劲感叹几句"你懂得越多，懂你的人就越少"之类的人生感悟。和老纪喝过那么多场酒，我很少听他抱怨，更别说向我诉苦。有时候我俩一人坐一张沙发，各自摆弄着手机，谁也不说话。我怕气氛尴尬，主动起头，抛出一两个社会热点新闻事件，他意兴阑珊，象征性说上几句，很快又沉默不语。但是你只要和老纪谈文学、聊小说，老纪就跟开闸放水似的，眉飞色舞，滔滔不绝。

我调侃老纪，说他跟玩角色扮演一样，总拿出他当初上海滩知名文化记者的范儿，斜靠在椅背上，点燃一支烟，眉头紧皱，一本正经地问我"你怎么看80后作家都爱写'失败者'这个主题""城市文学一定要写北上广吗""村上龙算不算被大众读者忽略的日本当代作家"等专业问题。不论我答成什么样，有时候我自己都知道在瞎说一气，老纪却听得频频点头，做若有所思状。聊至尾声，酒杯见底，老纪在起身穿外套时，语重心长地劝我要继续坚持写作，他说这些年他攒了好几个他自认为还不错的故事。其中有个故事，是他当年采访导演宁浩时听来的，他一直不舍得写，写了也不一定能写好。老纪说，等哪天他空闲了讲给我听，没准能带给我灵感，有不写出来都不舒服的创作欲望。

柴老师在网上搜索过老纪，他像巷口大妈般神神秘秘地对我讲，其实老纪并没有表面上看起来那么潇洒，你别看他总是一副没有心事的样子，那是他藏得深，伪装得好。他们家族内斗严重，再加上这两年大环境不好，老纪家主业经营不善，有一部分核心资产已在法院执行拍卖了。别的不说，我在网上查了，老纪早就是失信人，仅他为法人名下公司的相关诉讼案件就三十多起。柴老师像是说评书一样，讲得抑扬顿挫，开始我和你一样，一度以为老纪是个命好继承家业的富二代，实际上他是个父债子偿的"债二代"。

别看老纪名下财产不少，其实活得不容易，某种角度来看，他还不如你我活得轻松。咱有咱的道，干得不爽了，心情不好了，大不了随时摆烂，付出的代价不大。他有他的苦，我都能想象得到，老纪每天一睁眼，就得去想企业里几百号员工的工资从何而来。要知道每一个员工背后往往就是一大家子，老人看病吃药、小孩嗷嗷待哺，都得需要钱。老纪不得不拆东墙补西墙，按了葫芦起了瓢，他无路可退，更没有资格"躺平"，就算撞得头破血流，他也得硬挺着，举步维艰，也只能一路向前，寻找出路。

当然，即便如此，老纪也有的是钱，比你我这等俗人活得要没负担。柴老师说这话时语气满是羡慕，老话说得好，破船还有三千钉，瘦死的骆驼比马大，老纪就算再多官司缠身，家族企业问题再多，也用不着为五斗米折腰。老纪和你我相同的是都缺钱，不过老纪缺的可不是万儿八千的，人缺的是动辄上千万乃至上亿的大钱。那可是咱俩想都不敢想的天文数字，这么给你说吧，清明节我给我爷上坟都舍不得烧那么多钱。

柴老师说的这些，老纪当我面一句也没有提过。或许他认为我和他之间只不过是酒客与店家，最多也只是萍水相逢，没准哪天走着走着就走散的普通朋友，没必要，也犯不着同我聊他企业运营的心得或生意场上的烦恼。不过话说回来，老纪也没有像大多数富二代那般张扬炫富，他常年穿着商务衬衣，西装裤配皮鞋，戴着运动电子表，用的是老款手机，全身上下唯一称得上是奢侈品的，就是他拿在手上的那一本本跟板砖一般厚的小说集。若不是有时候他来店里喝酒，司机开着宾利车接车送，单看他外表，很难将老纪同本市民营企业二十强的董事长联系在一起。

有天傍晚，暴雨骤停，店内接到一笔外卖单，等不到派送员，路也不远，我便自个骑着共享单车去送。订那一单的顾客所在的小区临湖而建，背靠南山，是全市第一个单价破万元的楼盘，住在里面的非富即贵。我送完那一单，乘客梯下行，至一层电梯门打开一瞬间，老纪怀抱一堆书出现在我眼前。他愣在原地，随即走进电梯，拍打我的肩膀，哈哈大笑，问我怎么出现在这里？

讨生活不易，兼职快递。我冲老纪晃了晃手中的外送专用冰包。老纪开心地说，马山，我这一天天老去你店里麻烦你，早就想着邀请你来我家坐坐，一直没找到合适的机会。今天可是太凑巧了，你这都来到我家门口了，说什么也得进屋喝杯茶再走。你放心，不会耽误你做买卖的。

老纪的家在那栋楼的顶层，复式两层，光是客厅比我整个店还要大，卫生间就有四个。最吸睛的，是三百六十度落地窗外的无敌湖景，一眼望去，一城山色半城湖。我连连赞叹说，住这样的豪宅，每天一睁眼，拉开窗帘，看到这般美景，想得抑郁症都难。

老纪轻笑了下，欲言又止。我忽然反应过来，小心翼翼地问，纪哥，这楼盘不会是你公司开发的吧？

老纪冲我摆了摆手，马老弟，你太瞧得起我了，我要有做这个项目的实力，我也不会总去你那买醉，借酒消愁了。老纪递给我一支烟，这房子一直是我爸在住，他不在了我就住了进来。想喝点儿什么？咖啡还是龙井？

那是我第一次，也是为数不多看到老纪在小酒馆之外，生活中的日常样子。老纪家装修得不算过于奢华，除了随处堆放的书籍，那一套看着都不敢猜价格的红木餐椅，挂在书房的名人字画，以及那一面嵌在照壁背面不逊于海洋馆的水族大鱼缸，无一不彰显了房主与众不同的品位。老纪分给我一小包鱼食，走到我身旁问我，马老板，你也喜欢养鱼吗？

我可养不起这金贵玩意儿，我养活自己都费劲。我弯下身子，指着那足足有三米长鱼缸里的一条条观赏鱼，像小学生般好奇地向老纪发问，这是什么品种，那鱼叫什么名字。

老纪很耐心，甚至还有点儿乐在其中，一一给我解答每条鱼都是什么习性，该怎样养会活得久。当他说到接吻鱼比较特殊，要养就得成对养，否则不好存活，我像被点醒似的，直起身，环顾四周，又看了眼老纪，顿了顿还是问道：纪哥，这么大的屋子就你一个人住吗？嫂子和孩子呢？

问这话之前，我已做好老纪说他离了婚，孩子跟妈妈在外地的心理准备。有钱人嘛，一生不被一段婚姻束缚完全能够理解，再正常不过。没想到老纪却说：马老板，你说笑了，哪来的什么嫂子和小孩，我还没结婚，爸妈也都走了，可不就一个人住。

老纪这话一出口，反而把我给说蒙了。我心中默算，老纪少说也得有四十岁了，还是一个人独居，这也太不符合世俗常理了。

纪哥，我冒昧问一句，你一个人住这么大的房子，不孤单吗？这么多年，你怎么不找一个呢？就你这条件，在咱这小城，想找什么样的女人找不下？你就是去追女明星迪丽热巴、古力娜扎，没准她们都愿意和你约会。

老纪笑了笑，没有接我的话茬，很显然他不是很愿聊这个话题，我也就识趣，遵循成年人社交的第一准则，对方不主动说的，一律不去追问。

我和老纪围着茶桌对坐，吃着茶点，有一搭没一搭地闲聊，其间他翻看新买的书，我回复客人的微信，屋内一度安静如静谧海底。趁老纪走到一旁接听电话，我瞅了眼一直搁在他面前的平板电脑，只见碧海蓝天下，一艘快艇的甲板上坐着一个戴着墨镜、皮肤黝黑的小伙子在专注地海钓。我还以为那是某档综艺节目，喝着茶，漫不经心地闲看。直到有鱼咬竿，渔夫有技巧地将鱼钓上钩，双手抱着生猛乱蹦的海鱼，一口南方普通话对着镜头夸张地喊：哇，家人们，快看快看，开门红啊，今天运气爆棚，第一条就钓上来大黄翅，哇，很大的一条，足有四五斤重。老规矩，第一条鱼是咱们家榜一大哥纪老板的。黄翅上岸，黄金万两，祝咱们家老大纪老板，今年生意做得风生水起，日子过得红红火火，一路长虹！

老纪察觉出我的讶异，他给直播间刷了价值五百块的虚拟礼物，顺手关掉平板电脑，面带一丝羞涩地解释说：我业余爱好钓钓鱼，但总没时间钓，再说咱们这里黄土高坡，山连着山，也不具备海钓的条件。这小伙子是福建人，他们一家都是渔民，常年就住船上，职业海钓，天气好时他就会直播，我有空就会看他海钓，过过眼瘾，让你见笑了。

纪大哥，你可真是与众不同。你看你读纯文学小说，懂精酿，就连看直播，其他男人看的都是小姑娘黑丝美腿，劲歌热舞，而你却看大小伙子出海钓鱼，你这品位可真够独特，用网上的流行语来形容，你简直就是多金又帅的文艺大叔啊，我要是个女的我一准会爱上你，跟你有没有钱没关系啊。

我同老纪告别，临出门时老纪由不得我推脱，硬是塞给我一大包东西，名烟、茶叶、应季水果，外加一条我叫不上名足有一米长的冷冻海鱼。老纪说这是那个搞海钓直播的小伙子前些天快递给他的，他一个人住，很少开灶，让我带回去给老人孩子趁还新鲜炖了吃。

当天晚上，柴老师刚到酒馆，我就拉着他，迫不及待地给他讲我在老纪家的所见所闻。我先是给柴老师提了一嘴，老纪四十岁了竟然没结过婚，又着重讲了老纪在他那偌大的豪宅里，一个人看直播海钓这件事。柴老师听后的反应没我预期得那么强烈，似乎还有点儿见怪不怪。

不结婚晚年大不了没人陪，结了婚没准还活不到晚年。像老纪这种早已财富自由的人，要是寂寞了，有生理需求了，一时兴起想找个什么样的女人找不到？干吗非要傻到用婚姻羁绊自己。柴老师带点儿醉意说，老纪单身又有钱，活得自由又自在，他的境界和所追求的事早就脱离了低级趣味，与你我不同。看一大老爷们直播钓鱼还打赏，这种事搁在咱俩这类尚未脱贫的屌丝身上，纯属脑子有病。但同样一件事放老纪身上，非但没有丝毫违和感，你还会由衷地赞叹他品位好。他别说看人直播钓鱼了，他就是花钱看鱼咬人，我都觉得理所应当，这就是有钱人的快乐，是你我这等还在温饱线边缘徘徊的普通人无法共情的。

末了，柴老师还说，老纪看直播不仅仅是看海钓，他还见过老纪深夜在店里独自喝着寡酒，给一个远在大西北深山照顾独居孤寡老人、帮老人们拍遗像的男主播，刷过大几千块的虚拟礼物。老纪边刷还边感慨说，这个主播是在积德行善，是给活在黑暗中的人们，照进一抹光。

5

活不过四十四岁，大概率死于心脏病，这话我听老纪讲过好多回。有一次是柴老师请客吃烤肉，那晚我们红白一起兑，都喝了不少酒。老纪那阵子不知道是不是生意场上遇到什么难事，有话不直说，也不怎么吃东西，谁找他碰杯都来者不拒，一杯接着一杯，像是要把所有的一言难尽，都藏在酒杯中一饮而尽。喝到后来，大伙都察觉出他的反常，没人再找他碰杯，他就自个儿喝自个儿的，杯子拿在手上就没放下过。酒局至深夜，炭火熄灭，杯盘狼藉，老纪面颊通红，点燃一根烟，难得真情流露地说：我学周易的师傅告诉我，说我四十四岁那年有一大关，命犯三刑，要能挺过去，后面的路会走得一顺百顺。可我能感觉到，那一关我大概率是迈不过去了。

老纪从周易八字聊到他的家族病史，说他爷爷兄弟三人外加他父亲和小叔都死于心肌梗死，他大概率也躲不过去。老纪这话说得众人一片沉默，还是得靠柴老师，他干咳下，插科打诨说：纪大哥，算命先生的话不能不信，也不能全信，还有大师说我一百二十岁会有一劫难，我一琢磨，我都活那么大岁数了还能遇到什么坎儿，迁坟啊？

柴老师这还算不错的段子并没逗笑老纪，他满腹心事写在脸上，老纪给自己倒了一杯酒，又给我和柴老师都添满，幽幽地开口说：也不知道这一年多在"饮者"练得我酒量好了，还是酒的度数少了，以前两三杯就能压住的事，现在喝五六杯都不管用。以前失眠喝点儿啤酒就可以，现在不喝个半斤白酒根本睡不着。等哪一天，白酒都压不住心底愁，我也差不多该走了，去那边和我爸妈团圆了。

回老家一年，老父亲身体健康，女儿平安成长，小酒馆生意也说得过去，我终于能喘口气，于是就又写起了小说。这得感谢老纪，是他有事没事就拉着我谈文学，聊创作，一而再、再而三地鼓励我要保持创作热情，热爱生活，不要浪费才华。写作难免没时间照顾酒馆，于是我麻烦柴老师有空多去店里照应，也就是那阵子，柴老师代我看店期间与老纪走得近了，友情急剧升温。

我和柴老师小学就是同学。读初中时他学习成绩连年退步，个头却突飞猛长，一年蹿三蹿，到了高中，一米九四的他毫无悬念入选了校篮球队。柴老师没有高考，他以体育特招生身份去了省城某师范大学。柴老师篮球打得颇有天赋，一度入选过省队，参加过全国大学生职业篮球联赛。只要多喝两杯酒，柴老师就会自怜自艾说，要不是小时候傻，不懂事，表现欲强，加练得太狠致使半月板撕裂，有国家青年队教练到场的关键比赛因伤没有出场，否则他肯定会入选国家队，没准早成为声震亚洲的超级球星了。

没成为明星球员的柴老师，大学一毕业，他的职业生涯也随之宣告结束。柴老师彻底放弃了存在他心底小二十年的篮球梦，回到家乡高中母校成为一名体育老师，带着师弟师妹们晨操晚跑，同时憋着劲想发掘出一两个好苗子，代他完成他那未竟的梦。

当初我刚回来，在老家有且只有柴老师这一个交心换命的朋友。我与柴老师俩性格相反，我相对内向，有话不爱直说，喜欢独处多于社交。柴老师是典型的阳光肌肉大男孩，话密且贫，笑声爽朗，心事从不隔夜，和谁都能聊到一起。我之所以认柴老师这个人，是他重感情，讲义气，若不是他毫不犹豫地借钱给我，我不可能在短时间内将梦想照进现实，开了那间无论是收益还是精神慰藉都使我充盈的小酒馆。所以当柴老师透露，他有开一家少儿篮球培训机构想法时，我二话没说，要来他的银行账号，像当初他支持我一样，转账给他。

电话那头的柴老师对我一顿感谢，我都来不及说客套话，柴老师话锋一转，说他不想只开一家小机构，跟作坊似的，意义不大。要做就做票大的，柴老师激情四射地说：老马，少儿体适能教育目前是片红海，这红利和蛋糕一样，先到先得，先吃先饱。我要开一家师资、环境、课程都超一流的旗舰店，接着用最快的速度复制，争取两年内在省内各市都开店，四年内开遍全国一线城市，一举成为少儿篮球培训的头部品牌。柴老师声情并茂地给我勾勒他的创业梦，末了挂电话前柴老师说，他想约老纪谈谈，看老纪有没有兴趣做他这个项目的天使投资人，毕竟他生活中认识且搭得上话的有钱人就这一个。

老纪是怎么做到，非但没投钱，还顺便打消了柴老师创业的念头、老老实实当他的中学体育老师的，我不得而知。我只知道柴老师不仅没向我抱怨老纪，还一个劲儿地感慨说：到底是大企业家，老纪看问题的角度和深度与你我完全不同，我之前以为顺理成章的事，经老纪那么一分析，我才明白原来那都是创业路上一个又一个坑。多亏老纪及时拽了我一把，要等我真投钱进去，那我可就小马过河，水淹过脖，怎么死的我都不知道。更让柴老师没有想到的是，老纪关了他一扇门，却给他开了一扇窗。老纪邀请柴老师兼职做他们企业篮球队教练，老纪给柴老师开了一份他无法拒绝的报酬。这可把柴老师感动坏了，私底下不止一次给我念叨说，老纪活该成功有钱，太会做人了。为了感谢老纪的知遇之恩，柴老师做东，请吃烤肉，邀我作陪，也就是在那顿饭局上我听到老纪说自个儿命不会太长，没想到他竟一语成谶。

我见老纪最后一面，大约是他去世前两个月。说来十分凑巧，也有可能是我和老纪缘分到了。这年初夏，我受主办方邀请，去江西南昌参加年度全国精酿啤酒展，我拍了几张活动现场的照片，打卡发了朋友圈。没多一会儿我收到老纪发来的信息，他问我是不是在红谷滩国际博览中心。我回复他：怎么，你别说你也在。没想到老纪还真的人在南昌，老纪随政府的商务考察团来赣洽谈合作，他和我住同一家酒店。

我原打算展会一结束，当天就返程。老纪约我在酒店大堂的咖啡厅见面，他用商量的语气对我说：马山，你能不能多待一晚？南昌美食很多，我知道有家江湖菜小馆，麻辣海鲜做得不错，他们家三杯鸡更是一绝，等我下午的招商会结束，我们一起去尝尝，吃完再找个酒馆喝两杯。

我以第二天下午要给小孩开家长会为由，婉拒了老纪的好意。他沉吟了下说：这样，我给你订明天一早的飞机票，不耽误你给孩子开会。我还没来得及辩解，老纪抢在我前面，凝视着我，恳切地说：马山，有件小事情，我想请你帮我个忙。我想麻烦你帮我去见一位朋友，替我捎个东西给她。

老纪口中的朋友，是他多年前在上海沪漂时杂志社的女同事，山东女孩姚佳佳。

她和我差不多前后脚离开上海，我回了老家，她嫁到南昌。我和她一别之后就再没有见过，微信上偶尔聊几句，她发朋友圈了我会点个赞。老纪字斟句酌地说，她不知道我来南昌了，我本想着这次行程要是不太紧，时间来得及，我再告诉她，现在看是赶不上了。况且她毕竟是两个孩子的母亲，我要唐突打扰，有些冒昧，别再影响到人家的家庭生活，那就更不合适了。

老纪说得含含糊糊，我也就听得不清不楚。不过都是男人，不用老纪说得太透，我也能大致猜出他和这个叫姚佳佳的女人之间多多少少有点儿事，至少往事并不随风。

老纪从座椅下方掏出一个牛皮纸袋，我一只手接了过去，凭手感就知道里面装的肯定是钱，而且数目不小。我答应老纪，下午他开会时我代他去见姚佳佳。老纪听我这么说特别开心，当着我的面拨通他司机电话，给我定了隔天的早班机，头等舱。

我按老纪给的地址来到郊区一处售楼部。门迎小姑娘问我是否有预约好的销售？我说我找姚佳佳女士。只见门迎对着耳麦喊：姚总，前台有位先生找您。没多一会儿，就见一个女人从屏风后出现，朝我款款走来。她在我身前停住，冲我微微欠了下身，笑得职业，说：您好，我是姚佳佳，先生您是看房吗？

姚佳佳瘦且个高，踩着一双高跟鞋的她，目测得有一米七五。她化了淡妆，胸部傲人，后脑勺绑了个发髻，穿了一套淡蓝色套裙，黑色裤袜显得双腿笔直修长。姚佳佳属于那种第一眼美女，她长了一张国泰民安的鹅蛋脸，整个人由内而外散发着温婉大气，是那种北方婆婆会相中的儿媳妇模样。

我顺着姚佳佳的话说：是，看房，看你们这最贵的那套房。姚佳佳浅笑了下，话不多说，径直带我前往样板间。姚佳佳不愧是销售经理，她带我转了不到十分钟，与我聊了几个回合，就察觉出我心不在焉，不是真心买房。在二层的主卧间，姚佳佳不再说套词，她收起笑容，转过身子正对着我，开门见山地问：先生，听口音你不像是本地人。你是记者暗访，还是同行派来我们这儿做竞调的？

天色暗了下来，起风了，雨将下未下。我走到观景台一侧，与姚佳佳面对面，我四下张望，看左右无人，便压低声音说：姚女士，给你提个人，纪安澜，你有印象吗？

听到老纪的名字，姚佳佳脸上并未起太大波澜。她认真打量起我：你是？

我谁都不是，我就是个传话的，是纪总让我来见你。我拿出早已准备好的牛皮纸袋，来前纪总反复叮嘱，这个要我交到你本人手上。

姚佳佳单手接走，打开瞄了一眼立刻又合上还给了我。这我不会要的，你拿回去吧。

我像哄女朋友般赔着笑脸，你别生我气了，姚经理，我要不说看房，怎么有可能见到你呢？我也就是一打工的，赚点儿小钱养家糊口。说真的，我这趟来南昌，就是听纪总的安排，专程给您送这东西的，您要不收，我回去不好交差啊。

姚佳佳很警觉地盯着我，我顺势将纸袋又一次递到她手上。她略显慌张，张了张嘴，像是有话要讲，却没说出口。

我对她说再见，转身要走，姚佳佳喊住了我，她快走了几步追上我说：老纪，不，你们纪总没给你交代点儿别的吗？

我耸了耸肩，摇了摇头，姚佳佳眼神里的期待也随之消失。她不甘心又问：你们纪总没有和你一起来南昌吗？我又一次摇头，姚佳佳点了点头，自言自语般问，他过得还好吗？

来之前老纪对我说，关于他的事，我说得越少越好。可我看到站在风里、陷入回忆中的姚佳佳，我那怜香惜玉的老毛病又犯了。我点着烟，有选择性地向姚佳佳讲起老纪，七分实、三分虚地说着。当听到我说老纪至今还没成家，总是一个人去书店，一个人吃饭，一个人在酒馆喝酒至午夜，再回到一个人那冰冷的家，姚佳佳轻咬嘴唇，扭头看向远方。

在回酒店的出租车上，我给老纪发了条信息：人已见，事已办。老纪并没即刻回复我。车窗外大雨如注，我倚在后座靠背上，闭着眼像构思小说般琢磨，老纪为何要给姚佳佳钱？又为何人都到南昌了还以日程紧凑为借口，不与她相见？看样子姚佳佳心里还惦记着老纪，他们两个人关系到底如何，又会有怎样的曾经沧海难为水？

那天晚上，我在酒店房间等到快十点，老纪才散了会，姗姗来迟。他一见我就不停地道着歉，说有一位特邀演讲嘉宾发言超时，耽误了会议进程，我等了他这么久，想必一定饿坏了。老纪带我去了一家开在江边的海鲜小炒店，他轻车熟路的样子，不像是第一次来。老纪点了一大桌子当地特色美食。刚下过雨，江风阵阵，冰啤酒入喉，让人舒服得瞬间能原谅世间所有的不美好。

老纪一会儿给我倒酒，一会儿给我剥虾，先是说我的新作《微醺时各怀心事》写得出乎意料的好看，绝对能获奖。接着又饶有兴趣讲起台湾菜三杯鸡与江西三杯鸡做法上的异同，他看上去并不急于询问我见姚佳佳的相关细节。反而是我沉不住气，一瓶啤酒下肚，主动聊起姚佳佳。我赞叹了姚佳佳的美貌，添油加醋地说着姚佳佳接过那袋钱后面部表情的细微变化。我边说边用余光偷瞄一旁的老纪，他低着头，用小刀撬着生蚝，一脸风轻云淡，像是在听陌生人的故事。

半打啤酒喝光，我借着三分醉意调侃老纪：纪哥，实话实说，以前我也好奇，得什么样的女人才配得上您这样的男人。今天见了这位姚小姐，我如梦初醒，她就是我心目中嫂夫人该长的模样，你俩要站在一起，那是天造地设一样的难得。用东北话讲，你和姚小姐长得连相。

老纪仰头喝干一大杯冰啤酒，打着酒嗝说：马山，你喝多了吧，话可不敢乱讲。我不是给你说过了，人家已婚，儿女双全，大女儿今年9月份就要上初中了。

她孩子就是读大学了，你俩也有夫妻相。我有些肆意地搂住老纪脖子，今儿这里没有外人，就咱弟兄俩，讲讲呗纪哥，你和这位姚小姐当初是如何情深不知所起，一往情深的？今晚你就当我是个树洞，尽管放开了说，纪哥，我答应你，我一定会把你和她的美好往事，不露痕迹地编进我正在写的小说。

那可能真的让你失望了，我和姚佳佳真不像你想的那样，我们俩什么事都没有发生过，就是好朋友，同事一场。早些年我和她在上海共事时，人家就已经有男朋友了，也就是她现在的老公。老纪讪讪一笑，至于那点儿钱，我在上海期间，有一任房东脾气古怪，我对他一忍再忍。直到有一天，他以我总是喝醉晚回来为由，突然要给我涨房租，要不就让我立刻搬走，我当然不接受。房东报了警，我被逼无奈，也是赌气，连夜搬的家。我那阵子刚买了新款单反相机，一时没钱租房子，也没好意思开口给家里人要，就主动申请加班，在公司打地铺，睡了一个星期。姚佳佳不知道从哪儿听说我这事了，她找了个由头，变相借给我一笔钱，还给我推荐了马当路上一间不错的老式公寓，我才幸免没有露宿街头。要知道那时候她一个月工资也没有多少，还有固定开销，她借给我的也不是小数目。如今她家里遇到点儿难事，我能搭把手就搭一把，也算是还人恩情了，就这样，其他的就真没什么了。大作家，停止你的想象力，别拿我取乐了。

我假装失落，叹了口气说：下午回来的车上，我都自行脑补，梳理了好几版你和姚女士可能的感情走向，还以为你们之间或有故事发生过，夜久意难平。得，想当个吃瓜群众，都没吃成瓜。不过纪哥，你这也挺好的，不用背负情债，也不用被尘世间儿女情长所困扰，活得淋漓尽致，快意恩仇，那句老歌怎么唱来着，墙上没有蚊子血，远方一抹白月光。你这潇洒人生让我等一众爱而不得：数次被情所伤的Loser（失败者）好生羡慕啊。

马山，谢谢你今天肯帮我这个忙，日后有什么我能做的，你尽管开口，我定会全力以赴。老纪看了看我，目光在我身上停留了好一会儿，才接着说，咱不聊这个了，来，吃鱼。老纪举杯与我相碰，玻璃杯碰玻璃杯，满地都是心碎的声音。

6

老纪下葬那天是个好天气，连着下了三天的雨停了，天蓝云稀，艳阳高照。在前往殡仪馆的高速公路上，柴老师开着车，我坐在副驾位，他一言，我一语，聊来聊去，聊的都是老纪。

老纪的突然离去，对我来说，伤感多于悲痛。我和他算不上深交多年的朋友，没有同富贵、共患难过，甚至有可能我所了解的老纪，都只是他愿意展现给我看的那一面。夜深人静时，老纪是否会感到孤独？酒至微醺处，他是否有想说出口却又无法表述的不甘和委屈？我不得而知，也没有机会再知晓了。

我昨晚失眠，一夜没有睡好，躺在床上翻来覆去，满脑子都是老纪，跟过电影似的，一幕接着一幕。我前两年看过一部美国动画片，里面有句台词我印象深刻：活得特别爽的人，才敢死得特别快。老纪这一世虽然短暂，但活得精彩，该经历的他都经历了，不该经历的他也都经历了，就跟烟花一样，瞬间灿烂划破静寂长夜。

柴老师摇下车窗，秋风拂面，幽幽桂花香。你说人生一世啊，挺他妈有意思的，你看村里面很多人，家徒四壁，穷得叮当响，没见过世面，也没过上一天好日子，可动不动就高寿，活到九十、一百岁，五世同堂的大有人在。而有的人，远的不说，咱就说老纪，他拥有的财富，只要他愿意，就是急赤白脸、挥金如土地花，他家族三代都不一定能挥霍得完。可是你看，活得久的人，命不好，不缺苦难只缺钱，穷其一生岁月漫长。而有钱人呢？十有八九命短情长，奋不顾身，飞蛾扑火执着得到的，到头来镜花水月，空欢喜一场。所以要我说，命运对谁都他妈的不仁慈。说不仁慈都是轻的了，命运这玩意儿简直就是个王八蛋，你所担心的都会发生，你所期待的一准落空，麻绳专挑细处断，不出意外就一定会有意外，没见过比命运更操蛋的了，去他妈的。

我点燃一支烟递给柴老师，又给自个点上。我给柴老师说起，几个月前在南昌，我偶遇老纪的事。柴老师给我讲，我专注于写小说的那阵子，有一天晚上，他和老纪两个人，三瓶白酒，一盘卤肉，对酌到天亮。老纪喝得烂醉如泥，情不自禁地追忆起似水流年中，情深缘浅的那个她，笑着流了泪。

我哑然失笑，拍了拍柴老师肩膀说：老纪心里是真能藏得住事，他活得多累啊。柴老师，咱俩说这些，算是交换彼此守着的老纪生前不为人知的秘密吗？

算也不算，柴老师在殡仪馆外停下车，确切说，咱们这是在追思老纪，对，追思他。

我们来得早了些，半个小时后，人才陆续多了起来。来吊唁老纪的绝大多数都是生面孔，我都没见过，我猜应该是他企业的员工，或是他生意场上的合作方。人群中，我一眼认出那个老纪曾当着我面打赏，做海钓直播的小伙子。柴老师说他也看见老纪刷过"火箭"，给贫困山区老人拍照、卖农副产品的90后带货男主播。我想起老纪妹妹纪安沧给我发的那条语音说，老纪走后，她拿着老纪的手机，按微信通讯录里的好友排序逐一群发的讣告。若真如此，那这两个小伙子不远千里能赶来送老纪最后一程，重情重义。

告别仪式就要开始，我灭掉烟蒂，转身即将进入殡仪馆之际，不经意间看到马路对面从出租车上走下来的姚佳佳。她一身黑衣，戴着墨镜，神色慌乱，东张西望，像是在找着什么。我喊了她的名字，看到我出现，姚佳佳一路小跑迎了上来，顾不上和我寒暄，开口就问：我到此刻都不敢相信，他怎么就走得这么突然呢？

急性心肌梗死。集团旗下子公司开发了个地产项目，资金链出了点儿状况，停工一年多了。为了能早日复工，给已认购的业主交房，纪总终日奔波，到处筹钱。那天晚上他应酬了两场，喝了不少酒。纪总独居，喝多了去洗手间吐，身后连个拍背的人都没有。手机通讯记录显示，纪总半夜犯病难受，他给秘书在内的四五个人打过七八个求救电话，可那会儿凌晨两三点，都在熟睡，第二天早上等他司机发现，破门而入时，人早没了。

姚佳佳手捂住嘴，头扭向另一侧。她用纸巾擦拭掉脸上的泪痕，重新戴上墨镜，长出一口气说：马先生，有件事我需要你帮忙。

说话间，姚佳佳掏出一张银行卡，麻烦你帮我把这个转交给纪安澜的家人。

我并没有立刻接走，姚佳佳嗓音沙哑：卡里总共二十五万，都是他给的，我如数奉还。纪安澜是个好人，他之前听我和他共同的朋友说，我儿子生下来患有先天呼吸系统缺陷，他又是主动帮我联系北京的权威医生，又是三番两次不由分说借钱给我，我这辈子都会记住他的好，打心底感谢他。上个月我儿子手术做得很成功，医生说坚持吃几年药，多加锻炼，成年后会和健康的普通人区别不大。我怎么也想不到，我儿子那么难治的病，眼看就快要医好了，纪安澜好端端的一个人，怎么说不在就不在了呢。

姚佳佳这话说得别扭，怎么听怎么像是在占老纪的便宜。我轻咳了一声说：姚小姐，这卡由我转交不太合适，这么大一笔钱，以及你孩子的病情是怎样转危为安的，细节我都不清楚。再说我和纪总的家人不算熟悉，你看要不这样，稍晚我介绍纪总的妹妹和你认识，你亲自交给她？

马先生，在这里我只认识你，我只信任你。纪安澜借给我的最大一笔钱，是你来南昌转交给我的。解铃还须系铃人，当时你怎么帮得他，也请你现在怎么帮帮我。他给我的这些钱我本就不该收，何况他现在人已经不在了，我更是不能留。我拜托你了，你一定要成全我，否则往后余生，一想起他，我会难过的。姚佳佳说得哽咽。

姚佳佳硬要把卡塞给我，我双手推托。老纪的告别仪式已经开始，我也顾不上那么多了，我靠近姚佳佳，俯下身子，按住她拿卡的那只手，在她耳边悄声说：姚小姐，你听我说一句，纪总在世时不止一次给我讲过你和她的事，他虽没有明说，但我听话听音，这么些年，他之所以兜兜转转，始终一个人，是因为他心中有你。

说完这话我没有抬头去看姚佳佳的反应。哀乐四起，震得姚佳佳回过了神，她用手背拭去泪珠，晃动了下身子，顺手将那张银行卡放进随身包内，随我一前一后快步走进遗体告别厅。

7

一圈干净肃穆的白色菊花中，老纪安详地躺在那里，他终于不用借助酒精入睡，也不会再被失眠的问题所困扰了。老纪的遗照选得颇为用心，看上去像是刚参加工作时的证件照，相片中的老纪神采奕奕，嘴角上扬，一副对未来有着无限憧憬的少年模样。

告别厅内黑压压的一片，少说得有两三百人来和他永别。我站在最后排，柴老师和姚佳佳一左一右与我平行。不远处的四方水泥台子上，老纪的妹妹纪安沧在致追悼词过程中，一度哭得不能自已，她那痛彻心扉的哭声，引得我身旁的姚佳佳摘掉口罩，阵阵啜泣。

柴老师拽了拽我的衣角，递给我一枝黄菊花，嗫嚅地说：走，去看老纪最后一眼。我绕着老纪的遗体走了一圈，身前的柴老师眼眶微红，他忽然停住，轻喊一声：纪大哥，我是你的兄弟小柴，我和马山来送你了，你好好长眠，安息吧，我们会永远怀念你。或许跟我两年内送走三个至亲有关，等我走到柴老师刚站的地方，说不出一句话，也哭不出来，只感到一股凉意贯穿全身。我将那枝菊花放置在冰棺上，认认真真地向老纪三鞠躬。

正午时分，阳光灿烂，老纪化成缕缕青烟，去往另一个世界。我和柴老师站在路旁，目送黑色遮阳伞下，怀抱老纪骨灰盒的纪安沧缓缓走上灵车。我想起在南昌的那个夜晚，喝了不少酒的老纪，提起妹妹纪安沧一脸骄傲。说他妹妹比他厉害，研究生毕业考进省城一家国企，三十五岁就已是主任科员。老纪醉眼蒙眬地讲，年龄越大，在自家企业深耕越久，他就越能懂得他父亲当初创业的不易，以及呵护他们兄妹俩的良苦用心。老纪说，当初他大伯告诫他的那番话，这么多年，他无时无刻会想起。他之所以愿意顶在前面，每天硬着头皮处理那些蝇营狗苟、见不得光的事，和生意场上那些道貌岸然、各怀鬼胎的人坐在一张桌子前，推杯换盏，说着言不由衷的场面话，最大的动力源自他希望这些脏活、累活、得罪人的事都由他一人承担，尽最大可能让他妹妹及家族后代不受困于任何人和事，活得轻松自在。

可惜如柴老师说，命运这狗东西最大的爱好就是捉弄人，如今老纪也不在了，他昔日所在乎的，不得不背负的，努力堵住的，拼命保护的，一切的一切，无论好与坏，苦与难，大概率都会由他的妹妹纪安沧全盘接走。前方会有怎样的重重关卡、八十一难在等着她？老纪和他爸爸走过的那条窄路，纪安沧会逢凶化吉，还是重蹈覆辙？我不忍细想。

我找到老纪司机，麻烦他载着姚佳佳，前往墓地。老纪司机不知从哪儿摸出一个U盘，直愣愣地对我说：马哥，这个给你。

不等我问，他又说：前天我和纪总的妹妹小纪总一起整理纪总的遗物。在他的笔记本电脑里，看到一个文件夹，小纪总看了看说，应该是纪总闲来无事写的东西，和工作无关。我就记起半年前，有天很晚了，在酒馆你们两个人喝完酒，我送纪总回家的路上，他半开玩笑半认真地对我说，如果有一天他发生意外了，让我务必要把他私人电脑里桌面上的那几个文档拷贝一份给到你。他说他身边这些人，只有你能看得懂。喏，全在这里装着。

　　我听从柴老师的建议，送别老纪，"饮者"酒馆闭店一晚，不对外营业。我拉上窗帘，只开了几盏射灯。我给自己倒了一壶一直没舍得喝的老纪送我的茅台，又接了满满一杯老纪生前最喜欢的印度淡色艾尔啤酒，放在他常坐的位子上，好像只要耐心地多等一会儿，他就会像往常一样，推开门，手拿一册书，笑盈盈地与我打着招呼。

　　我打开电脑，插上那个银白色U盘，一个文件夹随即弹了出来。我用了三个小时，自斟自饮了两壶酒，读完老纪写的那得有十五六万字的长篇小说。

　　小说情节并不曲折复杂，写的是几对家庭背景迥异、性格各有特点的80后男女，在纸醉金迷、光怪陆离的魔都上海，机缘巧合下，工作生活在一起，后来因发生了一系列误会，造成了一段又一段爱而不得、阴差阳错的都市青春成长故事。其中男主角的人物刻画、对白设计，多多少少带点老纪自身的影子。文中有几处桥段是老纪大学舍友的轶事，我在酒桌上听老纪聊过。

　　虽说死者为大，可平心而论，仅这篇而言，老纪讲故事缺乏一定技巧性，行文架构也算不上太新颖，且文中新闻稿语言频出，破坏阅读快感。与其说是一部长篇小说，不如说是篇半自传体的"非虚构"作品。不过，小说题目老纪取得妙，我很喜欢——《总有人路口先走》。

一直下雨的星期天

AM 8：00

这是台风过境后的第二天。雨还在下，忽大忽小，风倒是刮得缓了些。天气预报说，未来三天都不会出太阳。

没等闹铃响，耿芊芊就自然醒来。舍友们都还在熟睡，她小心翼翼从上铺下了床，拿着脸盆，蹑手蹑脚走到盥洗室洗脸刷牙，化了个淡妆。

临出门时，耿芊芊收到男友小谢发来的消息：雨还挺大，要不你今天就不要去了吧。

雨大吗？还好吧，看样子没有昨天那么恐怖了。没关系啦，我打伞快走两步出校门就坐公车了，淋不到。

要不你叫个专车去。

你傻啊，从学校叫车过去我这一天白干不说还搭钱。没事，放心啦，你到公司了吗？

快了，还有三站。那路上注意安全，等你下班了我去接你。

耿芊芊回了个开心以及拥抱的表情符号，然后一手挎包，一手从储物柜中摸出一盒牛奶，轻声带上门，走出寝室。

耿芊芊和小谢算是老乡，同省不同市，他们俩相识在刚开学不久的同乡会上。也许缘分天注定，二十多个人随机分坐三桌聚餐，耿芊芊不偏不倚与小谢并肩而坐。尽管一屋子坐的都是老乡，但彼此都是初次相见，难免拘束放不开，一个个要不刷着手机，要不自顾自埋头吃着，谁也不理谁。

眼看场面要冷掉，师哥起身提议：都是老乡，大家热闹点儿。哪位同学来个才艺表演，讲个笑话或是唱首歌，活跃下气氛嘛。

师哥话音刚落，耿芊芊就站起身，落落大方地说，那我先为大家唱首歌吧，唱得不好听请多担待，但愿不会坏掉各位胃口。话毕，耿芊芊清了清嗓，唱起她初中时的偶像，新加坡歌手林俊杰的代表作《小酒窝》。

小谢和耿芊芊相恋后，他曾真诚坦白说，就是在同乡会上，当身旁一袭红色长裙的耿芊芊声情并茂，毫不怯场地唱着"小酒窝，长睫毛，是你迷人的微笑"他一眼就爱上她，甚至越看越觉得她和这首歌的原唱之一，香港女歌星蔡卓妍有几分相像。

而耿芊芊对小谢的第一印象也还不错，他谈不上帅气，但个高且壮，硬是把那件看上去就很廉价的白衬衣穿出大牌的质感。笑起来，小谢又有二十岁大男孩儿该有的坏模样。

饭局接近尾声，喝多了的师哥假借同乡之名，非要耿芊芊陪他连喝三杯。耿芊芊抹不开面儿，拧着眉头，喝掉一杯冰镇啤酒。小谢找借口替她挡了第二杯，又趁师哥没注意，将耿芊芊的酒杯掉包，换成凉掉的茶水，帮她应付过去。小谢这英雄救美的举动自然赢得耿芊芊的好感，心中加分，以至于散场后喝多了的小谢，支支吾吾问她要微信及手机号，她没多想，统统告诉了他。

那顿饭后，小谢三不五时发消息给耿芊芊，或是早安晚安，天冷加衣，感冒多喝热水等日常嘘寒问暖，或是转发分享搞笑视频、励志鸡汤、名人访谈。耿芊芊朋友圈发的每条状态小谢都会第一时间留言评论，手动点赞。这一举动耿芊芊并不反感，毕竟刚离开家不久，独在异乡，有人关心，无聊时能聊聊天也没什么不好。

小谢追得紧，耿芊芊也不怎么闪躲，他和她一起上了几周晚自习，看了三场电影，吃了几顿校门外的小馆子，大一尚未结束，两个人就确立了恋爱关系。这是耿芊芊的初恋。小谢呢？他也说是，那就是吧。

耿芊芊与小谢称得上是门当户对，都不是有钱人家的小孩，从小到大倒也没受过什么委屈。客观讲，小谢家境要比耿芊芊更好一些。小谢兄妹三人，小妹初中在读，哥哥大学毕业，在深圳的一家马来西亚公司做到区域销售代表，事业处于稳定上升期。小谢的妈妈在当地县城一所小学任副校长，爸爸早年间做木材生意，经营不善后同几个朋友合伙开了家颇上档次的粤菜酒楼，生意不好不坏。

而耿芊芊是姐姐，小她一岁多的弟弟成年后不再读书，非闹着去了青海当兵。母亲在她高考前夕大病一场，花掉家中不少积蓄。好在家族的食品加工厂效益不错，外加有省内某建筑技术学院大专文凭的父亲，三不五时还能接到旧宅改造，厂房设计等图纸设计的活儿，赚点儿外快，一家人在本地生活得还算体面。

耿芊芊没有问过小谢的家庭情况，都是他自个在饭桌旁、小树林、操场上主动说起。她只不过把小谢话里的有效信息拼凑在一起，对他的出身就有了大致了解。耿芊芊五官立体，娇小可人，要是认真化个妆，穿件当季时髦的衣服，说是网红模特都会有人相信。入校伊始，追耿芊芊的就大有人在。她若心思缜密，考虑长远，真想挑个家境优渥的，远的不说，父母皆任某央企中层，名下在省会有两套房产的同乡师哥就是个不错人选。而刚满二十一岁的耿芊芊爱一个人很纯粹，她喜欢小谢，是喜欢他咧着嘴傻笑的样子与国民男神演员刘烨有几分相似。

当然，她不会那么肤浅，耿芊芊更多是喜欢小谢懂得疼人，只要耿芊芊早上有课，小谢就会准点出现在女生宿舍楼下，捧着杯不加糖的温豆浆和几个素包子等她出现。睡过头快迟到的耿芊芊接过早餐，在赶去教室的路上就能吃个半饱。碰到雨雪天去校外做兼职，无论多晚，下了公车准能看到打着伞等着接她的小谢。最让耿芊芊感动的，要数那次深夜痛经，她在被窝里翻来覆去睡不着，疼得直抹眼泪。她发信息给小谢，只是纯粹撒娇求安慰，没想到已睡着的小谢居然翻墙出学校，跑了一站路找到药店买来止痛药以及一保温杯滚烫的姜糖水托宿管阿姨送到她床前。

耿芊芊牵手小谢并肩走在校内的路灯下，嗲声嗲气地问过他：你总说你喜欢我，那你说说看你究竟喜欢我什么啊。

你长得好看呗。

讨厌，耿芊芊嗔怒甩开小谢的手，那有一天我老了，丑了，你就不喜欢我了是吧？

耿芊芊这么一说，小谢急得直搓手，你别误会，我不是那意思，我就喜欢和你在一起。看到你笑，我就开心；看到你难过，我就也跟着伤心。

就这样？还有吗？

还有就是，小谢顺势又牵起耿芊芊的手，我喜欢听你唱歌，你唱得比那些所谓的歌星要好听得多，完全能去参加《中国好声音》，我敢打赌肯定有导师会为你转身，还不止一个。

耿芊芊嘴上说着"切"，心中却已绽放开朵朵烟花。小谢不太会讲情话，这点挺好，耿芊芊不喜欢甚至讨厌油腔滑调，专挑女孩爱听的讲的那类男生，那会让人没有安全感，会觉得暧昧的话他会讲给每一个女孩子听。像小谢这样，嘴是笨了点儿，却总默默付出，不动声色证明着对她的爱，这样的男生才是看得见、够得着，靠在他肩膀上就像在大海中摇摇晃晃小船找到港口，靠了岸。

AM 8：45

"海棠"的威力真不小，从车窗望出去，路两旁的积水，折断的树枝，倒掉的商店招牌随处可见。前天晚上，耿芊芊请教过睡她下铺的南方姑娘，你说为何台风那么凶猛，破坏力极强，名字却一个赛一个好听？

南方姑娘染着手指甲，头也不抬反问她：那你告诉我，你为什么叫芊芊？

不知道，耿芊芊认真想了想，然后摇头说：好像是我爷爷翻《诗经》给我取的。

所以啊，你就当台风的那些代号也是那帮无聊的气象学家查阅《诗经》或词典，随手翻到哪一页，看哪个词顺眼就用哪个词了。也就是说和你的名字一样，就是好听，没有意义。

耿芊芊被南方姑娘的回答逗得咯咯直笑。没来这座沿海大都市之前，对于在北方内陆小县城长大的耿芊芊来说，台风只不过是地理课本上的一个名词。耿芊芊说不上喜欢台风天，但也不至于讨厌。如同这座城市，它不是高中时期耿芊芊最向往的城市，可当她高考发挥失常，与理想中的首都某知名学府失之交臂，退而求其次，来到这个距离家乡千里之外的海滨城市求学，待久了，反而逐渐喜欢上这里的一切：温润的海风、应季的水果、好吃不贵的海鲜、热情友好的本地人。要说不适应的地方也有，那就是气候不太习惯。冬季湿冷，夏季酷热且漫长，台风说来就来，雨一下就是四五天。不过这并不影响耿芊芊对这座城市的热爱，就像美女脸上有几颗小雀斑，非但不觉得难看，反倒会觉得有几分俏皮、可爱。

耿芊芊要坐七站公车，再步行十分钟才能到达她做兼职的那家咖啡馆。这是一家从海峡对岸开过来的连锁咖啡馆，除了咖啡、茶饮外，也售三明治、蜂蜜松饼、巧克力麦芬等简餐。该品牌咖啡馆遍及这座城市的每一个核心区域，耿芊芊所在的这家门店地理位置不算优越，周边没有繁华商圈和成熟住宅区，好在不远处有本市最知名的妇产医院。

每一周耿芊芊都会来这里做三天服务生，这不过是她众多课外兼职之一，她没有告诉太多人。起初小谢不是很愿意她做这个，主要是不愿她太累，担心她被不讲理的客人刁难。耿芊芊告诉小谢，自从她初中看了一部以咖啡馆为主题的韩国爱情偶像剧，就梦想着有天能开一家属于自己的浪漫咖啡屋。在这里与其说是打工赚钱，更多的是偷师学艺，就算以后没有能力资本开店，也算是过了瘾，圆了梦。

留在家乡省城读书的耿芊芊高中闺蜜发消息劝她：拜托，这都什么年代了，你还去咖啡馆赚辛苦钱。难道你还真幻想在那里遇到霸道总裁、真命天子不成？芊芊你人长得漂亮，歌也唱得不错，你要发挥自己的优势，做个网络主播或者参加个综艺选秀节目，哪个不比这轻松有面儿来钱多？

耿芊芊回复她说：也就你是我的亲闺蜜，夸我，给我自信心。你是不知道，南方女孩个个楚楚动人，我们学校的美女更是多了去了，要是在校内碰上校花，别说男生了，我都会忍不住回头多看几眼。我太普通了，我要直播肯定没人看，我还是踏踏实实端盘子吧。

后来在语音聊天时，闺蜜又劝过她几次，直到收到耿芊芊寄来的店内人气礼盒，外加两包越南咖啡豆和一袋台湾凤梨酥，闺蜜才对她兼职这事儿只字不提，还在她朋友圈，那一组笑意盈盈、穿着咖啡店制服的照片下点了赞。

AM 9：30

耿芊芊准时到店打卡，洗手换上工装，听店长例行公事说完安全事宜，注意事项，然后和几个同事按照排班表的分工，擦桌拖地，刷杯洗盘，准备开门迎客。

今天同耿芊芊搭班的是熊姐，这对她来说算是个好消息。或许同为北方人的缘故，店内七八号员工，耿芊芊最能聊得来的当属来自东北的熊姐。熊姐比耿芊芊年长近两轮，她时不时就会笑着对耿芊芊说，你这年龄都是我闺女辈儿，我头胎要不是没保住，生下来也就你这么大了。耿芊芊很爱听熊姐讲话，她那浓郁的东北口音，无论说什么，就算是骂街，都自带喜感。

看来今天流水不会太好了。距离开门营业还有五分钟，站在收银台后方的耿芊芊对身旁的熊姐说。

这话我怎么就那么不爱听，赶紧给我呸呸呸，敲三下木头。熊姐用手肘怼了下耿芊芊，我还指望用这个月的奖金给我大儿子交学费呢。

可你看这雨大的，台风天又是礼拜六，人们都宅在家里，哪有几个人愿意出来喝咖啡啊。

雨大怎么了？雨大不产检了？雨大不生孩子了？熊姐数着零钞，不以为然地说，你别看一店、二店开在购物广场和商业街，平时人流是比咱多点，可要遇到这雨天，没人出门买东西全都歇菜。咱们就不一样，只要医院开门，咱们的流水就不会差。

好吧，耿芊芊吐了吐舌头，将擦拭干净的一盘咖啡杯叠放在操作台上。

对了，午饭你别出去吃米粉了，我带饺子了。中午去厨房热热一起吃。正宗的东北大水饺，昨晚给你多包了几个，酸菜猪肉馅，你准爱吃。

我最喜酸菜馅了，熊姐你对我可真好。耿芊芊双手环绕着熊姐胳膊，头依靠在她肩上，看上去像是女儿对妈妈邀宠。

熊姐说得没错，店门刚一打开，就有顾客进来。很快，咖啡混合着热吐司和煎蛋的香气渐渐弥漫散开，在雨中匆忙赶路的行人似乎都是被这诱人的香味吸引，陆续推门而入。点单的队伍越排越长，耿芊芊和熊姐迅速进入工作状态，出单、收费、找零，尽管店内冷气十足，没多会儿，熊姐的额头上还是沁出一层细汗。拿到饮品餐食的客人找空位四散坐开，一小时不到，店内就坐了近四成食客。

一位身着西装的男士推开一侧店门。看到有客人光顾，几米开外的耿芊芊冲他职业微笑，甜声说道：欢迎光临，请这边点餐。

男士并不着急，他一半身子在店内，手撑着门，倾着身，目光停留在店门外的林荫路上。

二十多秒过去，他等的人一蹦一跳出现。男士关了门，快走几步，找了个靠窗的位置，很绅士地弯腰拉开沙发座椅。待那人坐下，他在邻桌的纸巾盒里连抽数张，叠在一起，仔细擦拭桌面。

真受不了你这样的处女男，沙发座上的那位边说边摘掉套头衫的帽子，马尾辫随着就弹了出来。别擦啦，这桌子擦得比你脸都干净！

西装男很听话地住手，坐到她对面，将纸巾扔进脚边的废纸桶，从手包里掏出一个透明小瓶朝她递去，王小姐，擦擦手，消消毒吧。

那位被西装男称呼为王小姐的马尾女孩放下手机，抬起头，像看怪物似的注视着他说：你可真行，我一个女的都不嫌脏，你这会儿又是擦桌子，又是洗手液，洁癖够严重的啊。

刚从医院出来，这儿又离医院近，还是洗下吧。

这儿怎么了？也不脏啊。马尾女孩双手插进衣兜，环顾四周，轻笑了一声：我说咱俩究竟谁是女的啊？

西装男顿了下，收回洗手液。王小姐想吃点儿什么？

我喜欢吃什么你不知道啊。马尾女孩滑着手机，嘴里的口香糖嚼得啪啪直响。

抱歉，王小姐，董事长只吩咐过我说您喜欢吃川菜和日本料理，并没有告过我关于简餐您喜欢吃什么。

马尾女孩瞟了他一眼，又看回手机道：煎蛋单面熟，松饼加蜂蜜，大杯冰拿铁。

冰拿铁？西装男蹙眉，您确定？

喝了能死是吗？马尾女孩朝他翻了个白眼，你比老贾还要烦，真不愧是他的秘书。

热果汁行吗？西装男问得小心翼翼。

那能一样吗？马尾女孩急了。我不管，我就要冰拿铁，没有我就什么都不吃，饿死我们娘俩得了。

那好，我这就去买，您稍等。西装男离开座位，再坐下时，手里多了杯热水和一小篮面包干。

王小姐，您先喝口热水，垫一点儿，您的餐随后就到。

马尾女孩专注地玩着手机，像是没有听见。西装男把水杯和面包篮朝她面前推了推，说：王小姐，您血糖低，又累一早上了，多少先吃一点儿吧。

催催催，我差一点儿就破纪录了。马尾女孩将手机扔在桌面上，没好气地说。她吐掉口香糖，随手捻起一根面包条，放进嘴中小口咀嚼。

王小姐，西装男清了清嗓子，医生说这两天是最佳时期，董事长的意思也是……

别他妈给我提他，马尾女孩大喊，提他我就心烦。

王小姐，您冷静下，医生吩咐说，您现阶段不易激动。

你让我冷静？我操，这大雨天我在这小破咖啡店咽着难吃要死的面包，他在新加坡五星级 Hard Rock 喝着香槟晒着太阳，我连杀他的心都有了，你还让我冷静。

新加坡的会议对公司下一阶段的发展来说非常重要，董事长行程一个月前就确定下来了，他是真没想到您会这时候……

去他妈的重要会议，不就是陪他老婆孩子去环球影城玩吗？你敢说他老婆女儿没去？马尾女孩按了按手机，摆在西装男面前，别以为我什么都不知道。

西装男瞥了一眼，迅速抬头说：王小姐，我想你可能是误会了。

这还要我怎么误会？他老婆都发微博了，你看这一家三口其乐融融，阖家欢乐的样子，我羡慕得都要忍不住点赞。

差不多五六分钟，两个人谁也没讲话。片刻沉默随着耿芊芊一句"九号桌客人的餐好了请取餐"而打破。西装男起身，马尾女孩双腿蜷曲窝在座椅上，黑色帆布鞋搭在椅边，落地窗上已挂上一扇雨帘。

你不吃也不喝，直勾勾盯着我跟看犯人似的，我怎么吃啊。算了，不吃了。马尾女孩手一甩，钢叉砸在瓷盘边上发出一声脆响。

西装男弯身捡起叉子，用纸巾仔细擦拭，马尾女手握咖啡杯，嘬着吸管，头扭向别处。

行了，你也别跟着我了，请转告姓贾的，这孩子我要定了。

西装男双手交叉放在桌子上，注视着马尾女孩。

发什么愣，赶紧吧，回去交差，我也要回学校了。马尾女孩装好手机，拉上手包拉链，看样子随时会走。

王小姐，请等一下。西装男身体前倾，按说这是您和董事长的私事，我没资格过问。我虚长您几岁，也曾遇到过类似的选择，我建议您还是……

劝我拿掉，马尾女孩打断他的话，嘴角抽动：是老贾安排你这么说的吧。

恕我冒昧多问一句，您有想过如果孩子生下来，随之而来的一系列问题吗？

能有什么问题？不就是把他养大成人吗？我既然敢生下来我就敢养，我有自个的服装品牌，淘宝店三年冲到五钻，养一个小家伙绰绰有余。就算有一天我穷困潦倒，无依无靠，我哪怕出去卖，都不会让他缺一顿饭。

王小姐，我当然知道您很优秀，我要没有记错，您还有两个月才二十四岁。您还很年轻，未来有无限的可能，可您要是执意生下这孩子，您的人生轨迹或许从此就走上另一条路。

现在单身妈妈多的是，很多条件还不如我，都把小孩带得好好的，用不着你吓唬我。

我非常欣赏您的能力，相信您一定会给孩子很好的物质生活以及良好的教育。不过，您有没有想过，孩子会给您父母带来怎样的影响？要知道他们二位是省内乃至全国都很有名望的学者和音乐家。

行啊，调查得够仔细啊，怪不得老贾总说你是人才，赏识你。不过这事儿用不着你操心，我爸妈年轻时都留过美，他俩比我还开明，我只要给他俩说清楚了，从天而降个大孙子，我想他们俩会开心得要死。

那孩子呢？孩子生下来就没有父亲，成长中缺少父爱，这对孩子来说不公平。

扯淡，小孩怎么会缺失父爱？老贾是死了吗？还有，和我谈公平，不觉得可笑吗？对了，倒是提醒我了，你学法律出身，你来帮我算算，我该给老贾要多少赡养费？就他那身价，要一个亿，合情合理吧？

王小姐，我想道理您比我懂，我说再多用处也不大。我只想让您确认，这孩子您是否一定要生下来。要知道孩子出生，无论是对董事长还是您，都不是最佳选择。

咖啡杯早已见底，马尾女孩手指绕着吸管，一圈又一圈，心不在焉，又有点儿若有所思。

董事长走之前让我将这个转交给你，说不管您最后做怎样的决定，这个请您一定要收下。西装男用两根手指把一张黑色信用卡推至马尾女孩面前，这是张超白金卡，额度没有上限。

马尾女孩拿起卡片，夹在指缝来回翻看，漫不经心地说，哟，原来在这儿等着我呢。

哦，差点忘记告诉您，伦敦大学艺术学院那边已安排妥当，等您下半年毕业，随时可以过去读研究生。还有，您的工作室也按照您的要求选好了地方，靠近滨海路艺术园区，独栋别墅，落地大窗，站在阳台上能看到全市最美的海景。

西装男咽了一口水，瞄了眼马尾女孩，声音压低了些：您要是同意，未来一周任何一天随时可以去做。私密性、安全性大可放心，我向您保证不会有一丁点痛苦和不适感，您只需在手术台睡一觉，睁开眼，一切如初。说完这一长串，西装男像回答完面试官提问的应聘者，又恢复先前笔直坐姿，目光坚毅。

呵呵，承诺得到挺干脆。等我真下了手术台，指不定是什么样。

王小姐，董事长对您如何，以及他的为人我想您比我更了解。

你就别费劲威逼利诱了，反正没见到老贾之前我是不会在手术书上签字的。

按照行程，董事长最快也得到下下周四才能回来，那时已经错过最佳手术期了。

错过就错过吧，你都说了，只是最佳时间，又不是不能做了。要真不能做了，那就是这小家伙和我有缘，赖上我了，不舍得离开。

雨似乎下得缓了些，路上行人也放慢了脚步。马尾女孩把塑料杯握在手中，神经质般捏得啪啪作响。西装男只手托腮，安静等待。

你结婚了吗？片刻沉默后，马尾女孩先开了口。

上周二是我和我太太结婚七年纪念日。

七年之痒了？

目前还没有。

有孩子了吧？

大的五岁，小的三岁。

一男一女？

两个男孩。

怪不得你狠得下心劝我，你要是有女儿，你会心疼我的。马尾女孩落寞的神情如流星般稍纵即逝，能给我看看你孩子的照片吗？

西装男迟疑片刻，拿出手机划拨几下，递给了她。

哇，弟弟好萌！马尾女语气瞬间换成童音，这小脸，肉嘟嘟的好想亲一口。

这是哥哥吧？马尾女抬起头看了眼西装男，又看回手机。哥哥比你要好看多了，这么小就这么帅气，长大了肯定会迷死一片少女。

孩子妈妈真漂亮，有点儿像明星李冰冰。我就说嘛，你长着一张没有表情的"扑克"脸，宝宝怎么能那么可爱，看来是随妈妈了。

西装男收起手机，嘴角边总算泛起一抹笑意。

也不知道我的小孩会长得像谁。要是女孩一定要随我，要长得像老贾的话她的人生路得走得多艰辛。马尾女孩喃喃自语，短暂恍神过后，笑容又出现在嘴角。哎，你刚才说你也曾遇到过同样的选择，是和孩子妈妈？

西装男摇了摇头。

不是她？那是和谁啊？马尾女孩眼睛一亮，我最爱听八卦了，讲讲呗。

这个以后再找机会说给你听吧。

我不，我现在就要听。马尾女孩拽着西装男的衣袖，假装嗔怒，你对我都不真诚，我凭什么相信你？

西装男沉吟了下，双目低垂，都是十多年前的事情了，那时我刚到这座城市，工作没多久，在一场晚宴上遇到了她……

这时，电话铃音响起。马尾女孩扫兴地"啧"了一声，西装男接通电话的那一秒同时站起身，面朝窗外，冲着手机毕恭毕敬地说，董事长好，请您指示。

马尾女孩怔住，紧接着轻声冷笑，在手提袋中翻出化妆包，弄出一阵声响。

王小姐，董事长要和您说几句。西装男侧身弯腰，将手机放在马尾女孩眼前。马尾女孩像是没有听见，仔细地涂着唇彩。化妆镜中映出一张美丽、年轻的脸。

王小姐……

没看到我在忙吗？瞎嚷嚷什么。马尾女孩一把抓过手机，没好气地对听筒讲，找我干吗？

西装男颇为识趣走到店外，点着烟，不时回头透过玻璃窗看眼马尾女孩。只见她跷着二郎腿，鲜红的双唇对着手机上下翻飞，手势夸张。

一支烟抽完西装男再看去，马尾女孩歪着头蜷缩在沙发椅上，握着手机静静聆听，不再说话。

雨又下得大了些。西装男看了眼腕表，熄灭了第三个烟蒂，转身推门回到店内。快接近马尾女孩时，听到她嗲声嗲气地说：我不管，我就要亚光亮粉色，我生日我说了算。

西装男坐下，对座的马尾女孩咯咯直笑：讨厌，那不成了我自个送自个生日礼物了？不行，我要你开到我楼下亲手将车钥匙送我。

好啦，我知道了。马尾女孩柔声细语，那你亲我下。听不见，大声点。这还差不多，等你回来哟，么么哒。

西装男从马尾女孩手上接过手机，放至耳边，毕恭毕敬地说了一串：

是，好的，明白，了解。然后挂了电话。

我说，咱们就别赖在这了，走吧。马尾女孩大梦初醒般伸着懒腰。

好的，王小姐想去哪里？

去海边。

海边？西装男迟疑，可外面还下着雨。

下雨怎么了？谁说下雨就不能去看海了？西装男快走了两步，拉开店门，马尾女孩经过他身边说，我要去看看你们给我选的工作室采光好不好，院子有多大？能不能放得下老贾要送我的保时捷。

还有，你的故事还没讲完呢。不等西装男撑开伞，马尾女孩一头扎进雨中。

PM 2：00

你看林心如，真美啊！好喜欢她穿的这身婚纱。

霍建华也很帅啊！迷他这么多年了，可惜从此以后他就是人夫了。他居然没和胡歌在一起！本宝宝表示不开心。

午休时间，店员们聚到休息间换班吃中饭。两个女孩并排坐在一起，吃着汉堡炸鸡，热议着微博上正在直播的明星婚礼。

婚纱再好看有啥用，还不是穿给别人看的。熊姐取出微波炉里的餐盒，拨出十几个饺子到耿芊芊的盘中，似笑非笑说：不是有那么句话，女人就是一天的公主，一年的皇后，一生的老妈子。

那说的是普通人，人家可是大明星。一女孩辩解道。

明星怎么了？她再是大明星也首先得是女人吧。是女人迟早要相夫教子，是女人嫁到男人家就会有妯娌连襟，纵使你平日千般好，敢有一点没做到位就会被人拿来比较。她就是赚再多的钱，再有名气，也得亲自生孩子，白天在外面累死累活工作，晚上回家洗衣煮饭伺候男人吧。

熊姐这么一说，刚才还有说有笑、叽叽喳喳的女孩子们你看看我，我看看你，吐了吐舌头，埋头吃着食物，不再作声。

还是耿芊芊开了口，打破了即将跌至冰点的尴尬气氛。她弯身给熊姐的保温杯倒着热水的同时，声音也如同涓涓溪流般柔声说道：我小时候，我奶奶总爱跟我和我堂姐几个女孩念叨，说女孩嫁人相当于二次投胎，随了个好男人，嫁个好人家，比读个好大学、找个好工作更重要。说实话，我十六七岁时特别讨厌这句话的。我们女的有手有脚，完全可以靠自己的努力让生活变得更美好，干吗非得要依附男人改变命运？不过我越大似乎越懂得我奶奶这句话的内在含义，其实女人选择一个男人成家，并不一定要图他多有钱，多有地位，只要他能理解你、珍惜你、心里有你，热天能给你准备冷饮，冬日能为你煮碗热汤，也就算是嫁对人了。

耿芊芊这一长串与她年龄不符的话语，别说那几个和她同龄的女孩，就连熊姐听了都双目放空，陷入沉思。

耿芊芊忽然话锋一转，语调欢快地说：就比如我们熊姐吧，她就是嫁对了人。别的不提，当然太私密的我也不知道，单说熊姐只要来上班，宋哥无论在哪儿接活儿，到点一准会在店门口出现。一年四季，风雨无阻，有时还会给熊姐买她爱吃的地瓜干，烤玉米什么的带过来，真是花式秀恩爱，太让人羡慕嫉妒恨了。

女孩们顺着耿芊芊的话随声附和，和熊姐没大没小开着玩笑，笑成一团。熊姐故意绷着的脸还是没有忍住，笑着推搡靠在她肩上的耿芊芊，假装没好气地说：你懂个啥，这辈子嫁给他我真是倒了大霉了。他吃啥啥不剩，干啥啥不行，除了会开车，屁本事没有，跑快车赚的那点钱还不够他自个抽烟喝酒的。熊姐撇撇嘴，他哪儿会那么好心送我回家，其实是变相剥削我，好让我早点儿回去给他宝贝儿子做饭，伺候他老妈。

女孩们全然不顾熊姐的甜蜜抱怨，继续起哄。

你们都还是姑娘，根本不知道成家过日子是啥滋味。等过几年你们都嫁人有孩子了，看到时候还笑得出来吗。熊姐站起身，麻利地收拾起桌子：好了，好了，都别闹了，一个个没个正形的，赶紧归置好桌椅，到点上工了。

女孩们擦干净眼前的桌面，说说笑笑地离开了休息室。水池边洗刷餐盒的耿芊芊被熊姐用手指戳了下额头，你啊，人小鬼大，猴精猴精，小嘴叭叭，说得一套一套。你书读得多，小模样长得也带劲，处对象时可得两眼放亮，脑袋瓜精明点，到头来可千万不要像你姐我一样嫁得窝囊。一定要找个有钱有本事的男人，才能活得潇洒。我这可都是血泪教训，你听见没有？

双手沾满水珠的耿芊芊转头冲着熊姐做了个鬼脸，没有应答。

关于熊姐的故事，耿芊芊大致了解一些。多数是搭班工作，客人不多时熊姐或追忆或抱怨主动讲给她，还有些熊姐不愿回忆的伤心往事，耿芊芊听店长及其他老员工有意无意提起。

熊姐家乡东北偏北，从县城坐跨国巴士，不出两小时就到俄罗斯境内。熊姐生在林区，父母皆是普通林场工人，用微薄的收入养活着她们姐弟三人。按照熊姐父母的预期以及林区普通女孩的成长轨迹，熊姐会计学校毕业时，刚好赶上她父亲退休日。身为家中长女，她会顺理成章接过父亲的班，成为国营林场职工，在林区医院当出纳或者在林管所当保管员，虽赚得不多，但身份稳定还受人尊重的工作。可在人生的舞台上，熊姐并不是个好演员，她没有按照既定剧本去过完她的青春期，而是即兴发挥，高中还没读完，芳心初动的熊姐就暗恋上她的语文老师，那个大她近二十岁，来自南方海边小城，下乡插队就再没有回去的知识青年。

那是20世纪90年代初期，爱听香港四大天王，喜欢读言情小说的熊姐，在她那冬季漫长且寒冷的东北小镇，十分憧憬谈一场如炎夏般炽热的初恋。而长得和港星黎明有几分相像的语文老师，则是她心中男主角的不二人选。为了得到语文老师的注意，原本一上语文课就犯困的熊姐，靠着爱的动力，早起晚睡，玩命将整本语文书每篇课文都死记硬背下来。她还订阅起语文老师在课上推荐过的《读者》《青年文摘》等杂志，把文章中看到的优美句子逐条摘抄到课堂作文中。这样坚持了一学期，期末考试，熊姐的语文成绩破天荒位列全班第一，如愿以偿当上语文课代表。

有了课代表这个身份，熊姐就多了许多能见到心中男神的机会。每一次去语文老师办公室送作文本、考卷之前，熊姐都会先跑到女厕所，戴上在县城百货商店买来的新款发带或是银饰耳钉，对着镜子整理发型、摆弄衣裙老半天。她想尽可能在有限的独处时间内，在他面前呈现出自己最美的样子。或许是熊姐的攻势过于猛烈，再加上少女时期的熊姐由内而外散发出的青春气息，对于一个已婚多年，整天为生活琐事困扰的中年男子来说实在是难以抗拒的诱惑。总之在收到夹在熊姐还回来的汪国真诗集中的告白信后的第二个周日下午，原本约好和同学们一起去林区电影院看刘德华新电影的师生二人，在校内空无一人的办公室越了界。

那之后，熊姐的命运如同她迷恋的琼瑶小说里多数女主角一样多舛不幸。她自以为隐藏得小心翼翼，却不知她和语文老师的师生恋早已被他人察觉，很快就在校园中传遍。一天晚自习，语文老师的爱人，在全班同学面前扇了熊姐几个耳光，用极尽难听的语言羞辱她。更糟糕的是，这时熊姐的例假已经推迟了十天未来，不安和恐惧如同涨潮的海浪般层层逼来。

休学后的第八天，熊姐在语文老师下班回家的必经路上堵住他，亲口告他已有身孕。语文老师"哦"了一声，就像听到她说作文本收齐了，放在办公桌上般默然，推着车从她身旁径直前行。语文老师的反应让熊姐呆滞在原地，仿佛置身于静谧深海，好半天没有缓过劲来。

翌日黄昏，语文老师急促敲开熊姐卧室那扇窗，不作任何解释，用毋庸置疑的口吻命令她带上身份证和换洗衣服，同他远走高飞。在开往市区的大巴车上，枕着语文老师胳膊昏昏欲睡的熊姐，内心兴奋多于忐忑。她以为曾幻想过的，言情小说中不被世人祝福的男女主人公为爱私奔，浪迹天涯的经典戏码就要由她和语文老师出演。直到人流手术结束，麻醉剂解除所导致的疼痛感尚未完全退散，躺在阴冷潮湿的小旅馆床上的熊姐，读着语文老师留在她枕边的辞别信，才哭着从梦中醒来。

康复后熊姐没有，也没脸回家，她先是投奔早年间嫁到城里，做服装生意的表姑，不出三个月，能说会道的熊姐就成了表姑服装店里业绩最佳的导购员。熊姐很快攒够了预期中的两万块钱，她很快又爱上一个男人，很快又一次被男人欺骗，人财两空。二十二岁那一年，熊姐决定离开东北，去大都市闯一闯，看一看。她待过北京、上海、成都、南京、广州、深圳，做过发廊小妹、KTV陪唱、餐厅服务生、超市收银员。她爱过人也被人爱过，伤害过人也被人伤害过。当来到这座海边小城时，熊姐刚过完三十岁生日。她并非有意在当年负了她的语文老师的家乡落脚，只是她漂泊太久，身心俱疲，想找个人搭伴踏实过日子时，现已成为丈夫的老宋，不早不晚，适时出现。起初熊姐对这个相貌平平、木讷寡言的东北老乡并无太多好感，接触久了，渐渐感受到老宋独有的细心和体贴。老宋会在熊姐半夜发高烧时二话不说送她到医院，在熊姐需要用钱时，二话不说拿出厚厚一沓，塞进她手提包中。老宋从没瞎许诺过，没和之前那些男人一样，对熊姐说过"缘分""冥冥之中""命中注定"之类的情话，熊姐也早过了听甜言蜜语的年纪。他们俩不存在谁追求谁，就像天冷加衣，口渴喝水一样，火候到了，两个人如走既定程序般，自然而然上了床，结了婚，有了孩子。不咸不淡的日子在磕磕绊绊中，不知不觉，一晃就是小二十年。

耿芊芊曾试着把熊姐的故事写成小说，投稿给心仪的文学期刊，遗憾未被选中发表。她索性将全文在微博以及个人公众号上连载，每篇阅读人数勉强过千，点赞和评论只有零星几个，其中就有熊姐。

PM 16：15

约有一刻钟，没有食客进店。裤兜里的手机持续震动，响个不停，耿芊芊偷瞄了一眼坐在角落里正在低头认真核对上周流水的店长，确认安全后，她迅速掏出手机，滑屏解锁，男友小谢的微信消息接二连三地跳了出来。

托台风的福，今天我不用加班了。还有，我们发项目奖金啦，虽然没有预期的多，但还是能为我们的旅游基金增添一笔。等你下班，我去接你，晚上一起庆祝下吧。你想吃什么？火锅？烤肉还是比萨？任你挑选，我负责买单。

未读消息成为已读消息，耿芊芊的嘴角也就随之不自觉地上翘起来。她双手按着手机屏幕快速敲字，同时用余光瞟见店长已合住Macbook，做起身状。耿芊芊赶忙将尚未编辑好的信息删除，改为待会见三个字，又补了个代表开心的表情符号，飞快发送。当店长从身前经过时，看到的是站姿笔挺，笑容可掬，随时等着为客人服务的耿芊芊。

窗边那一桌男女不知何时坐在那里。男人盯着手边的咖啡杯恍神，对座的女人手拿一张纸巾，折了几折，打开恢复成原样，又折叠。

纸巾第N次被叠成微型四方块，女人开口说，所以我决定了，还是不要了。

你别这样，男人舔了下上唇，身子扭向一边，又扭向另一边，不是都说好了吗？有什么事都别慌，有我在。

谁和你说好了？女人抬起耷拉着的眼皮，再说有你在有什么用啊，怀的是我，就算生也是我生，你能做什么？在一旁给我加油鼓劲吗？

我不是这个意思。男人挠了挠头，呡了口早已凉掉的卡布奇诺，还是生下来吧，我会尽到一个父亲该尽到的责任，陪他长大，抚养他成人。

说得真轻巧，女人似笑非笑，请问这位先生，你和我两个人的工资，一分不花，也才一万两千六百四十三块六毛，就算加上基金分红以及你偶尔能从股市里赚的，乱七八糟合在一起，每个月我们的收入顶了天也就一万六千块，你告诉我，我们拿什么再去养一个孩子？拿我们那不到七十平方米，月供四千三的房子？还是拿我们那可怜的十多万积蓄？别忘了，我们已经有了个两岁七个月的女儿。

女人收起本来就不多的笑容，我可以不逛商场，不上淘宝，一年到头不给自己添置件新衣服，但我们的女儿一天天长大，奶粉、尿不湿、当季衣服从头到脚，哪一样不需要钱？何况她马上就该上幼儿园了，我赌你肯定不清楚目前幼儿园的学费有多贵。

男人显然不是第一次听到这番话，他频频点头，随声应和，尽可能表现得心平气和，而放在桌子下面的那只手早已攥紧成拳头。

昨晚你呼噜震天，我一夜未眠。半夜刷朋友圈，看到一篇文章，说一对夫妻要想成为他人父母，是需要一定资格，持证上岗的。如果你没做好充足准备，给不了孩子好的成长环境，最好不要带他到这个世界，这是对他的不负责，也是做父母的失格。

你知道吗？我边读边哭，倒不完全是为了肚子里这个，更多是觉得对不起女儿。当初我真是年轻，总觉得养个孩子没什么大不了的，稀里糊涂就把她生了下来。不是我不讲道理爱攀比，你看看我微信朋友圈、妈妈群、当初的同学、老家的朋友、身边的同事，同样是生养孩子，人家动不动就在开销十来万的私立医院待产坐月子，给小孩的食物、水、尿不湿全是海外进口，更别说周末带小孩去上早教课，节假日全家去欧洲、巴厘岛度假了。而我们呢？我们的孩子呢？别说私立医院，就是在公立医院生当时都嫌贵。

回头想想，都觉得不可思议，我是怎样一个人在大夏天挺着八个月的大肚子，拉着行李箱，挤了六个小时的火车，回到老家的县医院待产。女儿生下来，穿的衣服、玩的玩具、手推车、婴儿床，不是你哥小孩淘汰的，就是我姐送的，没有一样是全新的。宝宝生下来两天，你就赶回深圳，我为了能拿到全额年终奖，刚出月子就回公司上班，我们可怜的女儿不到五个月就断奶。这两年多来，我们没有雇过保姆，没有带孩子上过一堂早教课，就连周末陪她的时间都不多，更别说全家出国旅行。我要没记错，我们一家三口唯一一次出去玩，就是去两百多公里外的渔村农家乐吧。

瞧你说的，我们过得哪有这么窘迫不堪。我们是不富裕，但起码我们有自己的房子，有个家，不用再像前些年在北京那样，无根无源，成天租房，一年搬三次家，每到月底就和房东斗智斗勇，没着没落地北漂。

当初我们为何离开北京？女人打断男人：是，我们是有了所谓的家，但三线小城的房子和寸土寸金的地都有可比性吗？再说为了这套房子，我们付出了怎样昂贵的代价，要我提醒你吗？女人颇为激动，是谁在毕业散伙饭上拉着我的手，哭得稀里哗啦，信誓旦旦说要玩命奋斗在北京扎根，做不了北京人就做北京人的爹。又是谁三年都没有撑下来，选择放弃，做了逃兵，劝我和他一起离开北京呢？一开始，你告我说华中区经理懂你、欣赏你，大客户都在那边，我无条件支持你，一周不到就辞掉了北京的工作，跟着你，带着全部家当到了武汉。我们在武汉满打满算也就待了两年，我刚孕检查出怀上宝宝，你又外派去深圳，在我最脆弱、最无助、最需要你的时候，你不在我身边。

女人渐渐有了哭腔，我妊娠反应最难熬的那几天，想喝口水身边都没有个递杯子的人。这也没什么，说真的，我都做好了追随你去深圳再一次重新适应陌生城市的打算，而你说是和我商量，其实就是通知我，你说你爸妈总打电话埋怨，责怪你这几年在外不务正业，让你回家乡考公务员稳定下来。你说你是独生子，父母一天天老去，无依无靠，身边没人照顾，决定回老家发展。我们就像一支溃不成军，节节败退的军队，一路向南，我怎么也想不到，兜兜转转一大圈，最终居然还是跟你回到了原点。

犯过的错我不想也不会再犯一次。真的，承认吧，我们就属于那没有资格将孩子带到人间的父母。女人抽泣不止，她试图用纸巾堵住不断涌出的眼泪，收效甚微。如今也如你爸妈所愿，你终于回到他们身边，给他们养老尽孝。女人长舒一口气，努力平静情绪。这倒也还算不错的结局，虽然生活平淡无奇，但起码稳定下来，再也不用提心吊胆，过那种居无定所，不知道明天一觉醒来会在哪儿的日子了。

我是对不起你，可无论如何，孩子是无辜的。既然小天使幸运降临，愿意这一世来做我们的小孩，那是你我的荣幸。男人也抽起几张纸巾，擦了擦额头接着说，你说得都对，目前我是没给你和孩子更好的生活，不过你也是知道的，最快年底，等我手头在谈的这笔资金到位，年底我就辞职去创业。再说我们不是还有那近二十万的积蓄吗？这笔钱尽管不算太多，但把宝宝生下来，养到两三岁也足够了。

我们结婚五年，一共攒了不到二十万，其中还有十万是我嫁你时我家里给的陪嫁，你还好意思提？女人怒视男人，姓陈的，我最后一次警告你，永远不要打存款的主意。女人根本不给男人辩解的机会，什么天使降临，什么荣幸之至，你以为我不知道，说穿了不就是你爸妈想抱孙子。

你怎么会这样想？绝对没有的事儿，不管男孩女孩，孩子爷爷奶奶和我都会拿命去爱他，毕竟都是我的骨肉啊。

你不要说了，我不想听。女人身子扭向一侧，用手堵住耳朵：不管你怎么说，怎么想，反正这孩子我是不会要的，我做定了。

男人急着想说什么，却还是没有说出口。他烦躁地从衣兜里摸出盒烟，掏出一根，用手指夹住，没有点燃。

你有多久没有弹琴了？一阵儿沉默过后，女人徐徐开口。

什么？男人怔住，想了想，无奈地笑，大学毕业后再没碰过，都活得这么狼狈了，哪还有那闲心。

你说咱俩读大学那会多好啊，穷学生，没什么钱，但一天到晚都跟过节似的，快快乐乐，无忧无虑。女人眼里忽然有了光，嘴角也漾起笑意：那时你还是少年，还没有啤酒肚，瘦高瘦高，干干净净，头发比我还长。你打篮球，还玩乐队，我一下课就去活动中心看你排练，每到高校巡展，你一登台，吉他一扫，台下女生疯狂尖叫喊你名字，我会生气不爽。等你演出结束，握着我的手，在众人艳羡的目光中穿过人海，我又会得意骄傲。我最喜欢和你及你的队友们一起去吃夜宵，五道口的韩国烤肉、西直门新疆办事处的羊肉串、簋街的胡大小龙虾、雍和宫金鼎轩的虾饺烧卖，再来两瓶冰镇的燕京啤酒，真是醉生梦死般的享受。那时北京也没什么雾霾，天瓦蓝瓦蓝，尤其是到了秋天，梧桐、枫叶、银杏叶随风落满地，整个城市蔚蓝金黄……

男人一把握住女人搭放在桌上的手，宝贝我爱你，请再相信我一次，最后一次，好不好？我知道你不喜欢这里，知道你想念北京，等我创业成功，我们经济自由了，我们一家一定会重回北京，在四环内买房安家，让孩子受最好的教育。还有，等明天股市开盘，我会一股不剩，全部卖出，账面上应该能取出八万多块，你全拿走。答应我，把孩子生下来吧，算我求你了。

不要再说了，女人把手从男人手心里抽出，无力地摇了摇头，我累了，我想回家。

女人站起身，男人紧随其后，为她披上外衣。去买两块蓝麦丹麦酥吧，女儿睡醒看不到我她会哭的，她爱吃。

PM 17：30

打包好这份丹麦酥再找零，耿芊芊今日工作即进入尾声。她走出柜台，拿起托盘，最后一次清理店内台面。

一号桌的中年男子手舞足蹈讲着电话：生了，生了，男孩，七斤六两，母子平安。二号桌一个中年妇女对另一个中年妇女说，你就放心跟着我干吧，我闺女在澳大利亚代购，什么奶粉啊，尿不湿，婴儿辅食啥的发回来，每批货你加二成随随便便出手。三号桌旁一对看上去顶多二十岁的小情侣瘫坐在沙发上，抱着手机各玩各的，互不理睬。四号桌上的女孩双手抱头，暗自啜泣……

窗外又是一阵急雨落下。耿芊芊将归置好的废弃物倒进垃圾箱，然后与来上晚班的同事做了简单交接便走进休息室。她脱去工装换上私服，掏出化妆盒，补了点口红又描了几笔眉毛。小谢发信息说还有一站就到，问她下班没有？耿芊芊回复说，既然奖金没有预期多就不要庆祝了，都先攒着吧。反正这两天我上火嗓子疼，麻辣火锅和烧烤都吃不了。不如我们回学校吃西门外那家艇仔粥，我还有他们家五十块钱的代金券，再不用就快要过期了。好了，就这么愉快地决定啦。

这是在等小男友去约会吧。熊姐不知何时进来，站在耿芊芊身后，对镜梳头。

耿芊芊歪头傻乐，算是默认。

你这小男友长得是精神，也挺会来事，但依我看他不是那种有条件宠着你、让你享福的人。芊芊，女人的青春就那么几年，抓不住就错过一辈子。他有为你俩将来打算过吗？

哎呀，想那么遥远的事儿干吗。我也没说要跟他一辈子啊。耿芊芊转过身，双手搭在熊姐肩膀，怪声怪调地说，我刚看到宋哥的车已经停在店门外老地方了，是不是接你去过二人世界呀。

去你的吧，我们俩加起来都快一百岁了，没心思也没条件像你们小年轻们一样浪漫。再说，我这一堆烦心事，压得胸闷，熊姐叹了口气，我妈昨晚来电话，说我爹前天又喝多了，回家路上被电动车撞得小腿断掉，催我打钱回家给他治腿。我老妹儿刚才又语音告我，说她男人搁外头有相好的了，这两天正闹离婚。我大儿子又眼瞅着职校就要毕业，没有对象也没份正经工作，还三天两头偷拿钱往网吧跑，一宿宿地不回家。我这闹心的啥心思都没有，此刻就想仰脖灌半斤小烧，睡个三天三夜，一醉方休。要是醒不过来那更好，管他谁是谁，一了百了。

说着，熊姐对着镜子中的耿芊芊打了个如同一个世纪般漫长的哈欠。

微醺时各怀心事

曼　谷

素万那普机场最好吃的炸虾饼藏在国际航班到达层 E 区，购物街第三家商铺中。每次飞曼谷，无论飞机几点落地，我都不急于出机场，而是会先去那家泰式小吃店，要一大份炸虾饼，再在邻铺的星巴克点一杯美式冰咖啡，胃口好了还会搭一个椰子味的奶油冰淇淋，这是私属于我的泰式欢迎套餐。

做空中警察那几年，我飞东南亚的次数最多。多到我已经能分辨出东南亚各国首都滚滚热浪中的细微差别。新加坡的气味最好闻，桂花和鸡蛋花融合的香味，甜到让人会产生想恋爱的冲动。胡志明市到处都是烤海螃蟹的焦糊味，马尼拉的街道弥漫着炭烤猪肋排夹杂一丝胡椒的辛辣味，只有曼谷的气味与食物无关，那是波本酒的泥煤味混着午夜潮湿的海风，危险中透着一些暧昧。

这一趟泰国之旅的目的地是海滨小城华欣，曼谷中转一晚，去华欣取景，着重拍摄素有全泰国"最美火车站"之誉的华欣火车站和泰国皇室的拷汪行宫，再到七岩海滩抓拍日落，最后再录几个华欣夜市上的异域美食镜头，三天两夜，吃喝享乐间工作结束。待作品上传抖音等短视频平台，不管传播效果如何，我的账户就会有八千块的报酬进账，何乐而不为呢？

这上等的美差要感谢我的同乡兼多年好友老任，京城投资圈素有"金手指"之称的任总。

入驻酒店天色近晚，从房间落地窗远眺，黄昏中的湄南河金光闪闪，如同三十岁的女人，柔情蜜意，最抚男人心。年轻人就是有用不完的精力，同行的"九五后"内容编导小李和摄影师小张放下行李就敲响我的房门，热情洋溢地邀请我一同去吃曼谷有名的海鲜自助餐厅，饭后再去全泰国最大的夜店玩。玩完要是还有精力，小李坏笑着说：那就再找个Gogo-bar（钢管舞酒吧）喝一杯，没准能有一段异国艳遇。

这样的夜生活放在十年前我准有兴趣，现如今岁月不饶人，我这老胳膊老腿的，到不了凌晨就会困意袭来，哈欠连天。我随便找了个借口，婉拒了小朋友们的邀约，转身进淋浴间冲了个热水澡，换上短裤、T恤，出酒店步行了二十分钟，拐进一条小巷，那里有我之前做空警时，但凡到曼谷，都会去的一家越南人开的小酒馆。

算一算，距离上一次来这家店起码得有三年了，那一次和我同来的还有同一班组两个二十岁出头，刚入行不久的空姐。无论身材还是模样，那两个姑娘都称得上一等一的大美人。那天晚上我和她俩掷骰子玩到后半夜，美色当前，我喝了不少酒，虽和空姐的关系没有实质性进展，但也玩得开心。而如今故地重游，只剩我独自一人且又老了三岁，这反差未免让我多少有点失落。

我找了个靠窗的位子坐下，店内不设空调，头顶上方的老式吊扇卖力地旋转着，颇具年代感。或许非旅游旺季的缘故，店里食客并不多，除我之外，一张桌子围了几个黑人小伙，还有一桌坐着一对上了年纪，讲着意大利语的老夫妻。我点了两瓶泰国象牌啤酒，一份青木瓜沙拉，店内的越南女服务生似乎还记得我，她用英语问我是不是曾经来过？在得到我的肯定后，她低下头害羞地笑了，送了我一碟辣味虾片、一包豆制品，轻声对我说，要是不够，吃完可以免费再续。我谢过她，喝了一口冰啤酒，点燃一支薄荷味香烟，瞬间放松下来。一瓶啤酒下肚，我忽然来了兴致，连拍数张窗外的景色及桌上的美食，发送到由老任建的"西北男儿在帝都"微信群。

顾名思义，这个群里十几号人都是客居在北京的西北老乡。大伙当年都在家乡小城的同一所初中或高中读过书，年龄相仿，多数都已结婚生子，平时会在群里有一搭没一搭地瞎扯闲聊，分享社会新闻、搞笑视频。每隔一阵子，群里就会有人主动约饭局（通常都是老任组局），一帮同乡找个饭馆，喝酒吹牛，说说家乡话，追忆年少时的美好过往。

照片发出，我跟着标出了我所在酒馆的定位，特意@了老任，留言调侃他说：任总好，我已顺利到曼谷，开始为您效犬马之劳，为您来年在北京换豪宅而努力。五分钟过去，没收到老任回复，我猜他应该在忙。又过去十多分钟，群里没任何动静。我有点儿自讨没趣，正准备刷会儿抖音，看看美女跳舞，养养眼。这时微信上陈功的头像跳了出来，他问道：老马，难道此刻你也在曼谷？

陈功是我高中学弟，小我两岁，低我一届，我和他是在某一次老任组织的老乡聚会上相识的。我和陈功认识五六年，可我对他并不是很熟悉，算是普通朋友。主要是我之前的职业性质特殊，常年在外飞，陈功又在体制内上班，朝九晚五，周休二日，工作生活十分规律。他这个人性格也较内向，话少且轴，通常一场聚会下来他说不了几句话，但凡他抛出的，诸如人生在世是不是在渡劫之类的话题，通常都会导致局面迅速冷掉。除了老任这层关系，我和陈功并没有过多来往，一年到头也就能在酒局上碰三四次面。再加上前些年他娶了个重庆女孩，结束北漂生活，主动申请调去四川分公司，定居成都，我和他偶尔在群里聊几句闲天外，别无交集。

陈功是我们这帮老同学中公认的名副其实的学霸，当年他顶着"省文科探花"的头衔考进北京，研究生毕业后，顺理成章进入某知名国企。陈功业余还喜欢搞创作，他出版过中短篇小说集、现代诗集，以及历史通俗读物等五六本书，我们都叫他陈大才子。

陈大才子，我刚落地曼谷，请问有何指示？你不要说你也在啊。我回复陈功，末了添加了一个搞笑的表情。

真是太巧了，我也是今天凌晨到的曼谷。陈功秒回复我：真没想到你也会在曼谷。你一个人来的还是……我看到你刚在群里发的定位，我查了下离我住的酒店并不远。我下午睡了一觉，这会儿才醒，你忙吗？你要有空我过去找你，一起喝一杯。

我正好有点无所事事，又是他乡遇友人，便欣然同意。将酒馆的确切位置发送给陈功，他说他预计十五分钟赶到。与此同时，老任也回复我语音电话，我与老任大致同步了下明后天的拍摄方案和脚本大纲。老任没提太多意见，只是开玩笑说，他有点儿羡慕我这工作，动不动就飞到热带岛屿，喝着冰啤酒，吃着生猛海鲜，时不时还能和比基尼女郎擦肩而过，不像他，成天有开不完的会议和无休止却不得不应酬的商务饭局。

我笑着说：任总，像您这种已经实现财务自由的人就别拿我这种底层Loser寻开心了。你年少有为，家大业大，三十岁出头就已是"中国40位40岁以下最具影响力的投资人"之一，再这么优秀下去，还给不给我们凡夫俗子留条活路了？

老任被我逗得哈哈大笑，爆了句粗口以示开心。即将挂电话前我顺口提了句：陈功那小子竟然也在曼谷，不一会儿就要来找我喝酒。老任忽然来了兴致，大声说：你们俩这也太他妈有缘了，北京见不到面，反而在泰国偶遇了，拍偶像剧吗？对了，陈功那点儿破事儿你都知道吧，你和他趁机好好聊聊，没准能给你日后创作启发些灵感。

陈功他出什么事了？

你是给我在装还是真不知道？电话那端老任阴阳怪气地说：我还以为他的事哪次我喝多了给你说过呢。既然你不知道那就算了，说起来也不是什么好事。我猜一会儿他见了你，多喝几杯肯定会主动讲给你听。

老任说得我云山雾罩，正要追问，让老任别卖关子直接说，他却以大领导的车来了为由，匆匆下了线。

等第三瓶啤酒见了底，陈功才出现，他满脑门儿都是汗，一屁股坐到我对面的藤椅上，整个人像是刚从水里捞出来一样湿透了。

我去，曼谷的交通简直就是个灾难，陈功一点儿也不见外，自个儿开启一瓶冰啤酒，一口气灌了大半瓶。地图上看我住的酒店离这个酒吧也就不到三公里，我出租车换 TuTu（突突车），路上用了整整四十分钟，下车还跑了一截，这路况比北京的晚高峰还要恐怖。抱歉啊马山，让你久等了，我太失礼了，我自罚一杯啊。话音未落，一瓶啤酒就被陈功喝得一滴不剩了。

尽管我和陈功交情一般，但他客气得还是让我有些一时不太适应。转念一想，毕竟人家是研究生，读书人，有礼貌，讲道德，秉性温良恭俭让。哪像我这般俗人，出口成"脏"，烟酒不分家，活得粗糙不羁。我叫来服务生，用蹩脚的英文点了几道店里的招牌菜，又加了半打冰镇啤酒。陈功趁这工夫走出酒馆，走到不远处的夜市，买了件印有"我爱泰国"的新 T 恤套在身上，重新坐回我面前。他拿纸巾擦了擦眼镜片，顺手接过我递的烟，靠在藤椅上，呼出烟雾，问我此行来曼谷是出公差还是旅游？

我言简意赅地说了下手头工作的性质及内容，陈功看上去听得似懂非懂，但也没深入了解的意思，他随便问了我几个问题，便把话题引到老任和群里那几位我和他共同相熟的老乡身上，聊起群友们各自近况：谁升官了，谁出国深造了，谁找了个"九五后"模特小女友等八卦趣闻。我俩就这么有一搭没一搭地闲聊着，间或碰碰酒杯，气氛算不上热络，但也不至于尴尬，就是典型的普通朋友社交现场。

我和陈功显然都饿了，一桌菜很快吃完，该聊的也都聊得差不多了，我看了眼表，距离陈功到来也就只过了一个小时。我打着酒嗝，随口反问他：你来曼谷做什么？公干还是旅游？

陈功愣了一下，没有直接回答我，他又给自己倒满一杯啤酒，喝了一口若有所思地说：我这次来泰国，算是旅游吧。

我一听就乐了，我说大才子，你也太逗了，旅游就是旅游，什么叫作"算是"啊。

陈功转着桌子上的空酒瓶，不置可否地冲我笑了笑。我接了一通工作电话，又在群里回复了编导小李几条信息，刚放下手机，就看见陈功直勾勾地瞅着我说：马山，我听说你和唐诗诗离婚了？

这次换我怔住了，我又开了一瓶啤酒，倒满一杯说：真是好事不出门，坏事传千里。你这都听谁说的，消息够快的。对，我离了，恢复做快乐单身汉一年多了。

能知道是什么原因导致你俩婚姻破裂的吗？

离婚这事儿一两句哪儿能说得清，说到底还是我没本事呗，赚不下大钱，换不了豪车，更买不起北京的学区房，给不了她想要的好逸恶劳、不劳而获的贵妇生活。

她想要的生活是怎样的？能具体地说说吗？陈功看了我一眼，目光真诚。

我并不想在这样惬意的晚上聊起唐诗诗和我那段糟糕透顶的婚姻，便胡诌了几句，试图敷衍过去。没想到陈功似乎对我个人的感情经历十分感兴趣，他又要了四瓶啤酒，双腿盘在椅子上，身体前倾，像个记者一样追问我。

我记得你俩有孩子是吧，男孩女孩？几岁了？

女孩，离婚那年七岁，按照离婚协议跟她妈了。我拿出最后一丝耐心和陈功兜着圈子，心想他要再多问一句关于唐诗诗和我的婚史，我就起身走人，结束这惹人烦的对话。

陈功有了醉意，说：马山，我能问你几个比较私密的问题吗？当然，你可以选择不回答。

你这问得还不够私密吗？我也借着酒劲，当胸给了陈功一拳。他并不在意，扶了下眼镜，一字一句地说：当初你打算要小孩那阵子，你有采取什么备孕措施吗？

备孕措施？我哑然失笑，信口开河胡说道：没有什么特殊措施，就是仨月烟酒不沾，没事少睡觉，多做爱，一日三餐可着生蚝、韭菜、大腰子吃。

那这期间你有吃叶酸或者中药调理之类的吗？

那没有，哥们儿要孩子那时候还年轻，队里体测一千米年年拿第一，江湖人送外号"顺义第一肾"，猛着呢，根本用不着调理。

你们备孕了多久后嫂子才怀上的？

前嫂子，我纠正他。没多久，不出俩月吧，我记不太清了，最多一百天。不是，你喝多了？问这么细干吗？

那在你们备孕的这两个月期间，你和她夫妻生活频繁吗？大概一周会有几次？每次多长时间？为了能怀上，你们同房时会不会来点儿小情趣？比如让嫂子，不，前嫂子穿制服诱惑什么的提升兴致？

这个问题一问，我彻底气笑了。我指着手表说：大才子，这才北京时间晚上九点四十，你问的问题尺度未免有点儿过于"膻腥色"了吧？

马山你别误会，我绝对没窥探你个人隐私的想法，只是想纯粹地和你聊下这个事本身，我的问题是不是冒犯到你了？我再吹一瓶，你千万别生气啊。

陈功还算有眼力见儿，瞧我有点甩脸子，便没有再继续聊男女之事。他换了个坐姿，改说起他对美国大选候选人的看法，以及对比起北京和成都这两座城市各自的优缺点。或许是酒精的刺激，我只手托腮听他滔滔不绝地叙述着，仿佛置身大学课堂，听得渐渐有了困意。我正打算喝完杯中酒，起身同他告别，他却抢先开了口：山哥，你弟妹再有五分钟就到了，你稍等一会儿，我介绍你们认识一下。

一根烟没抽完，酒吧门口进来一位双手提着花花绿绿购物袋的女人，陈功快步迎了上去。我站起身，夫妻二人朝我走来，陈功轻咳了一声说：马山，这是我太太，汪晓雅，刚才她去商场购物去了，女人嘛，就喜欢买东买西。晓雅，这就是我给你多次提过的我的老乡，我高中师哥，马山。

马山师哥你好，叫我晓雅就行。汪晓雅热情与我握手，紧挨着陈功坐下，她拿起陈功的酒杯，仰头猛喝了两口，直呼渴死了。

昏黄光线下，我借着给陈功点烟，偷偷打量汪晓雅。这女的个子不高，偏瘦，齐耳短发下长了一张高中女班长积极向上、相信未来的脸。要不是她化了点淡妆，打扮也算时髦，说是在校女研究生我都会相信。

陈功和汪晓雅两人低声耳语，不知在商议着什么，我翻看大众点评网，想着等下和他们夫妇告别后再去哪里喝碗冬阴功汤，暖暖胃。忽然间汪晓雅微微欠身，主动和我碰了一杯酒，操着川普柔声细语地问我：师哥，听陈功说你之前是空警，满世界飞，那曼谷你应该来过很多次了吧？

还行，十次得有了。我实话实说。

那师哥你对曼谷应该很熟悉了。

那倒不是很熟悉，之前我到曼谷一般都是中转，即便过夜也都会住机场附近的酒店，市区来的次数并不多。

那起码也比我们俩熟悉，陈功好歹前些年还来过一次泰国，我是第一次来，曼谷有没有什么好玩的地方推荐我们去的？

你要第一次来泰国，那大皇宫、玉佛寺得看，考山路上有很多小吃和饰品店，背包客多。你们俩要是时间充裕，赶上周末还可以去下安帕瓦水上市场，体验下曼谷老街区生活……

师哥，不好意思，打断你下哈，汪晓雅和陈功对视了一眼，像是征得了陈功同意后说，在成都时我们俩听朋友说：曼谷有个什么Gogobar很好玩，说是那里有钢管舞女郎表演以及泰国著名的人妖秀，付费的话还能互动玩游戏，反正都是些少儿不宜的项目，你去那玩过吗？汪晓雅打断了一本正经介绍景点的我，如同在课堂上探讨学术问题般表情严肃。

这对夫妻是怎么了？先是老公兴致盎然，问我床第之欢的细节，紧接着初次见面不到半小时的太太就开门见山，找我打听成人夜总会。即便我算不上正人君子，身处在声色犬马的曼谷，这二人的直接奔放还是让我有些不悦。

我尽可能表情不猥琐，耐着性子回答汪晓雅：距离这酒吧地铁四五站有条街区叫牛仔街，那是曼谷有名的红灯区之一，几十家酒吧一家挨着一家，通常你买一杯啤酒或一杯饮料就可以随便推门进去坐一个晚上。至于你说的那些特殊表演项目，那得看运气，不是每家都会有，我三年前来曼谷，跟一个荷兰籍机长去过一次，说实话，真没多大意思，没网上传的那么神秘邪乎。都是大老爷们儿，看一会儿也就那样，也就花钱图个新鲜感。

马山，晓雅和我想去那玩玩，开开眼。毕竟到了趟泰国，来都来了，错过挺可惜。现在时间还早，你对泰国比我俩都熟悉，我们一起去坐会儿吧，我请客。

我撒了个谎，称稍晚还要和国内同事开视频会议，婉拒了陈功夫妇的邀请。可任我好说歹说，这两人就是听不出我的话外音，到头来还是架不住夫妻二人一唱一和的兴奋劲，两个人一左一右把我夹在后座中间，乘出租车来到曼谷一家人气极高的酒吧俱乐部。

进了酒吧门一眼望去，数百平方米的舞池挤满了来自世界各地的寻欢者，不同肤色的年轻男女随着震耳欲聋的低音炮声，摇头晃脑，摆动肢体。陈功夫妇如同鲸回大海，候鸟归巢，一下子不见踪影。我在人群中蹦跶了几下直犯恶心，就在角落处的一张高脚凳上坐下，点了一杯软饮。一眼扫去，不偏不倚看见DJ台正下方的陈功。他摘去了眼镜，生硬地晃动着脖子，眼神迷离，看样子已经醉了酒。他旁边的汪晓雅随着动感的节奏甩头比手势，舞姿狂野轻盈，一看就是常来夜店的老玩家。

时值舞会高潮，数十个穿着清凉，身材火辣的棕皮肤钢管舞女郎，一个个短裙网袜，从竖立在舞台四周的一根根彩色钢管的高处鱼贯而下，放眼望去，简直就是酒池肉林。顿时尖叫声、口哨声此起彼伏，不绝于耳。只见玩嗨了的汪晓雅，先是掏出一沓泰铢塞进离她最近的钢管舞女郎的胸口，接着和钢管舞女郎两人合力，连推带拽，把陈功架上表演台。收了小费的钢管舞女郎格外卖力，完全把陈功当成了人肉钢管，随着动感的音乐声，全身紧贴着陈功，上下扭动腰肢，先是主动后仰躺进陈功怀中耳鬓厮磨，电光石火间，一个翻身，双腿缠在陈功下肢，水蛇一般放肆地扭动身躯，眼神极度魅惑。陈功看上去明显身体僵硬，面露羞涩，手都不知道该放到哪里好。他频频朝汪晓雅所在的方向看去，却得不到她的回应。

劲爆的电子乐，炫目的灯光，空气中四散飘浮的可疑香味，催人上头的酒精，这些因素和陈功夫妇整晚诡异的言谈举止，共同构成了我无法定义的曼谷荒谬夜。我看了眼舞池中央，汪晓雅跟女土匪头子似的，带领四五个性感比基尼女郎围成一个圆圈，肆意枉然地将一瓶又一瓶香槟兜头盖脸浇在脱得只剩短裤的陈功身上。陈功不断地用双手搓脸，一副笑得比哭还难看的表情，闪躲求饶。我顾不上与他们夫妻道别，转身逃离酒吧，一头扎进爱欲丛生的曼谷浓浓夜色中。

北 京

浪漫青春爱情电影中的男女主人公初次相遇，或是盛夏校园，栀子花开，长发飘飘，白裙如雪的女生，担心上课迟到，慌张奔跑在教学楼内，与身材高挑、面容俊朗的学长撞个满怀，继而拉开粉红恋情的序幕。或是高档写字楼内，毛手毛脚、蓬头垢面的女实习生搞砸了重要的商务洽谈会，却毫无逻辑地获得高冷俊美男上司的关注青睐，对其死缠烂打，"霸道总裁爱上我"。类似桥段编辑臆想得过于唯美，不接地气。现实生活中的邂逅，往往平淡无奇，满是人间烟火气，就比如我的金主老任和他的妻子，是在冬日校园外麻辣烫摊上拼桌相识的。再比如我与前妻唐诗诗，则是在商场公共卫生间外洗手池偶遇。

那一年我二十六岁，刚从事空警这一职业不到一年，新鲜劲还没过。那也是我第一次飞国际航班，趁着倒班休息日，应邀去朝阳门外一家Shopping Mall（购物中心）顶层的鲁菜馆赴老任的饭局（也就是在那个饭局上，我结识了陈功）。一圈喝毕，喝了太多啤酒的我尿急，一路小跑至楼层公用洗手间小解，轻松舒爽后在盥洗室内洗手，低头看到我左脚鞋带散掉，正蹲下来系着，一双踩着至少有十厘米高跟鞋的修长美腿打我眼前走过。我再不近女色，也禁不住这般人间诱惑。我本能地抬起头，目光追随那穿着黑色丝袜、灰色西装制服的倩影，直至消失在走廊拐弯处。回到酒局上好一会儿，那双匀称细长的黑丝美腿还浮在我眼前，挥之不去。

饭局过半，喝开心的老任打电话临时叫了几个他生意上的合作伙伴过来热闹，眼看桌上的酒菜不够，我出包房门呼喊服务员加菜，应声走来的竟是那双美腿的主人。我装作一本正经地翻看精美菜单，用余光快速扫了眼她胸前的工作牌，知道她是这家饭店的副经理，也记住了她的名字，唐诗诗。

婚后唐诗诗不止一次提起，要不是那晚老任包间点的菜结了小五千块钱，她才不会把她的微信号轻易给到我，更不可能在她那么多有钱有势的追求者中，到头来便宜了我这个名副其实的穷光蛋。但生活往往就是如此幽默，处处充满戏剧性。我以日后预订包间方便为由，轻松要到唐诗诗的微信号，三不五时就在她发的朋友圈自拍照下点赞评论，一逮住机会就陪她闲聊，消磨同为北漂打工者的孤独寂寞夜。唐诗诗也许是一时被我朋友圈发的照片所迷惑，我没存心骗她，她也没主动问过我从事什么职业，却不止一次用羡慕的口吻对我说，一看我就是家境优渥的公子哥，一天天不是在塞纳河边喝咖啡，就是在普吉岛上吹海风，而她从山东老家来北京之前，去过最远的城市还是她读大专时，和同学一同毕业旅行去的上海。

和京城多数年轻上班族恋爱方式如出一辙，我会在我没有飞行任务的日子里，约同样调休了的唐诗诗，用优惠券团购米其林大餐、唱KTV、逛游乐园、看午夜场电影。等我用攒了两个月的工资和全勤奖，在香港机场的免税店买了当季新款的古驰包，当作相识一个月纪念日的礼物送给唐诗诗，才终于得到她默许，在五星级酒店的大床房内吻到她的红唇，搂上她的细腰，摸到那双让我终日魂不守舍的黑丝美腿。

老任说得对，我和唐诗诗开始就是个错误。要不是孩子的意外到来，唐诗诗早就目的明确去钓她的金龟婿了，根本不可能和我莫名其妙夫妻一场。那时我和唐诗诗正处热恋期，我用内部员工的年度家属免费票，带她飞了趟巴厘岛，那也是她活到二十五岁，第一次出国游玩。海岛椰林树影，水清沙幼，到了夜晚，皓月当空，海风习习，映着烛光的红酒杯，在这般美景下，吃完异国美食的我，怀中躺着穿着清凉、面若桃花的美女唐诗诗，自然就情不知所以，横刀立马，在毫无避孕措施的情况下，精虫上脑，做了爱做的事。

假期结束回到北京没多久，领我入行的前辈因为家中老人病危，临时和我调班，我没顾得上趁热打铁，与唐诗诗多缠绵几日，就替前辈飞去东欧，一圈下来再回到北京，已是半个月后。等我落地开机，正要给唐诗诗说两句迫不及待想见到她、想亲吻她之类的肉麻情话，却收到她七八个未接来电提醒，微信更是多达十几条留言，我逐一翻看，跳进眼睛里的是她一只手握着显示两条线的验孕棒。一秒钟，喧嚣的机场顷刻间静谧如深海，我呆立在吸烟室，好半天才回过神来，确定巴厘岛浪漫夜我竟然一杆进洞，她已有孕在身，而我是孩子的爸爸。

待几日后冷静下来，我从四个维度，罗列了六条理由，核心观点是劝唐诗诗不能将这个孩子生下。唐诗诗显然有备而来，她没有和我过多废话，面无表情地将产检报告甩给我，如同商场谈判般告知我，医生诊断她子宫有肌瘤，无论良性恶性，都不建议她做人流，否则她会有再也怀不上的风险。唐诗诗直截了当地告诉我，这个孩子她生定了，她让我承担男人和身为人父应负的责任。怪我从小到大没经过事，一时吓昏了头。准备的理由一条也没说出口就败下阵来，我唯唯诺诺点头，成功被唐诗诗洗了脑。再说那时候我哪能想到，这个让我迷得神魂颠倒的美人，会利用我对她的爱意肆意欺骗我。一直到孩子快一岁，一次唐诗诗洗澡，我无意间查看她落在客厅的手机才知晓，她还没来北京，在山东老家就为她少女时期爱得死去活来的初恋男友堕过一次胎。她的子宫肌瘤良性得不能再良性，并不影响她任何，她只是担心短短三年内两次做人流，会导致终生不孕不育。

自打我答应唐诗诗我会调整心态迎接孩子的到来，我的人生像是被按了快进键，混乱无序，半点儿不由人。趁唐诗诗孕相还没那么明显，我俩在她任职的饭店，邀请了二十来桌亲朋好友，举办了简单的婚礼仪式，正式结为夫妻。礼成半年，女儿就如约来到这个世上，我与唐诗诗从萍水相逢，到一家三口挤在我那六十多平方米的五环外出租屋，前后也就一年半。这猝不及防的人生转折比坐过山车还刺激，容不得我有丝毫喘息。

我一度天真地以为，只要孩子出生，日子又能像以前那样随心所欲，起码我不用再自我谴责，背负道德的枷锁。可万万没料到，小生命的到来非但没有开启我和唐诗诗美好生活的新篇章，反而成了点燃我俩脆弱情感的导火线。先前恋爱，我和唐诗诗各自看对方都像眼睛自带美颜滤镜，从头到脚都是甜蜜的优点，怎么看对方都是天选之人，命中注定白头偕老。然而等两个人真在一起结伴过日子，朝夕相处，细水长流，彼此的性格缺点和生活陋习，在车子、存款、户口、房子等世俗纷争中不断暴露放大，感情断崖式冷却直至降到冰点。更不用说我和唐诗诗的工作性质都很特殊，她还在坐月子，我就出任务绕着国境以南飞了一周，每到一个城市，只要开机，准能在三分钟内收到唐诗诗近乎神经质般的几十条微信轰炸，抱怨我既赚不到几个钱，又没法照顾她的日常起居。她对我的态度已然超过愤怒，几乎可以说是敌视。而唐诗诗复工后，在孩子断奶的第三天，就陪饭店VIP客户喝到凌晨断了片，一进家门就趴在马桶上吐得翻江倒海。任凭宝宝在一旁啼哭不止，她一头栽倒在床上，醉得不省人事。

我和唐诗诗总会因鸡毛蒜皮的小事发生争吵，逐渐升级到相互谩骂羞辱、人身攻击，基本上每周都会有一两次，不是她把我气得摔杯砸碟夺门而去，就是我吼得她泣不成声，寻死觅活，恨不得同归于尽。最终致使我和唐诗诗撕破脸，双双决意离婚的，是我发现她和她那早已成家的初恋男友私下里仍藕断丝连，发语音打视频。而唐诗诗也留了后手，趁我一次喝醉，突击抽查我的手机转账记录，调出我微信好友里的异性，逐个问我何时认识，什么关系？未等我找理由诡辩，她取出早就在我的行李箱内翻出的一盒避孕套，咄咄逼人，质问我为何出差要带避孕套并且少了两个？

我与唐诗诗长达两年的情感拉锯战，末了还是以离婚告终。孩子跟了她，我仅有的那点儿存款和值钱的私属品都被她紧盯不放，以致我闹了一场，到头来仍旧净身出户。离婚后的第二个月，我不顾任何人劝说，鬼使神差又辞去做了五年的空警，没了经济来源，彻底成了孤家寡人，人生坠落至谷底。那阵子我躲在昔日同事在京郊机场附近的合租公寓内谁也不见，整天靠酒精和手机游戏打发时间，混一天是一天，不想清醒去面对人生的下半场。后来还是老任，我生命中的贵人，又一次拯救了我。在一个周五雨夜的晚上，老任来到我房间，把我从床上一把拽起，强行塞进他的奔驰车副驾驶位，不由分说，一脚油门，车开至三里屯一家英式精酿啤酒馆。老任点了十几杯啤酒，告诉我说今晚不喝醉别想回去。

　　老任和我高中时同级不同班，我俩起初是以球会友。高二踢校园比赛时，我是我方前锋，他负责盯防我，一来二去"友谊第一，比赛第二"，我和他成了朋友。再加上我和他那会儿都是国际米兰的铁杆球迷，每个周末我和老任都会挤在校门口的小面馆看意甲联赛，侃球侃得多了，关系越来越热络。高考后我去了天津，老任聪明，会考试，考上北京一所重点大学，读国际贸易。直到大学毕业，我入职了北京某家航空公司，一次聚会上又一次和老任相遇，也顺道加入了由他牵头组织的高中同学在京联谊会。

　　老任是我们这批同学中，最具经商头脑，永远被命运女神垂青的那个幸运儿。大四上学期他拿到多家知名大公司的 Offer（全称是 offer letter，解释为录取通知），最终选择去了一家外企，从市场部专员做起，不到四年就做到东北市场区域负责人，团队业绩更是在公司排名中年年前三。待智能手机问世，移动互联网时代来临，老任果断辞职，一头扎入互联网，带着大学读计算机专业的舍友，凭借几个精美的 PPT 和他那张能说会道的嘴，轻松融下一笔七位数的种子投资，做了一款成人私密社交 App（软件），赚到人生第一桶金。等效仿者反应过来，纷纷入局，老任及时抽身，将产品卖给了某上市公司，拿着套现的钱如法炮制，摇身一变成了有多年教育情怀的青年创业家，做起了在线少儿英语教育。恰巧赶上互联网教育的风口，他一年内拿到两笔大额投资，一下完成了阶级跨越，实现了财务自由。

那之后，老任不再亲自下场苦哈哈创业，他变换角色，从被人投资到"孵化"他人，不出两年成为享誉京城的天使投资人。老任是资本市场天生的好猎手，一个商业模式行不行、市场份额能有多大，他过遍数据分析，就十拿九稳。老任一旦决定投某个项目，下手稳准狠且胆量大。别的团队犹豫不决的标的他敢投，别的资本跟投的产品他领投。就这样，两年下来，什么共享单车、共享充电宝、网上问诊、社区团购、网红火锅、奶茶店等等，凡是国内能叫得上名的知名品牌，背后或多或少都有老任及其背后资本团队运作的影子。

那个三里屯雨夜，老任没给我灌心灵鸡汤，更没有说轻飘飘不负责任的话安慰我，他只是一杯接一杯地陪我喝着淡色艾儿啤酒。酒至三巡，微醺人醉，老任不再聊高中往事、北漂心酸史，正色给我讲起他是如何看好短视频、自媒体直播带货这个新风口的。老任从私域流量讲到内容为王，又从电商KOL（关键意见领袖）讲到流量变现。他一口啤酒入喉，一个新的名词概念抛出，我似懂非懂，像个相声捧哏演员一样，随声附和着他的激情。聊至尾声，喝尽兴了的老任说，他个人已经投了一个很年轻的"九五后"短视频创业团队，该团队拟孵化十几个主题视频账号做抖音矩阵，内容涵盖美女歌舞、人文故事、户外探险、都市情感、说车看房等。老任劝我不要继续无意义地丧下去，说这样用不了多久我就会废掉，被滚滚向前的时代车轮毫无怜悯地碾压。老任说他来见我之前就想好了，他自媒体公司的旅游达人、美食探店等几个短视频账号就交给我，由我写文案，企划运营、出镜主持人一肩挑。他说他想了一圈，这个事儿只有交给我做他最放心。

老任是这样对我说的：马山你做了五年空警，去过的国家和地区比我们哥儿几个加起来乘以二还要多，何况你小子到这个岁数了身材还能保持得这么好，长得又帅，乍一看跟演员邓超似的。我记得读高中那会儿，你写的作文不止一次被当作范文全年级传阅学习，到现在我看你发的朋友圈，那小文案或抒情调侃、或嘲讽、或冷幽默，金句频出，读你写的东西简直是一种享受。马山，我做投资这行虽说时间不长，但我看项目不会有大闪失，看人更不会错，你相信我，这几个视频号我亲自给你搭班子组团队，不出半年，只要你做出属于你自己的风格，你一定会成为短视频界的知名网红，到那时候你也可以像哥们儿我一样，香车豪宅、美女佳肴，人间值得，你根本不会再想起唐诗诗对你的那一丁点擦破皮的伤害了。

也不知道是我一时喝了太多的酒，还是老任舌灿莲花，描绘的美好前景戳中了我庸俗的内心，反正我在和他碰杯的清脆声响中，稀里糊涂地就满口答应，接受了他的邀请，在酒醒之前将往事翻篇，开启了我人生下一站的奇妙之旅。

大　连

不得不说，老任确实有他的投资之术，眼光毒辣，看中的事儿真的就鲜有不成的。泰国华欣之旅仅仅是我们这个旅行自媒体账号拍摄的第十个作品，一经发布，立刻成为当日的热门推荐，短短两天，三千多条有效评论，涨粉十二万人，播放量更是破了三十万。特别是我在文案里写的那句"酒是这个世界上面积最小的游乐场"，被多个知名网红主播在其作品中引用，成为当周火遍抖音的金句。一时间，国内知名连锁酒店、同城新开饭馆、有产品推广需求的户外运动器材厂商蜂拥而至，纷纷发私信询问拍摄一条广告的宣传报价。看着直线飙升的各项数据，内部研讨会上，编导小李乐得都能看到后槽牙。小李笃定地说，按此趋势拍下去，再做四五个爆款视频，最多三个月，我们这个号就会成为坐拥百万粉丝的大 V（在网络平台上获得个人认证，拥有众多粉丝）号。只要私域流量一起来，到那时候完全可以试水直播带货。届时什么广告费、直播佣金、坑位费，杂七杂八地播一场，收入六位数轻轻松松。

听闻此喜讯，老任特意在五道口一家日本料理店摆了一桌，算是为我们这个团队取得的阶段性成绩表示祝贺。席间我以下属身份，认认真真地敬了老任一杯酒，感谢他在我人生最低潮时雪中送炭之恩。老任也动了情，他搂着我的脖子，喷着酒气说：老马，我说什么来着，我就说这事儿非你莫属，必须你来做才行。我就知道，只要你小子用心去做，积极阳光拥抱生活，就一定能成事。你提笔成文，又放得下身段，咽得了苦，天生就是吃这碗饭的。哥们儿我一如既往地看好你，你放心，我会加大力度支持你们团队。要钱给钱，要人给人，我的资源和人脉你随便用，我一定会在最短的时间内把你孵化成你所在的垂直领域的头部网红。

喝收杯酒之前，微醺的老任车轱辘话来回讲，核心思想是叮嘱我和团队的哥儿几个一定要趁着流量起来，再接再厉，只有再连出几个作品上了热门推荐，粉丝量短期内破百万，才能算得上是该细分领域内真正的KOL。

移动互联网时代，流量为王，等粉丝量起来了，你才有变现盈利的可能性，我能向资本方讲的故事自然也就多了。老任与其说是提议，不如说是命令我和我的团队最好能乘胜追击，睡醒就买机票飞去大连，拍下大连国际车展，以及滨海大道那家他认为完全可以和巴厘岛顶级度假酒店阿雅娜媲美的悬崖酒吧。

我操，我在国内见过最美的海景，就是在那家悬崖酒吧上看到的。只要天气不差，能见度高，你们就能拍到全国，甚至可以说是全球最美的夕阳入海景。老任自信满满：马山，你相信我的品位，这趟大连之行你按我说的去拍，我敢保证，最起码有两个作品会上热门。我敢跟你打赌，要是点击量不破五十万，我给你五万块。不过话说回来，你要真的又拍俩热门作品，粉丝数噌噌涨，老马，就你这外形，到时候你肯定会被全国各地的大姑娘小媳妇垂涎三尺，疯狂给你点赞、送小红心了。老任说完，坏笑着钻进他奔驰车后座，扬长而去。

车展可以说是中年男人们拼死拼活追求成功的具象缩影。象征身份地位的豪车本身就已赚足男人的眼球，更别说车边上站着的那一排胸挺腰细大长腿的美女车模。二者组合在一起，完全成为男人们的视觉盛宴。我望着那些不断拍照的围观群众，一时间分辨不清，这一群大老爷们儿究竟是来拍车，还是借故偷拍美女车模的。编导小李走上前凑近我说，之前录的那一遍效果不是很理想，他建议我不要那么深沉，还得再放开活跃一点儿，面部表情和肢体动作再夸张一些，要不镜头感太沉闷，显现不出跑车的速度与激情。

我走到会展中心外吸烟，调整状态，迎面一个穿着某汽车品牌车模服，大高个儿、长发披肩的女孩与我擦肩而过。她身上的香水味很好闻，看样子也有点眼熟。我并没立刻回头多追看她几眼。并不是她不够好看，只是现如今的姑娘们但凡有点儿姿色，五官或多或少都微整过，美得大同小异，不仔细看会误以为是同一张脸。我灭掉烟蒂，猛然间回过神，刚刚那个车模，怎么像是曾和我搭过几次机组的空姐何灿灿。我纯粹抱着好奇心，走到那家厂牌的展台前，还未靠近，就看到站得笔挺的何灿灿，她只手叉腰，朝四面八方的观众挥手致意，笑得很职业。

我得有两三年没见过何灿灿了，和我记忆中她的模样相比，何灿灿变得更好看，也更有女人味了，尤其是胸部，估计是有了孩子哺乳的缘故，比之前丰满许多。我做空警第二年，有一次飞韩国和何灿灿同一个机组，那时她刚入行没四个月，还是普通舱三级乘务员，见到同一机组的，男的叫哥，女的叫姐，嘴甜手快有眼力见儿，挺受乘务长待见。

何灿灿是土生土长的大连姑娘，私下里聊天，带有浓重的胶东半岛口音。我曾和她开玩笑说，好好的一个姑娘，就是长了一张嘴，一开口，靓丽外形、淑女气质全毁了。我记得那次飞行任务完成，回国前机组几个人在釜山海边的烤肉店聚餐，何灿灿透过落地窗望着大海，大呼小叫，不断向一众人感慨，釜山海边的景色和她的家乡旅顺简直是一模一样。说来也巧，我和何灿灿在半年内同机组过五次，后来有很长一段时间没再见过她，偶然间同与她搭过班的空姐闲聊，得知何灿灿还没做满两年就主动提出离职，据说是没扛住大连本地一个家里做海参养殖生意的富二代今天送名牌包，明天送卡地亚钻戒的穷追猛打。何灿灿二十岁刚出头，就实现了打小爱看纯爱文学的小女生们梦寐以求的豪门梦，成了有钱人家的儿媳妇，过上了锦衣玉食、衣食无忧的少奶奶生活。

工作状态中的何灿灿专注而忙碌，她换了一袭银色长裙，前凸后翘，美腿毕露，任凭围观者闪光灯照个不停，也始终面带微笑，摆着Pose（姿势），尽可能照顾到不同方位的观众拍摄。何灿灿自始至终都没注意到台下不远处的我，我倒想主动喊她来着，无奈人潮汹涌，我和她又多年没有联系，再加上编导小李电话催我去外场补拍几个镜头，索性作罢，当作什么也没有发生，悄然离去。

让我想不到的是，我和何灿灿这姑娘缘分还挺深，本已是人生中平行线上毫无交集的两个人，在一天内竟然两次相遇。继车展上见到她不到四个小时，我居然在抖音同城平台上刷到正在开直播的何灿灿。我一时不敢确认手机里的女主播就是何灿灿，便翻看她作品集里的短视频。随手点开几个，有她穿空乘制服讲网络笑话段子的、有她穿性感包臀裙跳热门舞蹈的，点赞最高的置顶作品，是她好身材一览无遗的泳装写真照。一圈看下来，别说豪宅名车了，哪怕是普通女孩子爱拍的五星级酒店下午茶、奢侈品衣物展示都不见踪影，丝毫看不出半点儿像是大户人家的儿媳妇。

我再次点击进入何灿灿的直播间，屏幕中的何灿灿还穿着车展上的那条裙子，只是多了一件外套披在身上。何灿灿妆容精致，笑着欢迎每一个进入她直播间看客的神情，恍然间让我想起当初她站在舱门内笑迎乘客登机的样子。我刷了个价值三十块的礼物送给何灿灿，她做一脸惊喜状，连声对我致谢。我忽然觉得有趣，她在明处我在暗，她并不知道我是谁，而我却能轻易看到她的一举一动。这微妙的心理致使我一时间接连又刷了几个虚拟礼物送她。何灿灿显然对我青睐有加，冲着屏幕，几近尖叫地向我表达谢意，直呼自己今天走了好运。

我正饶有兴致地欣赏着何灿灿独有的美，直播间内进来一个被何灿灿热情欢迎，尊称为大牛哥的ID（身份证标识号、账号等各类专有词汇的缩写）账号。这个大牛哥上来二话不说，一通猛刷豪华礼物。我粗算了下，短短十分钟，这个大牛哥送出的礼物起码值两千块。看得出何灿灿和他已是老相识，何灿灿对大牛哥嘘寒问暖，一会儿问他近期睡眠改善点儿没？一会儿叮嘱大牛哥日常少喝酒，多吃保健品。两个人旁若无人地互动着，完全忽视直播间里还有包括我在内的十来个观众的存在。我不知哪来的醋意，一冲动充值了五百块，转手都给何灿灿刷了礼物。我这举动显然引起那个大牛哥的注意，他和我较起劲儿来，我刷一个气球，他就刷个飞机，我刷一辆跑车，他就紧跟着刷一个火箭。常看直播的一眼就能看出，这个大牛哥是何灿灿的"榜一大哥"，刷礼物纯粹是想引起她的注意，讨取她的欢心。

　　何灿灿还和当初我同她共事时一样嘴甜会来事，屏幕里的她感谢完她的大牛哥，就立马谢谢我，又是用手比出爱心形状，又是抛飞吻，既维护了她的"榜一大哥"，又不时地讨我欢心，做无辜可怜状，说某个新款礼物特效没见过，暗示我可不可以送给她。我根本不是大牛哥的对手，没多一会儿五百块钱就刷得精光，而大牛哥还在持续不断地给何灿灿刷着虚拟礼物，丝毫不把我放在眼里。我很快就在与大牛哥的PK中败下阵来，我关掉何灿灿的直播间，了然无趣地点着一支烟。好半天我才回过神：我刚才这是在干吗？何灿灿是我昔日同事，少女时期我都没对她动过心思，这怎么她出嫁了，成了他人妻，我反而鬼迷心窍，兴致勃勃地看她直播，还为她花钱刷礼物？真是有病。不过看来老任所言极是，短视频直播真的是未来几年最大的风口，播什么内容不重要，没什么门槛，只要主播稍微有点姿色，能说会道点，都能激起屏幕那端观看者的欲望，使其暂时失去理智，冲动消费。

　　我一时兴起，在微信通讯录中试着搜了下，还真找出了何灿灿的微信号。她朋友圈没有任何内容，我想了下，编辑了条信息，大意是多年不见，前阵子参加她前同机组乘务长的孩子满月会，还曾聊起她。我假装轻描淡写地说，我出差到大连已有几日，不知道她是否人在大连？有空晚上一起吃顿饭，叙叙旧、聊聊天。信息发出后，我又一次进入她的直播间，几乎同时，视频中的何灿灿低下头，双手在一台手机上快速翻飞，没多一会儿，她就又抬起头，冲着镜头继续甜美微笑，感谢大牛哥送她的新礼物。而我却收到她的回复：我的天啊，山哥，你这是从哪里冒出来的？你来大连了？好啊，我们一定要见一面。这会儿我在公司开高层管理会，稍晚我会和你联系。

该说不说，在我们这群直男中，老任的审美和品位还真是值得信赖，坐在城堡酒店顶楼的露天Bar（酒吧），海天一色，晚风拂面，惬意得让人能立刻原谅这个世界所有的不美好。当杯中的Negroni（尼格罗尼）鸡尾酒顶多再有一口就要空杯时，何灿灿出现在我的视线中。她一眼看到我，冲我挥了挥手，朝我所在的方向款款走来。在邻桌几位男人的集体注视下，何灿灿在我对面的沙发上坐下，她嗲声嗲气地说道：哎呀，实在不好意思啊山哥，让你久等了，其实我很早就出门了，没想到还是碰上晚高峰了，今天又是周五，路上堵得一动不动，要知道我们大连现在也是大城市了，车堵得一点儿都不输于你们北京。

何灿灿一开口，熟悉的海蛎子味儿瞬间唤醒我关于她的全部回忆。我借着夕阳余晖，正大光明地看向她，何灿灿赴约的这一身装扮简约而不简单，看似普通的白色衬衣、球鞋、牛仔裤、单肩包，但每一件单品都是售价不菲的一线奢侈品牌当季最新款，更别说那反光刺眼的大钻戒了。

几年不见，你更漂亮了。

谢谢山哥，你也还是那么帅，不对，是更帅，更有男人味了。山哥，告诉你个藏在我心底多年的小秘密，算是送你的见面礼，何灿灿狡黠一笑，当年我们同班组的那几个空姐没少在背后讨论你，说你长得特别像明星邓超，尤其是有一次你剪了寸头，简直就和《烈日灼心》中邓超饰演的那个角色一模一样。据我所知我们班组就有两个空姐喜欢你，可惜那时你走高冷路线，对我们这帮小空姐都爱搭不理的，又酷又拽，我们都不敢和你搭话。现在我告诉你真相，山哥你后悔吧？是不是觉得很可惜呀？

何灿灿说着自个儿把自个儿逗乐了，放声大笑，红唇露出皓白洁牙。她从随身携带的爱马仕包里掏出根头绳，旁若无人地正对着我，双手高举，绑起马尾。何灿灿那本就很傲人的胸部瞬间耸挺得呼之欲出。我本能地瞄了一眼，抬起眼却撞见何灿灿那见怪不怪的目光。我赶忙扭过头，呼唤服务生点单，来掩饰一时的失态。

看得出这家城堡空中酒吧何灿灿经常来，她没有翻阅菜单，直接给服务生报了几道菜名。何灿灿主动要来几支冰啤酒，说我好不容易来一次，她要尽地主之谊，陪我喝点。

我记得你不是不喝酒吗？之前在韩国那次，一机组我们几个喝烧酒都喝醉了，就你喝的果汁，你不说你天生酒精过敏吗？我那会儿还信了。

别提了，那时候我还是个小丫头片子呢，多傻啊。何灿灿给我和她自己各倒满一杯，以前我是真不爱喝酒，觉得这玩意儿又苦又辣，有什么好喝的？后来我发现啊，和生活中的苦相比，酒都算甜的。你说我说的对不对？何灿灿面若桃花，身上散发出的香气沁人心脾。来，山哥，欢迎你来到我们浪漫之都大连，妹妹我先走一个。

何灿灿仰头利索地喝干一大杯冰啤酒，又迅速将杯子倒满，连串的动作比她当空姐给乘客倒饮料还要熟练。我这才意识到，约何灿灿见面过于冲动，等真面对面坐着，完全找不到可以聊的话题。何灿灿礼貌性地向我询问，我和她共同相识的一个机长的近况，我告诉她，那位机长本来我就不是很熟悉，何况我也辞职快两年了，更不清楚他过得是好是坏。

山哥，你当初为什么要辞职啊？你们空警那工资多好赚啊，坐在那看看报纸杂志，什么事都不用操心。哪像我们空姐，又是端茶倒水，又是递毛毯拖鞋的。何灿灿只手托着香腮，眼睫毛扑闪地望着我说：我做空姐那两年，最讨厌乘客喊我服务员了，听上去"又土又Low"，但我又无力反驳，毕竟我们干的那点儿活和饭店服务员做的没啥本质区别，都是端盘子、倒雪碧，只不过我们是在飞机上做，看上去高大上而已。

我没有接何灿灿的话，毕竟和她不算熟，没有交心的必要。再说她聊的话题无论于她还是于我，都已是过去式了，聊多了也挺没劲的。我调整了下坐姿，身子后仰靠在椅背，点着一支烟对她说：灿灿，我听说，你是你们那一茬空姐中嫁得最好的，怎么样，做豪门阔太的感觉很不错吧？讲一讲，让我这种"穷屌丝"听一听，羡慕自卑一下。

何灿灿被我说乐了，咯咯笑个不停：山哥，别拿我解闷儿了，我哪是什么豪门太太，寒门儿媳妇还差不多。他家里呀说白了就是倒腾海鲜的，他爸有几条小破渔船，在獐子岛那儿包了一片海，等到开海季，运气好的话，海参、扇贝、虾爬子、小鲍鱼啥的能捞一网，卖给市区的酒楼饭店，一年到头赚不了几个钱。

我正要调侃何灿灿，只见她喝了一口啤酒，双手平放在桌面上，仰起头对我说：山哥，向你汇报个事，你肯定猜不到，我和那个海鲜贩子离婚啦，孩子给了他，我现在又是单身啦。

我没有表现出太过惊讶，心中暗想，何灿灿从结婚到有孩子再到离婚，这进展速度和我差不多。看来感情这事还真不分贵贱，并不是有钱人就能终成眷属。

我猜你一定好奇，想问我为何离婚吧？何灿灿自问自答：怎么说呢，挺绕的，说到底就是我和他三观不合。虽然我也没读过几年书，但他比我更可怕。别的我就不多唠了，他大男子主义非常严重，简直到了病态的程度，只要我一会儿不在他视线内，他的"夺命连环call（呼叫）"准会打过来，他会持续不断一直打，打到你接为止。如果我去见客户或约朋友谈正事，其中有男性在的话，那更惨了，他会非常生气，大发脾气，会反反复复盘问我对方是谁，做什么的，怎么认识的，只是吃饭？吃完饭去了哪里？只要我回答得有一点他不满意，他就会一直折磨我，不让我睡觉。他犯起病来特别恐怖，他让我当着他的面删除我手机里所有异性的联系方式，我要稍微解释几句他就说我不爱他，拿水果刀作势要自残。

何灿灿面无波澜地说着，就像在转述他人的事儿一样。有首诗写得好，"生命诚可贵，爱情价更高。若为自由故，二者皆可抛。"所以我就抛了，离婚了。不止一个朋友劝我，说婚姻生活没有容易的，让我忍一忍就过去了。我说谁愿意忍谁忍，反正我不忍，和那个变态控制狂我一天都过不下去了。再说，他家有点儿钱又怎样，和我没有半点儿关系，何况我也不差啊，我现在有自己的电商公司，和闺蜜合开了一家皮肤护理中心，下次山哥你再来，我带你去我占股份的日式烧烤店喝清酒、吃生鱼片。

我谢过何灿灿的邀请，祝她的生意顺风顺水，一路长虹。何灿灿又和我干了一杯，她拿起一只肥美的生蚝，优雅地放进嘴里，小口咀嚼。

夜凉如秋水，海风吹来，我也就有了三分醉意。我原本一时无聊，约何灿灿只是单纯想着有美女作陪，好消磨异地他乡的漫漫长夜，没想到反而莫名其妙做了一回树洞，听了一晚上现代都市家庭伦理剧。

何灿灿毫不避讳地当着我的面接听电话，我断断续续听到水光针、小红书、预订首尔狎鸥亭附近酒店等几个关键词，猜不出她和谁在聊着什么。等电话说完，她又拿起手机，飞速地敲着字，其间抬起头冲我喷笑着说：不好意思啊山哥，我处理下公司的业务，会很快，麻烦你稍等我一下。

我以啤酒喝多为由，离开座位去了洗手间。小便时掏出手机，有一条抖音未读私信提醒，我定睛一看，竟是何灿灿的抖音账号发来的：小哥哥你好，很开心你来灿灿直播间玩。灿灿是东北女孩，身高一米七三，某航司退役小空姐，跳舞主播一枚，性格有时高冷御姐范儿，有时萌妹"小逗比"。感谢小哥哥今天为灿灿刷的礼物，哥哥破费了。期待小哥哥经常来找灿灿玩，看灿灿直播哟，灿灿一定不会让哥哥失望，祝哥哥每天都有好心情，"比心"。

这条并不长的私信我来回读了两遍，一时恍惚。待我再回到餐桌旁，月光下的何灿灿正用刀叉切割着惠灵顿牛排，像是在做一台外科手术般专注认真。

成　都

　　就算给我十次机会，我也猜不出离婚后再次得知唐诗诗的近况竟是通过抖音。也不知道大数据是怎么算的，能推送得那么精准，在等老任来找我开新一季度数据分析会的间隙，我打开抖音消磨时间，跳出来的是一则娱乐八卦新闻：某知名笑星深夜与友人聚会，醉酒后携长发气质美女酒店过夜。尽管狗仔队偷拍视频像素不高，模糊不清，可我一眼就认出，那个被光头笑星搂入怀中笑得花枝乱颤的女人正是唐诗诗。视频中她穿的灰色博柏利风衣，还是我在新加坡机场花一万八买的，送给她作为二十七岁的生日礼物的。

　　要我说，这事儿你根本不用放心上。老任看了相关视频，一巴掌拍在我的大腿上说：这个傻×笑星我和他打过交道，两年前，他眼看同行们一个个都转型自导自演电影，名利双收了，他也蠢蠢欲动，想跟着效仿，人托人，绕了好几层关系找到我，在我办公室，絮絮叨叨一堆，和我说什么理想啊、艺术啊、流量啊之类的屁话，末了这哥们儿也不立牌坊了，开口跟我要钱，让我多少投点。不是哥们儿我此刻安抚你情绪，刻意讨好你啊马山，说真的，他攒的那破剧本我捏着鼻子看了三页，写得烂透了，几个网络上陈年的段子瞎编乱造，一点儿都不好笑，人物关系更是毫无逻辑可言。那孙子的人品就更不要提了，差得要死，明明是他求我投钱，请我吃饭，敬我酒，我都把酒喝掉了，那大傻×偷奸耍滑，趁我不备，偷偷将自个儿杯中酒倒掉换成水，还装出一副痛苦不堪，不胜酒力的表情。老任跷着二郎腿继续说道，要说唐诗诗也是眼瞎，怎么和这货色走到一起呢。不过马山，你千万不要受影响，这说明当初你选择离婚是对的，像唐诗诗这种目光短浅、嫌贫爱富的女人根本不值得你付出，及时止损是最明智的选择。

　　我摆了摆手说：老任，你大可放心，这种破事我根本就不会走心，唐诗诗已经是我的过去式了，她爱和谁在一起就在一起，爱干吗干吗，别说找一喜剧演员了，就是和一获得终身成就奖、行将入土的老艺术家在一起搭伙过日子了，我内心都不会再起半点儿波澜。我只是刚看了这视频有点儿脏眼睛：恶心他妈给恶心开门——恶心到家了。

听我此言，老任放声大笑，看得出他对我的担心和在乎，情谊比金坚。那翻篇儿了，说正事啊。老任掏出他的雪茄盒，捡了一支燃着递给我，你们团队的新一季度各项数据都非常漂亮，尤其是黏性粉丝人数已经破一百二十万，远超出我和其他几个投资人的预期。经我们一致商议决定，从下个月开始，你可以做直播带货了，趁着热度把流量变现。这也是对你们这个小团队辛苦这一年最好的回报。老任语重心长地说，前三次直播的厂家我都帮你挑选好了，主要以功能饮料、酒水和户外运动品牌为主，等直播间人气起来了，我再给你对接更好的品牌资源，接更大的厂牌。你放心，在我们专业的市场团队的运营下，不出半年，你肯定能成为新一代的直播带货达人。

别逗了，任总，我你是了解的，打小我就怵人多的地方，读高中那会儿，你看哪次上讲台发言我能顺利地说下来？不是低着头脑门冒汗，就是磕磕巴巴引全班哄堂大笑。录制短视频我勉强可以，你让我直播带货，这不是毁你招牌吗？

马山，老任收起笑容：你不信我的判断力，你也得相信大数据。像我们这种职业投资人，不听故事，不信推论，只看数据说话。你们团队近半年数据漂亮极了，要再不抓紧做直播带货，错过了最佳变现期，那才是对我专业的不尊重。

我还想多辩解两句，老任不由分说打断我：不会直播没事，可以学啊，谁还没有个第一次？再说我都为你找好老师了，全网第一带货女神薇薇安知道吧？我和她一起开过几次私董会，有点儿交情，她现在的公司打"天使轮"起我就领头投，下个月不出意外的话就该融B轮了。来你这儿之前我就已经和薇薇安提前约好了，今晚八点她开直播，我带你去她公司，你偷师学艺下，等你首播她会和你连麦，帮你站台。所以你就放手大胆去做吧兄弟，祝你早日成为新晋的带货一哥，Try your best（尽你全力试试）。

薇薇安本人要比视频直播里好看得多，她是那种标准的人工美女，眼大嘴小鼻子挺。尤其是她的嘴巴，红唇一擦，完全可以用垂涎欲滴来形容。老任领着我在她直播间站着旁观了不到一小时，她就卖出了近百万的流水，不得不让人叹服。待薇薇安直播结束收工，老任向她介绍我并说明来意，薇薇安同我礼貌握手，指尖滑过我的指尖说：任大老板交代给我的工作，我保证完成任务，向我学习不敢当，一起加油呀！

我与老任、薇薇安三个人呈三角形状站在走廊寒暄闲聊，末了，老任主动约薇薇安一起去楼下的烤串店吃夜宵，薇薇安以近期在减肥为由婉拒，老任不依不饶地对薇薇安说：别逗了，大美女，你还需要减什么，你该瘦的地方瘦，该胖的地方一点儿也不小，再说你要减肥瘦错部位，下次开直播男粉丝跑光了，你可是要为我们投资方的血汗钱负责的啊！薇薇安用手背遮住嘴笑，娇嗔地推了老任一把说：去你的，像你们这种大叔最难搞，总爱撩人家，把人撩得脸红了你们又不负责。典型的只管起飞，不管降落，真烦人。

我的首秀直播定在5月19日，直播主题取了当天日期的谐音"五一九，我要酒，大牌酒水夏季狂欢节"，这是那一晚在烤串店，老任撸着大腰子，喝着冰啤酒，扬扬自得时提议的。我和薇薇安一左一右吹捧着，夸他不仅多金，还才华横溢。老任看上去心情相当不错，也就四五瓶啤酒就喝到位了。他以为我也喝多了，就没有再顾忌我，趁薇薇安起身接电话，借道经过他身前时，老任伸出手，结结实实地摸了一把薇薇安那浑圆翘挺的屁股，一脸淫笑。薇薇安喝得似乎也有点儿飘，半瓶红酒不到，就一头栽倒在老任肩上，任由老任搂腰亲脸摸大腿。我装作眼瞎什么也没看到，借口喝多了去洗手间，心照不宣，提前买单离场。

我刚一落地成都，就主动发信息告知陈功，不到一分钟他电话就打了过来，听语气他对我来到他所在的城市颇感惊喜。陈功热情得有点过度，在我说明这趟是出公差后，他仍自顾自地反复邀请我在成都多玩几天，还提议我去青城山和都江堰耍几日，去大慈寺喝茶，再打几圈四川麻将，他全程陪同。我不得不再次给他讲明我此行来意，说和上次曼谷一样，只在成都过夜一晚，目的地是酒都宜宾，去和酒厂谈直播事宜。挂了电话后，陈功通过微信给我发了一家在成都本地非常有名的火锅店的地址，他扬言说，今晚我要能清醒地回到酒店，就算他没招待到位。

陈功外形的变化有多夸张？他都走到我眼前，我硬是盯着他看了十来秒都没敢认他。算起来曼谷一别也就一年多，眼前的陈功让我根本没办法将他和我记忆中的模样联系在一起。他剪短了头发，额头前的那一缕挑染成银灰色，乍一看还以为他操劳过多白了头。黑框眼镜也没了踪影，取而代之的是镶了一排细钻银边的渐变镜，看一眼就知道价格不菲。他身着纪梵希的T恤、古驰的短裤，戴着西铁城的手表，脚踩阿迪达斯椰子鞋，更不用说他往桌子上随手一丢的苹果最新款手机，全身上下加起来少说也有六位数。陈功看出了我目光中的诧异，他似乎见怪不怪，叫来服务员点了一桌子菜，掏出一支宽窄牌香烟递到我手上，咧着嘴笑：马山，你是不是看着我像个暴发户？实不相瞒，我如今还真成了暴发户，不过不是我自己有狗屎运，而是我老头子运气好。我爸半年前去世了，他就我这么一个儿子，一辈子打拼赚来的都给了我，我就成了现在这副鬼样子喽。

我和陈功边烫毛肚边闲聊，他热情得好似桌子中央的麻辣锅，不断给我碟子里夹菜、灌我啤酒。陈功没让我怎么多猜，开门见山地对我说：老马，咱们俩没见面的这一年，在我身上发生了好多件事，你等我一件件说给你听。我从泰国回到成都没多久，我爸就去世了，心梗。老头和咱们俩现在一样，烫着火锅喝着冰啤酒，巴适惨了。吃饱喝足去茶馆找朋友打麻将，连着三把自摸，第四把牌还没摆好，说了句我不行了，一头栽到桌子底下。等牌友把他送到医院，人已经凉了，没有抢救过来。

说这话时的陈功脸上挂着一丝落寞，他自斟自酌喝了一杯，接着说：我没给你说过吧，我妈死得早，我妈刚生下我那几年，我爸的煤炭生意刚起步，他天天在外找各种理由不回家，每晚不是在饭桌上陪人喝酒，就是去夜总会和别的女人搞在一起。我妈不像别的女人那样，找我爸争吵打闹，她把什么事都憋在心底，对墙发呆，暗自流泪。我妈最大的心愿就是盼我能有出息，长大了别像我爸那样不读书没文化，过俗不可耐的日子。初三期末考试，我考了全年级第一，我拿着考卷狂奔回家想给我妈一个惊喜，让她高兴下。可惜啊，可惜，我妈没看到我第一次有出息的样子，等我跑到小区楼下，看到闪着灯的救护车和围观的邻居叔伯阿姨，还不等我反应过来是怎么一回事，我舅舅一把把我眼睛捂住。就这样，我没有看到我妈最后一面，不过后来听围观的人说，我妈从我家八楼跳下来，脑浆摔得和豆腐脑一样稀烂。他们都说我妈是精神有问题，疯掉了才自杀，直到我上了大学，书读得多了些才懂得，我妈不是精神有问题，她就是当初和我爸感情破裂，再加上性格内向，心事重，大概率是患上了重度抑郁症，身边没有人听她说话，更没有人关心她，给她爱，带她从黑暗中走出来。实在是穷途末路了，痛苦不堪，走向了更暗的深处。

尽管陈功在说很悲伤的个人成长经历，但他对童年创伤的细致描述还是引起正在吃猪脑花的我的不适。我连喝了几口冰啤酒才压住反胃的恶心感，陈功并未察觉出我的异样，自顾自地接着说：我妈去世时我十五岁，今年我三十一岁，我用了十六年时间，才从丧母之痛中爬出来。这十六年我没有一天是开心的，没有一天我能真真切切感受我在活着。我妈走后，我再也没有看过喜剧电影。我不敢放声大笑，笑了我会觉得我对不起我妈。从读高中开始，我爸的生意越做越大，不知道他是出于愧疚补偿我，还是钱太多了没处花，总是隔三岔五几万几万地塞给我，但他的钱我一分钱都不动。我一年到头只穿校服不买新衣服，在食堂吃最便宜不带肉丝的盖浇饭，我不敢让自己过得太舒服，但凡舒服一下，比如夏天最热时我忍不住买一瓶冰镇可乐喝，我就会想，我妈不在了，我妈喝不到了，一想到这么好喝的东西她喝不到，我瞬间就陷入万劫不复的悲痛中。

我读小学时，我妈就嘱咐我好好学习，长大了去北京读大学，这就是我高中时玩命学习的动力，就好像只要我考不进北京，她都死不瞑目。待我考到北京读了大学，我妈也走了三年了，我以为时间久了，离家远了，我能好受点。可我非但没有好，反而身在他乡日日夜夜更思念她了。我总感觉她还活着，只是出了一趟远门，我一路过公交站、地铁入口就会恍神，等着她从车上下来，笑盈盈地望着我，叫我小名。马山，你还没有经历过至亲离世，那种痛苦滋味我说不明白，再怎么说，你也体会不到的。

我和陈功相识这么久，这还是第一次听他说这么多话。我试图改变这过于沉闷的交谈气氛，便开了个还算得体的玩笑，又自嘲了两句，仰头一饮而尽一大杯啤酒，以表我对他的理解和同情。陈功仍旧沉浸在情绪中无法自拔，他一只手拿着酒杯，另一只手重重地落在我肩膀上，目光坚定地和我对视：马山，我这么给你说吧，这些年我和女人在床上，我不行，一次没行过。这也是我和汪晓雅结婚这么久没有孩子的原因。我只要一碰到女人，一到关键时刻，我脑海里立刻就浮现出我妈的模样，她就那么笑盈盈，慈祥地看着我，这画面一出，我一下子就不行了，手脚冰凉，全身出汗，该硬的地方它不硬。

听到这里，我一口酒差点没喷出来。我强忍笑意绷住脸说：老兄，这不是问题，现代医学多先进啊，这是病，能治好的。

陈功摇了摇头，这些年我没少治，我看过心理医生，吃过中药，也注射过激素，都不起作用。为了治我这病，汪晓雅一度没少费心，作为女人她能做的她都做了，不能做的也努力去做了，可我还是不行，关键时刻顶不上去。

我认真想了一下，才回想起，陈功口中的汪晓雅是我在曼谷见过的他的妻子。陈功咽下一片沾满辣椒的腰片，用纸巾擦去嘴角的油渍说：去年咱们在曼谷偶遇那次，你知道我去做什么了？马山，现在说出来不怕你笑话，汪晓雅在一些论坛上看帖子说泰国有些地方的酒吧玩得比较开放，她提议来曼谷寻找刺激，或许这样能对我起效，治愈我那毛病。类似这样的事她可真没少用心，更别说我俩在家里关上门了，她又是穿各种情趣制服，又是在网上学角色扮演，变着花样帮我。可不管她怎么折腾，到头来还是竹篮打水一场空。汪晓雅越是这样认真付出，我越是有心理负担，结果就越是不行。

陈功叹了口气：夫妻一场，汪晓雅对我尽心了，我也不能对不起人家。我知道她做的这一切，都是渴望早日能有个孩子，当上母亲，这样才算有个家。既然我不行，满足不了她的心愿，我就别再耽误人家，放她一条生路，也算我对她最后的成全，所以半年前，我和她协议离婚了，离得挺顺，没我想象得那么狗血。上个月我把公职也辞掉了，每天什么事都不做，继承了我爸留给我的那些房子、厂子、票子，彻彻底底孑然一身活在这个世界上了。

那个晚上，陈功喋喋不休，也不管我愿不愿意，敢不敢听，他从对两性关系的认知聊到金钱如何能换取人性层面真正意义上的自由，又从生而为人的孤独感说到人存活于世的虚无意义，总之聊的都是形而上、玄之又玄的话题，充分表现出一个读书人经济自由后的思想境界。那晚我各种安慰陈功，基本上把我所知道的安抚人心的话都给他说了一遍，却没什么效果。到头来陈功还是成功地将自己灌醉，任我怎么连拉带拽阻拦，他根本不听劝，喝完一瓶又开一瓶，去洗手间吐了两回，一直闹到近凌晨，饭店打烊，他不依不饶，说什么都不肯放我回酒店，强行拉着我去了成都当地年轻人最喜欢去的夜店。

陈功订了舞池正中央最好的、当然也是最贵的卡座，他酒气熏天地搂着我说，自打他恢复单身后，他几乎每个晚上都会来，不醉倒在这里，回到住处也会睁眼失眠到天明。那是继曼谷之后，我又一次同他在劲爆的音乐轰鸣声中纸醉金迷。我和陈功之间坐了五六个身材高挑、散发浓郁青春气息的好看姑娘，一眼望去，一排短裙美腿高跟鞋。毕竟是在国内，也可能是陈功喝了太多酒，和曼谷之夜不同，没了汪晓雅的陈功不跳舞也不和DJ激情互动，他歪着身子斜靠在沙发背上，喝着调酒，刷着抖音。那一众姑娘轮番起身找陈功敬酒，他来者不拒，一口一杯。一圈喝完，他又坐回原处，玩起手机，时不时还咧着个大嘴，对着屏幕呵呵傻笑，视那些漂亮女孩如同空气。

三 亚

我三十三岁生日过后的第二天，武汉因新冠疫情暴发而封城。我因短期内曾去过武汉，回到北京自然成为社区重点关注对象，被要求居家自我隔离。编导小李在线上视频会议中提议，疫情防控期间，趁着多数人都困在家中，我可以多开几场直播带带货，卖多卖少无所谓，关键是好不容易积攒起的粉丝数不能少，以免影响人气。

漫长隔离期我终日无所事事，反正一人独居，干脆每天除了睡觉吃饭，其余时间都在线直播。我不是颜值主播，没办法像大多数女主播那样在直播间跳舞唱歌、搔首弄姿，也就只能耍耍嘴皮子，讲讲搞笑段子，和粉丝们天南海北瞎聊一气。有时还会按照私下里公司安排好的，与薇薇安等各路网红连线，打打PK。靠着每场直播粉丝刷的礼物，以及带货的佣金提成，一个多月下来竟也分到四万块钱，足够我应付交房租、缴付信用卡的花销。

在此期间，老任喜得一对双胞胎闺女，当了奶爸。他在自己的朋友圈很少再点评时政新闻、股市资讯，取而代之的全是他晒的宝贝女儿的逗趣照片、合家欢小视频，一副不再过问江湖事的样子，隐居立起"女儿奴"的人设。唐诗诗与那个光头喜剧明星分手后离开了北京，至于去了哪里我不确定，也没兴趣知道。她微信好友将我拉黑，只有每个月追要小孩抚养费时会打电话催我给钱，其余时间人间蒸发般消失得无影无踪。

这个春天，全世界仿佛被按下暂停键，大街上空空荡荡，人们都安静了下来，肉体终于等到了灵魂。每天直播结束，我都会开罐啤酒，坐在阳台的摇椅上，望着远方的日落西山，自饮自酌两杯。想想人生海海，江湖阔处多奇遇，二十岁时若有人告诉我，我会因一时欲望和唐诗发生关系，继而有了一段姻缘，日后落于世俗生活，又开玩笑般地草草结束，一别两宽，形同陌路，我死也不会相信。在我人生最低谷的三十岁，若有人告我说，我辞职后非但没饿死，不出两年，我还会成为网络上小有名气的直播带货主播，粉丝数近两百万，月收入较之前做空警时翻了四五倍，我一定会认为说这话的人是个骗子。可当这一幕幕真在我人生中如期上演，身为男主角的我，除了无可奈何低声骂一句"这扯淡的人生"，能做的也只有一声不吭接受命运的安排，无论好坏。

待国内疫情得到较好控制时，已是盛夏。时隔近百天，我再次外出工作，远赴呼伦贝尔草原，应当地一家酒厂邀请，拍摄一组相关宣传视频，再开两场直播带带货。飞机落地开机，手机屏幕显示有两个陈功打来的未接电话，我回拨过去，陈功很快接通，彼此问候了几句，他直奔主题说，他要结婚了，在这个月的最后一天，婚礼定在三亚海边的度假酒店，他诚挚邀请我和老任能腾出时间参加他的婚礼，顺便在海边玩两天。

这疫情闹得人都憋坏了，你和老任有空的话来三亚吹吹海风，放松一下。

我祝福的话还没来得及说出口，只听到电话那端传来陈功爽朗的笑声：马山，还有个好消息和你分享，你肯定想不到，我爱人有身孕了，三个多月了，我很快就要当爸爸了，这也是我抓紧办婚礼的原因。

陈功二婚尚且在我理解范围内，他才三十出头，高学历，家底也厚，离异了再娶一个也说得过去。可他即将要成为人父这事儿着实让我有些猝不及防。一年多前在成都，他醉酒向我坦诚他生理那活儿不行，六七年努力造人都无法让前妻受孕，以至于离婚的那一番话犹然在耳，这怎么突然之间就好事成双、奉子成婚了？

我强压住我那颗蠢蠢欲动的好奇心，略为夸张地恭喜他说：大才子，你真是不鸣则已一鸣惊人，这是我近几个月内听到的最好的消息了，我为你高兴。今晚我一定要和蒙古族姑娘们多喝几杯，隔空为你庆祝。

我的话引得陈功哈哈大笑，他说届时酒店机票都会给我和老任安排好，新婚之夜一定喝他个天翻地覆、人仰马翻。

我又祝贺了陈功几句，以在机场要取托运行李为由，匆匆挂了电话。刚坐上接待方的商务车，我就急忙拨打老任电话，迫不及待想和他分享这个惊天大八卦。打了数遍，老任都没有接，我只好悻悻然挂了电话。微信提醒有一条陈功发来的未读信息，是他的电子结婚请柬。我随手点开，再次做新郎的陈功西装笔挺，面带抑制不住的幸福笑容。他身旁着粉色婚纱的新娘也可以说是美丽动人、高贵端庄，只是多看几眼，有点儿眼熟，像是在哪里见过。我逐页滑动翻阅请柬，末页底部的一行小字差一点儿让我讶异到无法呼吸：2020年7月31日，三亚海棠湾瑰丽酒店，新郎陈功，新娘何灿灿，期待各位亲朋好友爱的见证。

自恢复单身起，我就不喜欢再去海滨城市。两个人看海是幸福，一个人的海景只剩无边且具象的孤独，即便是身处三亚五星级酒店的私家海滩，也难让我有好心情。老任原本说好和我一道来三亚参加陈功的婚礼，起飞前一天却告知我，他临时出了点儿突发状况，有件棘手的事儿要处理，无法与我同行，让我将他的祝福和礼金一并带给陈功。我躺在沙滩椅上，喝着冰镇啤酒，吹着温润的海风，等待陈功的到来。正当我舒服得快要睡着时，陈功喊了声我的名字，沿着海岸线一路小跑而至。

疫情防控，咱老家那小地方到三亚每周就这一趟航班，亲戚们都集中在这会儿到了，我刚把我舅舅他们在酒店安顿好，不好意思啊马山，怠慢你了。

我摆了摆手说，都是自家兄弟，别客气。顺手递给陈功一杯啤酒，他迟疑了下，还是接了过去，与我碰杯。

恭喜你啊老陈，真没想到，这才几个月没见，婚姻梅开二度不说，还即将有小天使降临，这速度保持下去，用不了多久是不是就该要二胎了？说说呗，和新弟妹是怎么在这么短的时间内相识、相知、相爱的。

陈功用手背拭去额头的汗珠，解开衬衣衣领扣子，笑了笑说：我就知道你会好奇我的那点儿事。不过说真的，整个经过说出来我作为当事人都不太敢相信，一切快得跟拍电影似的，有时候我都怕眼睛一睁，一觉醒来一切都是幻觉。

陈功又开了一罐啤酒，喝了一大口接着说：她叫何灿灿，辽宁大连女孩，我们是在网上认识的，确切地说我是在她直播间看她直播喜欢上她的。说到这，陈功停顿了下看向我，我没有接话，用眼神示意他继续讲下去。

她有一阵子每天都会在抖音上直播几个小时，通常都是在晚上播，有时候白天没事了也播一会儿。她是舞蹈主播，跳的都是那种吸引男人眼球的性感爵士舞，后来我和她关系近了，就不许她再在直播间跳那一类舞蹈，她就改直播唱歌了。

马山，你也知道我爸刚去世那阵子我状态不好，成宿成宿地失眠。有一晚我喝醉了不想回家，一个人躺在酒店的床上刷抖音到凌晨五点，刚有点儿困意就刷到她在直播跳舞。男人嘛，有几个不爱看美女跳舞的。我就点进她直播间，这一看就入了迷。我和她的关系起初很简单也很纯粹，就是女主播和普通观众的关系。她是个小主播，每场直播又是换衣服，又是整道具，卖力地扭来扭去，播了好几个月粉丝都不到两万人。前期她的每场直播算我在内收看者也就十来个，好的时候不超过五十个人，除了我之外，很少有人给她刷礼物，说些鼓励的话。说实话，我看着她播有时候都觉得她挺可怜的。

我忽然想起来什么，打断陈功的话，试探性地问他：大才子，你抖音账户名叫什么？

陈功警觉了下，说他平常不怎么玩抖音，只弄了个小号，无聊时随手刷几下打发时间。我说我没别的想法，咱俩加个好友，互相关注下。陈功想了下，还是告诉了我他的账号名，我立即打开抖音搜索了下，果然不出所料，他就是我一年多前去大连偶遇何灿灿那次，在何灿灿的直播间里和我抢榜一的大牛哥。那之后我私下里还偷看过几次何灿灿的直播，每次大牛哥都雷打不动占据榜一位置，印象中他每场给何灿灿刷的礼物，没有一万，也有五千块，真没想到这个土豪榜一大哥居然是陈功，这也太有趣了。

陈功并未理会我，他侧过身子，面朝大海，喃喃自语：咋说呢，说命运对我仁慈吧，我十五岁没了妈，刚三十岁没了爸，彻底成了野娃子，在这个世界上失去至亲，也就没有了真正关心我、对我好的人。前些年我一心想要有个孩子，和前妻咋个折腾就是怀不上，索性和对方离了婚不耽误人家。说我命不好吧，我如愿以偿从咱那个小地方考到北京读了大学，研究生毕业没怎么费力又进入国企，也就是那几年我爸生意越做越大，但我和他之间基本没有沟通，一年到头说不了几句话，我曾认为是他把我妈逼死的，我还能认他这个老爹就够仁至义尽了。可真等我爹死了，火化后我抱着他的骨灰盒那一刻，我忽然放下了，不再恨他。

我爸是走了，他名下的那一大摊子却都留给了我，需要我去收拾打理，我曾用了十多年时间想和我爸撇清关系，讽刺的是，他却用突然死亡的方式解开了我对他的心结，还给我留下几辈子都花不完的钱。很长一段时间内我都很害怕天黑，我根本不敢回家，其实我也没有家，有的只是个栖身的住处而已。亲人一个都没了，何以为家？我只要打开门锁，一进门，无边无际的悲伤从四面袭来，怪兽似的瞬间把我吞噬掉。马山，你父母双全，你不会懂得亲人离世，你孤身一人面对这个世界的那种时刻被撕裂的痛苦感。

陈功转过身来，脸上表情也随之舒缓了些。

直到我在直播间遇到何灿灿，我的生命也随之发生了改变。起初我就是图她长得漂亮，舞跳得迷人，反正也睡不着，就瞎看个热闹，解解闷。何灿灿小我十岁，我把她当作妹妹，真心觉得她直播不易，想帮帮她。后来我失眠睡不着，和她私下聊了几次，我渐渐发现她和我之前遇到的女人，包括汪晓雅都完全不同。灿灿是个典型的东北女人，性格很耿直，有话就讲，从不让你去猜，比如说有阵子她遇到了急事需要钱，她就跟我开口直说，问我能不能给她转笔钱，她要用来解决什么问题，以及一时半会儿还不了我，但保证不会欠我。她就是这样的直接，说话想问题毫不兜圈子，也不需要你去哄、去猜。这大大咧咧的性格换别人也许接受不了，但我很喜欢，我觉得她活得很真实，一点也不虚伪。

慢慢地我也愿意和她聊些我内心的话，越聊我越走心。有一个来月，每天晚上她下播后我俩各自抱着手机，一聊就是一个通宵。白天我什么事也不去做，困了打个盹，睡醒了和她继续聊。我们俩什么都聊，大到人生梦想、宗教信仰、彼此生而为人的底线；小到社会新闻、网络热点。灿灿和我有着差不多的人生经历，她也是小小年纪妈妈不在了，她爸爸整日酗酒赌博，对她不管不问。灿灿妈妈走了不到一年，她爸就又给她找了个开地下舞厅的后妈。以至于灿灿初中就离家住校，早早地学会独立，凡事靠自己。

灿灿就像是我专属的心理医生，我的喜悦开心、悲伤痛苦她都能很温柔、恰如其分地与我共情，说出的话语每一句都能不偏不倚安抚我的心。可以这么说，灿灿是我人生最黑暗的时候照射进来的那一束光，是她让我再次燃起对生活的热爱。对了，她也做过几年空姐，好像和你之前是同一家航空公司，没准你们俩还认识。

我矢口否认，说航空公司各类工种员工加起来上万，且流动性极强，何况每个班组都有各自固定飞的航线，我印象里没有认识过姓何的空姐。

陈功听我这么一说，觉得似乎挺有道理，点了点头表示认同，继续说道：我和灿灿在网上聊了近半年，赶上我刚好有个行业会议在大连举行，我和她才第一次见了面。她本人比直播间里还要漂亮，最主要还是性格好，我们俩有说不完的话。那之后我有空就飞去大连见她，一般都是一起过个周末。我们俩在一起也就只是吃吃饭、聊聊天，滨海大道散散步，或者看场话剧、摇滚乐队演出。让人想不到的是，今年的头一个周末，我和往常一样去大连找她，那个晚上我和她都很开心，喝了不少酒，她没有回家，随我住到了酒店的房间。然后一点儿征兆都没有，一觉醒来，新闻里说大连因疫情扩散严重，我们俩被酒店方通知，当天就得自我隔离在房间不让外出，这一待就是十四天。后来的事我就不详说了，你我都是男人，只是我怎么都不会想到，之前我和汪晓雅折腾来折腾去，六七年都没有动静，而我和灿灿总共就那么三四回，且毫无任何备孕措施，我居然就当了爸爸。我做梦都不敢想的情节就这么真实发生了，电影都不敢这么拍吧。哦，对了，马山，我的那点事儿除了你没给其他人讲过，你要替我保守秘密。

你有什么事？你没任何事啊，你合法继承亿万身家，靠着自身魅力抱得美人归，又喜得贵子，我羡慕嫉妒你都来不及呢。

陈功很满意我的回答，他一饮而尽杯中的酒说：所以我和灿灿这没什么好说的了，孩子的到来注定了何灿灿和我今生有缘，我必须娶她，为她负责。她一从产检室出来，我在妇产医院停车场就向她求婚了，同时恳求她，无论如何，一定一定要把这个孩子生下来。灿灿真是个好女孩，她当下就答应了我。马山，我真不知道该怎么形容这几个月来我的感受，还是那句话，遇见何灿灿，我陈功相当于重新获得了一次生命，灿灿就是替代我妈，来到我身边呵护我、包容我、疼爱我的那个女人，是她让我懂得了生命的幽暗及宽广。

眼看着陈功又要展开说他对人生新的感悟，这时有人呼喊他的名字，我和陈功同时回头，打着一把太阳伞、戴着墨镜的何灿灿从不远处缓缓走来。陈功忙上前迎接，陈功与何灿灿十指相扣，一同走到我面前。像当初在曼谷酒吧介绍汪晓雅一样，陈功宠溺万分地望向何灿灿说道：马山，正式介绍下，这是我太太何灿灿，东北大连人。灿灿，这是马山，我给你提起过的，我高中师哥。马山曾经和你一样都在天上飞，他做过多年空警，现在则是直播带货界的大网红了。

何灿灿嘴角上翘，朝我挥了挥手，活力十足地对我说：嗨！和两年前在大连相比，何灿灿更加漂亮了，尤其是鼻子，又翘又挺，但脸上也明显有了孕相。陈功在一旁向何灿灿夸赞着我，说我是他为数不多能走心的挚友之类的话，我随着他有一句没一句地应着，脑子里却在想，网络真是神奇，怎么能把这两个生命中看起来完全不可能发生关联的人组合在一起？

何灿灿完全就是一副贤妻样，陈功每说一段的停顿处，她夫唱妇随，时而颔首点头，时而手捂住嘴唇做惊讶状，捧场得如同活动主持人。直到陈功接了个电话转身走去，何灿灿侧身回望，确定陈功离得足够远，她才摘掉墨镜，笑意盈盈地说：我的天哪，山哥，真的是你啊！之前老陈给我提起你时，我还半信半疑，以为只是重名，心想这世界哪会有这么巧的事，没想到他口中多年的好哥们儿，还真的是你啊。

我一时不知该怎么接何灿灿的话，干笑了两声。何灿灿站到遮阳伞下，停顿了下说：那个我和老陈的事你都知道了吧？

略知一二，这不陈功刚开了个头，你就出现了。我实话实说。

何灿灿娇羞一笑：山哥，我都不知道该怎么对你说这件事好。老陈人很好，对我也挺好，我从没想过我会这么快就又结婚了，更想不到会嫁给老陈。我和老陈怎么说呢，可以说是南极北极，天平的两端，要不是碰巧那天晚上我闲着无聊开直播玩，他刚好刷屏"路过"我的直播间，我们俩这辈子也不可能有机会遇见。更不可能走在一起，还有了宝宝。

何灿灿说着下意识地摸了摸还算平坦的小腹，她抬起头寻求与我对视，我赶忙弯腰拿起桌上的酒杯抿了口啤酒。片刻安静后，只听何灿灿说：那个，山哥啊，我之前的一些经历，有些事情呢我不太想让陈功知道，至少现阶段不希望他知道，以免引起误会。婚礼呢我除了近亲，朋友都没邀请几个来。那什么，唉，我不知道该怎么说了，但我想山哥你应该能明白我想表达的意思吧？

我们不是刚刚通过你先生陈功介绍才认识的吗？何小姐。

何灿灿又一次捂住嘴笑了，远处的陈功高声呼喊着何灿灿，招手示意她过去。

大网红，谢谢你来参加我和我先生陈功的婚礼，那就祝你这两天吃好喝好，玩得开心。何灿灿调皮一笑，背身离去。

我目送何灿灿走远，她站到陈功身边，很自然地挽住陈功的胳膊，与来宾一一攀谈，笑得落落大方。黄昏的海景唯美得如同一幅中世纪油画，我沿着沙滩走到不远处的海边，那座用玻璃搭建的透明教堂，婚庆公司的工作人员正忙碌却不失有序地布置着内场。明天在这里，陈功与何灿灿会得到来自亲朋好友的祝福，举办他们温馨且浪漫的海边婚礼。我拍了几张教堂内部照片，又录了一段小视频，通过微信给老任发了过去，毕竟他和陈功的交情在我之上，也算以此弥补他未能来到现场的遗憾。

几分钟后，新消息提示音响起，我以为是老任回复了我，打开手机一看，却是一组新闻类软件的即时弹窗，标题内容几乎一致：直播带货一姐薇薇安发微博长文控诉，自爆曾多次遭国内知名投资人任某某性侵猥亵。

火车要往哪里去

1

球滚进巴西队大门的同时，那个叫斯内德的荷兰人一脚踢飞了我的发财梦。裤子口袋里那面值一百块钱的足球彩票转眼间成为废纸一张，此外我还得愿赌服输请老李吃顿麻辣火锅。手机随即显示老李发来的短信，一个"哈"字及一长串叹号。我都能想象出此刻的他会有多么的得意忘形。无比郁闷的我没心情骂他，电视机里逆转获胜的荷兰队员正在疯狂庆祝，我拔掉电源，坐在床头闷闷抽烟。

一旁的牛红红早已熟睡。以前她睡觉很轻，而如今她那富有韵律的鼾声吵得我心烦意乱。我相信大明星那样的大美女即便是睡觉，姿态也会优雅万分。远的不说，一次班级聚会通宵唱歌，我就见过睡着的班花徐菲菲，迷离光线下她熟睡的脸庞是那么楚楚动人。再看眼前的牛红红，我实在搞不懂一个二十多岁的女孩怎么跟个爷们似的呼声连连？真是人比人得死，货币货得丢，我打开房灯，故意弄出各种动静想把她吵醒，然而折腾了半天徒劳无获。她只是撇了撇嘴，翻了个身，继续睡去。牛红红那满是青春痘疤痕的脸在强光下油光发亮，我灭掉烟蒂，告诉自己，四年都熬过来了不差这一天，忍过这最后十几个小时就能彻底和这张像没啃干净的玉米棒似的脸告别。

这一次我下定决心，即使她说出那番已重复多次，次次让我头痛的话我也绝不心软，义无反顾地和她分手。她牛红红或许还是当年那个在县城买件衣服就知足、吃次麦当劳就幸福得好似过节的牛红红，而我马山已不是当年那个去趟省城如同出国，住一晚星级酒店就以为自己是上等人的马山了。尽管我的身份证号与牛红红还是同一个地方，但至少目前我的身份证是上海市政府发的，这就是我和她最大的不同。我最近一次回老家还是大一那年寒假回去过年，那也是我最后一次和牛红红手牵手在县城的街头散步、在录像厅里偷偷接吻。从那以后我们只靠网络、短信、电话维持联系，我和她男女朋友的关系只剩虚名。不是我背叛她，缘分确实已尽。来上海这三年我已习惯这里清淡的饮食、多雨的秋季，喜欢上那纸醉金迷的外滩、声色犬马的石库门新天地，虽然这一切都和我这个穷学生没半点儿关系。特别是在今年春天，我发现我爱上了班花上海女孩徐菲菲。我知道我们班，我们系，甚至是全校追她的男生比比皆是，可我与那些只浅薄地爱徐菲菲外貌身材的竞争对手不同，我对徐菲菲的爱比他们任何一个人都更有深度内涵，我像爱上海一样爱着徐菲菲。我不仅爱她那标致的江南女子的五官，更爱她那民国少女般优雅的气质，她微笑时会用手捂住嘴，吃东西不发出一点声音，她会油画，热爱旅行，看的书多是哲学艺术类，最爱欧洲实验电影。有关徐菲菲的这些兴趣爱好都是我在她博客里看到的，我每天会准时刷新她的博客，像个偷窥者一样跟踪她的最新状况。她写的每篇日志我都仔仔细细反复看好几遍，有几段话我感觉她像是特意写给我看的，我熟悉得都能默写下来。我看她看的书，听她听的音乐，幻想着她要是我的女友和我在一起那该有多好。可惜时至今日徐菲菲都没跟我讲过一句完整的话。我知道徐菲菲是有男友的，那个来自温州的富二代，不过无所谓，能远远地这么欣赏着她也挺好，像徐菲菲这样的美女就是我每天努力奋斗、争取留在上海的动力。

我又躺了下来，辗转反侧好一阵还是无法在牛红红的鼾声中入睡。空气越来越燥热，我索性不睡，盘腿坐在床头，将钱包里的钱全都取了出来，每两百元为一沓摆在面前，像个将军检阅部队似的环视着它们。一千两百四十八块七，这少得可怜的数字是我现阶段全部的资产。我那从地摊买来的假路易威登钱包几天前还神气十足地装着五千块巨款，现在干瘪的它自卑地缩在床角，光泽黯淡。邀请牛红红来上海玩一圈，看看世博会、逛逛周庄水乡，这是老李教我的招数，算是分手旅行。我听从他的建议，代价是将我盛夏钻进人形玩偶里为店家招揽生意、严冬站在路边发放小广告，攒了大半年的辛苦钱一周之内分别交给了世博局、铁道部、快捷酒店。钱花没了，但也还算值得，毕竟我和牛红红相爱一场，这算是我对她最后的补偿，明天过后好聚好散，买卖不成仁义在，只要她愿意，不是情侣还是知己。

我抽着烟，盘算这剩下的钱怎样安排合理？三百块付房费，其余的钱，还老李四百，两百明天世博园花，两百给她家里买东西，剩下一百多块等她走后，买点儿方便面什么的还够我撑些日子。算了，好人做到底，都给她家里买特产吧，钱没了，多兼几份职还能把它再赚回来。只要这次能顺利和她分手，过几天苦日子我也愿意。想通这点儿破事后，晨曦从窗外透了进来，墙上的时钟提醒我已是清晨五点零七。十二个小时后，我就要和牛红红正式摊牌，一刀两断，各奔东西。

2

我半睡半醒地躺了差不多三个小时，刚开手机，老李的电话就打了过来。他说：老马，三件事。第一，你要我帮你买的火车票已买好，今晚八点四十的，加上先前我在周庄帮你垫付的开房钱，总共你要还我四百二十七。第二，明天的六级考场分出来了，告你个好消息，你和徐菲菲同一考场。第三，徐菲菲一大早就找你，你没开机，她打到我这里，说要邀请你参加她今晚的生日派对，你小子走运了。

你是在逗我开心吧？

爱信不信，你要不方便我替你去。老李像是料到我的反应，他笑了几声，压低嗓门说，赶紧的，把你那村花给甩了，拿她和徐菲菲相比就如同拿你们县城和上海比，根本没有可比性。你早一秒和她分了，就早一秒有机会追上徐菲菲。你不会念及旧情不舍得分了吧？难道你还想回到你那个连麦当劳都没有、周一的报纸周末才到的小县城和她携手度过漫长一生？

我果断挂掉老李电话，他那么一个嘴上没有把门的家伙再多说几句不靠谱的话让牛红红听见我就功亏一篑了。我一看，果然有条未读短信。如老李所说，徐菲菲问我今晚有没有空去新天地哈瓦那酒吧参加她的派对？我莫名兴奋，喜欢徐菲菲的男生那么多，比我有钱、比我帅的大有人在，她为何主动点名要我参加她的生日派对？是我在她博客里长期的匿名爱慕留言被她识破？还是她终于知道每次她旷课不来都是我替她偷偷在签到表上签到？我快步走进洗手间，锁上门，将徐菲菲发给我的短信默读了好几遍，末了收藏到文件夹里。我坐在马桶上握着手机，构思该怎么给她回复才能表达出我当然乐意参加又能显得出我不是那么的惊喜和在意。我拿着手机删了写，写了又删，思前想后，最后还是发了一堆以祝她生日快乐、永远年轻漂亮之类既矫情又虚伪的废话。刚发送出去，还没来得及平静跳动的心脏就收到徐菲菲的回信，全文言简意赅：谢谢，今晚九点半，不见不散。结尾处附了一个用符号拼成的笑脸。就是这再简单不过的几个字外加一个符号已足够让我无限遐想，心神不宁。我清空收件箱，开心地哼唱着"我愿变成童话里你爱的那个天使"走了出去。阳光真是灿烂，生活真他妈美好，即使是刚睡醒、眼屎未擦、蓬头垢面的牛红红也破坏不了此刻我愉悦的心情。牛红红并没看出我有什么异常，她戴上五百度的近视镜，穿着那套象征着她本命年的红色内衣裤，双手抱头站在床上边数数边做着起立蹲下。我虽对此举动早就习以为常，但经过她身边时还是忍不住嘀咕了句：神经病。牛红红照例白了我一眼，吃力地向第三十个冲刺说，你懂个啥，这是我从《求医不如求己》里学到的，每天早晨起床这样做三十五下，有利于排便，从而把身体里沉淀一晚上的毒素排出去，对肠胃啦、脾脏啦都有好处，而且还能起到养颜美容的作用，一分钱不花，效果还胜过那些有钱人天天吃的保养品。

我懒得搭理，坐到离她较远的沙发上，点着烟催她，你赶紧去刷牙洗脸，这都八点了，你还看不看中国馆了？牛红红听进去我的话，她毫不避讳地在我面前脱掉内衣，满身大汗地走进浴室。我抓紧时间抽空琢磨了下：晚上送走牛红红刚好能赶上徐菲菲的派对，只是不能空手，得带上生日礼物去。送什么好？便宜货徐大美人肯定看不上，太贵的又买不起。忽然想起前阵子徐菲菲在一篇日志上曾提到喜欢某法国香水，当时我还特意搜了下，小小的一瓶就卖四百多块，贵得令我咋舌。对，就送这个，贵是贵了点儿，但只要在世博园争取不花钱，少给牛红红家里买点儿东西，再借老李点儿钱，省吃俭用几个月，咬咬牙还是能买得起。心里有谱后我开始想象徐菲菲拆开我礼物时惊喜的表情，我相信她一准会喜欢，没准还能懂得我的良苦用心。实话实说，和牛红红好了这么多年，我还从没送给过她这么名贵的礼物，顶多给她买过一条三百多块的裙子，她爱不释手，非节庆日重要场合她都不舍得穿。不过话说回来，大专毕业，将要在县文化局上班的牛红红没必要也不配用这么好的香水。

按照原计划九点钟和牛红红二进世博园，这次只排中国馆，运气好些能快点，五点前兴许就能看完出园。然后去找老李要火车票，顺利的话八点前我就能恢复单身。这样我还能有空去商场买香水，或许还有时间够我回宿舍洗个澡，换身衣服从容地去见梦中女神徐菲菲。一切要是真按照我所想的那样进行就再完美不过了，可惜得意忘形的我忘记有句谚语叫作：人生不如意的事十有八九。等牛红红磨蹭收拾完东西已经九点半，退房时我掏出早就准备好的三百块钱付给前台。两三分钟后，前台小姐礼貌地对我说，先生，钱不够，还差八十块。

不可能啊，我心想，我来回算了好几遍，怎么能差这么多？我接过前台小姐递给我的消费明细，一眼就先看到三十块钱的长途电话费。我转过身问正在照镜子的牛红红：你打电话了？牛红红背对着我愣住了，先是支支吾吾不承认，见我掏出消费单，立马转口说：你别多想，昨天你出去买盒饭时我给家里打了个电话，汇报了下这两天的行程，最后我妈问咱俩结婚的事，我还以为这电话是免费的就多聊了几句。

　　我不耐烦地摆了摆手示意她不要再说，她打给谁我才不在乎，打给别的男人更好，我还能化被动为主动站在道德上的制高点谴责她。不过就算上这三十的电话费，还差五十块对不上啊。前台小姐面无表情地说：先生，你们损坏了一条浴巾，按我们的规定是要罚款五十块。我还没反应过来，身后的牛红红一个箭步蹿到我面前，底气十足地吵嚷着。前台小姐理都没理她，只是从柜台下面取出一条沾满鞋油的浴巾说：喏，就是这条，你们从窗户扔了下来，被我们工作人员捡到了。牛红红气势瞬间弱了下去，她都不敢正眼直视那条沾满了和我皮鞋同色系的毛巾。牛红红后退半步，小声苍白地辩解：那你怎么就能证明这是我们房间的？前台小姐用沪语快速地讲了句：外地人。又换成普通话面无表情地说：我们每条浴巾都绣有房号的，而且我们酒店周围都是摄像头，浴巾从你们房间窗户扔下来的整个过程都被拍了下来，你有没有兴趣看呀？人赃俱获，这下牛红红彻底无话可说，她求助地看向我，我故意扭过头看向别处。近一分钟的尴尬，牛红红认输了，说：我赔就是了，但你那一条破浴巾哪值五十块呀。在我们老家五十块都能买十条了。

　　我的忍耐到了极限，从另一个裤兜里掏出一百块钱扔在柜台上，头也不回地朝外走去。没走几步背后就传来牛红红声嘶力竭地喊着我的名字，她拖着行李箱，气喘吁吁地跑到我身边说：马山你生啥气啊？我还不是为了给你擦皮鞋？哪能想到那浴巾沾上鞋油就洗不掉了，我还不是怕赔钱才扔出窗外，没想到这么倒霉……我停住脚步，直视着她，真想借机和她分了得了。转念一想，时机还不成熟，现在向她提分手她会以为是我一时气话而不是认真的决定。我对自己说：马山，挺住，想想晚上的派对，想想徐菲菲，再忍不到十个小时你就能彻底解放，十个小时后眼前这个农村妇女她爱干吗干吗，别说偷打电话、损坏浴巾，就是她去偷情或是将整个酒店砸了，你也不会丢人，因为从今往后她和你再也没有半点儿关系。想到这里我气消了一半，从牙缝里挤出"没事"两个字，顺手接过牛红红的行李，低头不再言语。牛红红见我气消了，忽然变了个人似的说：马山，别不开心了。你看这是什么？说着她从随身的手提包里掏出一大把一次性牙刷浴帽甚至还有酒店空调遥控器里的两节五号电池。她炫耀地向我晃了晃，得意地说：这堆东西不值九十块也值三四十了，再加上这两天我吃自助早餐时偷装的那些煮鸡蛋、面包、饮料啥的，我们没怎么吃亏兴许还赚了呢。

我望着眼前花枝乱颤的牛红红，无奈地笑，真不明白当初我怎么走眼看上这么一个爱占小便宜、没一点公民素质的村姑。不过我很庆幸我及时作出和她分手的英明决定，和这样的女人过一辈子，那生活质量得有多低，日子得有多么的恐怖。

坐在世博公交专线上的牛红红贪婪地观望窗外稍纵即逝的美景，眼里满是好奇。别说她这第一次来上海的游客，就是已经在上海待了三年的我每次路过陆家嘴外滩还是会多看几眼，发自内心地渴望自己能成为这个城市的一分子。我记得当初刚收到录取通知书，在县文化宫的溜冰场上我安慰只考上邻市一所大专的牛红红说：上海也没啥好的，听说那里的男人怕老婆，炒个青菜也放糖，让我留在那里我都不愿意。你放心，大学毕业后我肯定会回来娶你为妻。然而到上海没多久，我就轻易地背叛了我的誓言。与其说我意志不坚定，不如说身为国际大都市的上海确实有种魔力，她就像是位风姿绰约的美女，不管你什么身份地位，一旦遇见，就会被她吸引，为她着迷。我仅用了一年时间就适应了和我前十八年完全不一样的生活，两年不到我就深深地爱上这座城，先前有关它的缺点在我眼中都成为无与伦比的优点，我发誓我要留在这里。可我的父亲母亲都是本分的农民，我一没钱二没社会关系，想要在上海扎根唯一能靠的人有且只有我自己。我没有别的本事，唯一的出路只能是玩命学习。和那些来自城里的尤其是上海本地同学在一起时我谈不上自卑，但只有当我的学习成绩名列全班第一我才有安全感，才不怕被人瞧不起。我的舍友也是我的好友老李，他和我的情况相仿，也来自农村，也想留在上海出人头地。老李曾在某次醉酒后说过一句很经典的话，他说：马山，我们当不了上海人也要立志当上海人他爹。为了这个牛逼的理想早日实现，我模仿上海人穿着，自学上海话，就连暗恋的女孩也是上海囡囡。为了省路费我已经两年多没有回过老家，每个周末及寒暑假校内校外我同时兼职多份，什么工作我都干，只要给钱就行。我明白即使我再辛苦十倍，像我这样的杯水车薪，除非有狗屎运中五百万大奖，否则上海的房子我几辈子也买不起。不过多赚一块钱离我的梦想至少能近了那么一点儿，虽然到头来交完学费，贴补家用后所剩无几，但即便是口袋空空，一无所有的我走在异国情调的淮海路，看着别人在高档酒楼、奢侈品牌店进进出出，身处其中的我也会有种参与感，莫名开心。

也就是这两年我与牛红红之间交集越来越少直至消失。我和她通话的频率从一天一次，三天一次变成一周一次。聊天内容完全不对接，她爱说家长里短，读高中时那些陈年旧事；我会聊金融危机，房产股市等她没兴趣听也听不懂的时事。我们已渐行渐远，完全是不同世界的两个个体。我曾试着和她提过分手，可话一出口，她就在电话那边哭着骂我是负心汉，说我忘记当初交不起学费吃馒头喝开水，是谁天天带饭救济我读完高中？又是谁凭借她那在县民政局当官的老爸帮我那退伍的大哥解决工作、给我那腿脚残疾的母亲发放低保金？牛红红这攻无不破、坚无不摧的法宝轻易就将我击溃，背负良心债的我对于那两个字再也不敢提起。这样耗了近一年，我中上海的毒越来越深，牛红红对我们的婚期也越逼越紧。前阵子她说她爸已承诺我毕业回去后帮我安排进县财政局，还说婚房我家出三她家出七。我很想给她解释我不在乎那份工作，也不稀罕县城的房子，可我就是没有说出口的勇气。但事到如今我不得不提，这是我最后一次机会，为了徐菲菲，为了能成为高贵的上海人，哪怕我背信弃义做次小人也在所不惜。

3

有了上一次的恐怖排队经历，仅五个小时就排上并看完中国馆对我来说简直就是奇遇。因为要送礼物给徐菲菲，我就舍不得买园区里的盒饭，随便吃了点自带的饼干和香肠勉强充饥。和我相比牛红红奢侈很多，她不但尝了荷兰甜饼和一盒捷克冰激凌，还给她妹妹和侄子买了两百块钱的海宝玩偶，不过花的是她自己的钱，我只替她心疼而已。从世博园出来时间尚早，人来人往的黄浦江边也不是分手之地，我站在街头发呆不知下一步该去往哪里。牛红红从便利店买来两瓶矿泉水，打开一瓶递给我，我拖着她的行李箱，牛红红坐在上面，我们喝着各自手中的水，天阴了下来，像是快要下雨。短暂的沉默过后，牛红红忽然很温柔地对我说：马山，我这次来上海都快十天了，该看的看了，该吃的也吃了，你对我真好。她吻了下我的脸颊，紧接着说，这趟我玩得非常开心，晚上我就要回去了，临走前可不可以满足我小小的心愿，带我去看看你们学校？也让我这个从小地方来的专科生开开眼，熏陶熏陶，见识下你这天之骄子读的著名高校到底什么样，好让我拍点照片回去给咱那帮高中同学炫耀炫耀、显摆显摆。

我对牛红红这突如其来的要求毫无心理准备，我语不成句地敷衍她，脑中快速翻找着能拒绝她的理由。

大学有啥好看的？除了北大、清华，全国大学都一个样。再说这离我们学校很远，等到了那里也差不多该往火车站赶了，这次怕是来不及了，下次有机会再看吧。

是吗？不是吧，牛红红狐疑地指了指我身后的公车站牌说：你看，十一路车不就刚好通往你学校吗？我没看错吧？一、二、三、四……总共才六站路，现在才刚过三点，我八点多的火车，再慢也来得及呀。牛红红收回目光，脸上笑意全无，马山，每次我一提去你们学校你就拒绝，该不会偷藏了个二奶，不敢让我去吧？

你想象力真丰富。你一个我都养活不起，哪有钱包二奶？我还想找人包呢，这样来钱还快点儿。我以为我这句话很好笑，而牛红红却无动于衷，她仰着头，用锐利的目光逼视着我。

别胡思乱想，除了你谁还能看得上我。我故作坦然地安慰她，心中却恨死那块讨厌的公交车站牌，好死不死偏偏竖在这里。真没想到牛红红是有备而来，我没法再找借口骗她，只好假装答应。车开出不久，我趁牛红红打盹之际赶忙发了条短信给老李，向他简单地说明目前状况，让其无论如何也要抽空陪同，这样假使碰见徐菲菲或是别的女同学他好掩护我。老李回复我说他刚去七浦路帮他女友的淘宝网店进完货，最快也要半个小时才能赶到。我说行，我尽量磨蹭磨蹭等你。

我先带牛红红在校外街心公园转了转，谎称已在看校园风景。又骗她我肚子疼，在公厕里抽了根烟耗了会。接着又到报刊亭买了份报纸，去超市店给她买了些路上吃的东西。就在我实在想不出还有哪些地方可去、牛红红已察觉出不对劲之时，老李终于发短信给我说他刚到校门口。我如释重负地将双臂举过头顶，那姿势如同球星在最后时刻踢进逆转制胜一球。牛红红不解地问我傻乐什么。我说没什么，走，带你去看我们学校的教学区。

我赶到校东门和老李汇合。穿着裤衩背心的老李一手提着一个巨大无比的黑色塑料袋，踢踏着夹脚拖鞋，嘴上叼了根烟，那样子不像大学生倒像天桥上摆地摊的小贩。

这就是传说中的红红姐吧，你好，常听老马提起你，果然是超级大美女。老李不用我介绍，自来熟地同牛红红握手。牛红红很受用地笑了笑，也不避生地问，你这塑料袋里都装的什么啊？

这包是韩式T恤、裙子，这包是腰带、耳环、发卡等小玩意，都是帮我老婆网店进的货。红姐有没有兴趣挑挑？喜欢哪件我送你。

我抢在牛红红前面说不必了，我太他妈了解老李了。他这么一个不沾光就算吃亏的主，哪会诚心送东西给人？牛红红却视我为空气，她拨开我的手，相见恨晚地对老李说：我最爱看韩剧，也最喜欢韩式服装了，昨天我还和马山抱怨说来趟上海都没买几身衣服，没想到这么巧，那什么，你要方便的话能让我看看吗？不用你送，我掏钱买。

我狠狠瞪了老李一眼，他装作没看见，热情十足地和牛红红你一言我一语、一前一后走进不远处的小树林。老李解开塑料袋，把不知从哪搞来的报纸铺在石凳上，又将一大袋衣服倾囊倒出。牛红红瞬间失去理智，整个人埋进那堆衣服里，左挑右拣，不时还拿件裙子在身前比照。几个不明真相的女生路过，好奇张望，老李熟练地招呼着。五分钟不到，他就被一堆女大学生围在中间，讨价还价声不绝于耳，就连身为局外人的我都有种身处街头夜市的错觉。我算知道学市场营销的老李为何是我们这帮同学中最有钱的，他不愧对所学专业，尽管考试成绩平平，但他从实践中来到实践中去，从他打开袋子到校警出现制止，也就半个多小时，老李就卖出大半袋衣服，小赚一笔。如我所料，老李对送衣服给牛红红一事只字不提，他一边将赚到的钱塞进钱包，一边夸牛红红品位好，挑的都是当季最时髦的款式，穿在身上比韩国人还像韩国人。牛红红被老李吹捧得心花怒放，自我感觉十分良好。她直接戴上刚买的耳环和手链，说话也开始故意嗲声嗲气。

老李走到我身边悄声说：老马，再加上你女友买的这一百零六块，你总共得还我六百。

我没好气地揶揄他：你不是说送吗？

老李嬉皮笑脸不认账，这不都是我女友店里的货嘛，我只是个打工仔，要是我的，我绝对免费送，再说我都是按进价给的红姐，分文没赚。

滚蛋。我没心思和老李多计较，钱不重要，当务之急是要他做我的挡箭牌和我一起陪牛红红。又赚了我一笔钱的老李心情大好，他心知肚明地走到路中央，两个塑料袋很自然地就将我和牛红红分开。我刻意和牛红红保持三米远的距离，再加上中间卖力配合我的老李，任谁也看不出我和她是情侣关系。即便如此我还是不放心，每走几步路就警觉地左顾右盼，生怕偶遇徐菲菲。我带牛红红在教学区里面兜着圈且专挑人少的地方给她快速地拍了几张照片，又以不爱照相为由拒绝与她合影。老李极富激情地向牛红红逐一介绍每栋教学楼的历史以及名人轶事，他敬业地表演着，像个训练有素的专业导游。我不紧不慢地跟在他俩侧后方，从我的角度看过去，并肩而行的他们更像是对热恋中的情侣。

大半个校园走下来才发现之前我的担心纯属多余，别说徐菲菲，就连同班女生都没碰到。只是在图书馆前遇到刚自习出来的徐菲菲的两个舍友，我赶紧快走两步造成与老李和牛红红形同陌路的假象，可那两个时髦女郎看都没看我所在的方向一眼，就径直走了过去，这竟让我多少有些失落。

刚与老李在校南门外分开，天就下起雨来。我不愿带牛红红去寝室躲雨，更不可能去食堂吃晚饭。慌乱中我领她走进马路对面一家我从没去过的书吧，正好牛红红说她走累了想休息，于是在二楼的咖啡室找了个相对隐蔽的位置坐下。我点了杯可乐，又找来一份当天的娱乐小报一并递给她。我说，你歇会，别乱跑，待会等雨小点我送你去车站。

安顿好牛红红，我独自下到一楼，只想趁机清净清净，没想到一眼就看见站在收银台里正在化妆的徐菲菲。我猛然想起老李曾告诉过我，这家店是徐菲菲她男友开的。一瞬间我想死的心都有了，可是为时已晚，徐菲菲已看见楼梯上进退两难的我，笑着朝我挥手示意。

马山，难得在这儿能遇见你。

我尴尬地笑了笑，算是回应。

刚才和你一起进来的那个女孩是你女朋友吧？徐菲菲诡异地笑着，然后说：还挺漂亮的。

不，她是我表妹，来上海看世博，今晚就走。我矢口否认，情绪颇显激动。

对于我的失态徐菲菲显得并不在意，也没再追问和牛红红有关的问题。她将一缕掉落在额头前方的头发拨至耳后，改用那我一听就酥麻的娃娃音嗲嗲地对我说：马山，明天六级考试你是在二教四一三考场吧。

我说：是，我和你同一考场。话一说出口我万分后悔，怎么这么轻易就将关注她日常讯息的秘密给暴露了。

是呀，我们不但同考场，而且考号还挨着呢。我昨天上网查了下，你我前后座。

很巧啊！我说。

是啊，很巧。徐菲菲心不在焉地重复着，一袭红色长裙的她从收银台走了出来，缓缓地移到我面前，微微一笑，娇嗔地说：马山，你学习那么好，明天考试拜托照顾我一下嘛。

与其说我被徐菲菲那媚眼如丝的电眼所电到，不如说是被她那轻飘飘的一句话所击中。一瞬间我全明白了，这就是她主动联系我、特意要我参加她生日派对的原因。想想也是，对于衣食无忧、前程似锦的徐大美女来说我这样的穷光蛋充其量也就这点儿利用价值。

我释然地笑了笑，放轻松说：没问题，我会尽快做完给你抄。

我就知道你会答应我。徐菲菲满意地笑了，用甜到发腻的声音说，那晚上记得要来玩啊，见不到你我会不开心的。

我还没来得及借机和徐菲菲聊几句，多欣赏几眼她那精致的脸庞，就瞟见如幽灵般的牛红红离我越来越近。与此同时，外边响起急促的车笛声，徐菲菲向外眺望，又收回目光瞥了眼已与我站至平行的牛红红，意味深长地冲我笑了笑，昂首挺胸地朝门口走去。

牛红红充满敌意地望着徐菲菲那摇曳的背影，冷冷地问：她是谁。

这家店的老板娘，我并没有说谎。

你和她很熟？看你们两个有说有笑的。

废话，她是开店的，我是消费者，不对我客气点儿，她怎么赚钱？我说的依旧是实话。

牛红红半信半疑地撇了撇嘴，鄙夷地说：一看就是个骚货。她这么恶毒地讲我的梦中女神我颇为不爽，但我敢怒不敢言，怕多说多错，索性装起哑巴，和牛红红一同目送徐菲菲风情万种地走进那辆价值百万的高级跑车。

4

这节地铁车厢的乘客多数和我一样去往火车站，从那一副副或焦急或兴奋或悠然的表情不难推测出他们是为了生计奔波还是度假旅行。牛红红坐在椅子上翻看新买的书，那是一本所谓的成功人士教当代大学生如何做人处世的励志书籍。我站在她对面，两眼放空，默默排练着即将要说出口的分手台词，像是要迎接大考，本能地紧张起来。离车站越近周围也就越拥挤，精神高度集中的我却觉得四周极度安静。牛红红喊了我好几声，我才回过神，她拍了拍旁边空出的位子，示意我坐下。我摇头，她执意拉我入座，一来二去，空位被一中年妇女抢占。牛红红用埋怨的眼神白了我一眼，埋头接着看书。

离发车还有两个小时，我在车站超市买了一百多块的上海特产让牛红红带回家去，对于我的表现她竟有点儿感动。一个半小时，我收到老李短信，说我让他帮忙买的香水已买到并包装好，我要还他一千块整。一个小时后，牛红红说该去检票了，我说我去买张站台票送你上车。

不必了。牛红红说，东西不多，我一人拿得了。我没过多解释，转身走向售票口，我知道，摊牌的时刻终于来临。

排队的间隙我将熟烂于心的分手理由在脑中过了最后一遍，牛红红在离我不远处的空地上讲着电话，我没心思去想她在和谁聊天。几分钟后，拿到站台票的我深吸一口气，像个要上战场一决生死的战士，毅然决然地朝牛红红走去。

我站到她面前的那一刻她挂断电话，正要开口，我的手机响起，是徐菲菲，我没接通也没挂掉，任凭"想你时你在天边"的彩铃响个不停。

牛红红，我们分手吧。

马山，我有个好消息告诉你。

我和牛红红同时开口又同时愣住。我迟疑了下，很快进入角色，像个无赖说：我们想要的未来不一样，你这次走后，咱们就分了吧，这对你我都是解脱……

我这才刚开了个头，准备充分的分手理由一条还没说出口，眼前就闪过一道白光，脑袋遭到重击，与此同时果脯、蜜饯、杏仁饼铺天盖地地从我头上洒落下来。

你还是说出口了……我来上海的第一天就觉得不对劲……你碰都不愿碰我……是今天下午那个女的吧？……你个没良心的烂人……没我和我爸有你和你们家今天吗？

牛红红噙着泪，愤怒地咆哮着那些我耳熟到已能背诵的控诉词。这颇有戏剧性的一幕并没超出我最坏的预料之外。我蹲下身，数着数，捡着那一地糕点，刚才还是伴手礼的它们现今可怜得变成牛红红泄愤的牺牲品。

……男人没一个好东西，你去死吧……随着牛红红那声嘶力竭的嘶吼声，毫无防备的我猛然间被她推倒在地，刚拣好的一袋食物又洒了出去。我料到牛红红会失控，但没想到会如此过激。我顾不得四周看笑话的人群，狼狈地爬起身去追已跑远的牛红红。追出去不远，想起行李还在原地，又折返跑了回去，再回头望去，茫茫人海，人潮汹涌得无边无际。我疯狂地拨打她的手机，先是不接，再打挂掉，反复几次，最后干脆关机。离开车只剩半小时，广播已提示开始检票，六神无主的我收到牛红红的短信：我走了，别找我！

我赶忙回拨过去，听到的又是一阵儿忙音。直觉告我她或许已经上车。我来不及多想，用百米冲刺的速度奔向检票口，提着行李箱一路狂奔至即将开动的火车。我在牛红红铺位周围慌乱地寻找却不见她踪影。我机械地拨她电话，谢天谢地，她总算接听。

我在火车上，你在哪里？我茫然失措，牛红红哭个不停，并不回应。

快说啊，就要开车了。话音未落，车窗外的静物已转换成动态的风景，我本能地向外跑去，捶打着完全封闭的车门，来往的乘客以为我是疯子绕着我走。车速越来越快，绝望的我瘫倒在地，像个断了线的木偶。

我也不知道这是哪里，牛红红啜泣着，断断续续地说，我在车站附近，我的前面有个很大的"海报"，背后是堵写着"城市让生活更美好"的高墙，不远处有个便利店，还有家肯德基……马山，你别和我分手好不好，求求你了，别不要我，我很爱你，是我不好，是我太任性，今后我再也不惹你生气，你说什么我都听你……牛红红再度崩溃，哭哭啼啼地说个不停，我爸已和县财政局的于叔叔说了，等你毕业就安排你进去，还有上次给你说的那套房子，我家已付了首付，这就是我要告诉你的好消息……我安静地听着她哭泣，一系列阴差阳错的遭遇已使我顾不上这些世俗的小事情，我有气无力地说：你站那别动，看好钱包，别再消耗手机电量，我这就找人去接你。

我只能再一次麻烦老李，听明我的来意，老李不大情愿：马山，作为哥们儿我真的仁至义尽也无能为力了，你找别人吧，欠我的钱你可以晚点儿再还。

我央求老李，我说：老李，在这个城市算得上是朋友的只有你一个，你无论如何也要帮我去接牛红红，最好现在就能出发，去晚了我怕她不安全，我语速极快，根本不给老李插话的机会，把她送到我今早退房的那个宾馆，下个月等我发了奖学金我统统还你抵债，要是不够哪怕去卖血我也会把欠你的债还清。

老李似乎被我的真情流露打动，他沉默下问我：那徐菲菲的派对你还去吗？

我一时语塞，干搓了一把脸，长叹口气说：顾不了那么多了，你先去接人吧。

处理完突发事件的我走到车厢连接处，想抽根烟平缓下错乱的情绪。乘务员阻止我说这是无烟列车，她还告诉我下一站是一百多公里外的一座小城，需用时一小时四十分钟。我用身上所有的钱补了张硬座票，翻了翻行李箱，除了那小半包糕点再也找不到其他的食物充饥。我走到盥洗室用冷水浇头，对着镜子中筋疲力尽的自己苦笑着骂了句"操"。这是多么操蛋的一天，我怎么就鬼使神差地站在这里？我究竟做错什么？是我不该和牛红红分手，不该爱上遥不可及的徐菲菲，还是我压根就不应该迷恋上这本来就不属于我的花花世界？

王菲空灵的歌声中断了我错乱的思绪，我以为是老李却是徐菲菲。看了眼表，早过了她邀请我的时间。犹豫了十几秒，我还是鼓起勇气接通。

马山，你怎么还不过来？电话中传来徐菲菲不满的语气和嘈杂的电子乐声。

对不起，我遇到点儿麻烦，一时脱不了身。

你说什么，我这儿太吵听不太清。

我去不了了。我平静地说，祝你玩得开心。

那明天的六级考试呢？

或许也去不了了。我古怪地笑了笑，不过我准备了礼物送你，生日快乐！

留着送你女朋友吧，你俩挺般配的。徐菲菲冷笑出声，改用上海话轻蔑地说，我就知道乡下佬不可信。她像是讲给我，又像是说给她身旁的人听。

列车急速前行，透过车里的光线向外望去，依稀可见那一片片沉浸在夜色中的稻田。眼下家里的麦子快要收割了吧？我忽然想起年少时在自家果园摘果、在田间地头和伙伴们玩闹追打的场景。那时候的我无忧无虑，并不知道上海在哪里，最大的乐趣是靠打零工积攒的钱去县城赶集，买几本武侠小说或是去录像厅看场枪战电影。

火车在一个陌生的城市停住。我下车到月台抽烟，顺便发了两条短信。一条告诉老李，让他把那瓶香水给了牛红红；另一条对牛红红说：我在老家等你。

散伙饭

1

"打电话你不接，发短信你不回，站你面前喊你半天你也不理我，马山，你这样做是不是太过分了？"

我愣住，转而抬头仰视我的前女友林晴，她左手食指指着我，右手攥着刚从我耳朵上扯下来的耳机，冲我怒目而视。

电脑屏幕里蔡康永和小S不合时宜地开怀大笑，我按了暂停键，于是"康熙"以一种滑稽的姿势定格。

我从裤兜里掏出手机，五个未接来电，三条短信，全都来自林晴。我装出无所谓的样子望向她，林晴瞥了一眼电脑屏幕，朝我狠狠地翻了个白眼，歪坐在桌子上。

我起身关门，找出遥控器调低空调温度，林晴从她的路易威登包里掏出一瓶乌龙茶，小口嘬着，气似乎消了些。

"找你两件事，有公有私，先说公事。"林晴从钱包里掏出一张盖有红戳的纸，清了清嗓子，立刻进入班长角色，"明天早上八点半在一号教学楼二〇三室领取硕士服，九点在国际会议中心举行毕业典礼。要求男生一律穿白衬衣、西装裤、配皮鞋、准点签到，不许缺席。十一点在主教学楼前照集体毕业照，十二点前将硕士服归还原处。下午两点到五点半在文景楼后勤处办理离校手续，逾期不候。晚上七点，校西门外一品川菜锦里厅吃散伙饭，每人交一百二十块饭钱，含纪念T恤一件，听明白了吧？"

我点头以示了解，随手拆开一包双喜烟问她要不要抽。林晴取走一支，夹在双指中间等我给她点着。

"这是我最后一次以官方身份给你通知事儿了。"林晴撕掉那张通知单。她的指甲又换了新的颜色，上面浮雕着抽象的图案以及一颗颗仿水钻类的玩意儿在阳光下闪闪发亮。

"接下来说私事。"林晴吐了个不规则的烟圈，从钱包里又掏出一张纸，换了种我再熟悉不过的语气说："咱俩合租那房子总算到期了，这两天我抽空在二手交易网上将你我当时合买的破电视、破冰箱、洗衣机等都折价卖了，按当初付钱的比例，这份是你的。"说着林晴将一沓有零有整的钱放在我的笔记本键盘上，"这是退房合同，先前你垫的押金过几天退还后我会打到你卡上。你仔细看看，要没什么意见，在乙方，也就是我名字后面签上你的大名。"

我接过林晴递来的笔，看都没看就在她指定的地方写上我的名字。我和林晴相爱四年，印象中两个人的名字并排写在一起还是头一遭，忽然有签结婚申请或离婚协议的错觉。

我将笔以及那沓钱递给她："这钱我不要了，你都拿着，别嫌少。"

林晴顺势又把钱推回来，干笑一声："你这算什么意思？分手费吗？姓马的，我再贱，三年感情再廉价也他妈的不止值这几个钱吧。"

她站起身俯视我，根本不给我辩解的机会："这会你倒挺大方的，你说咱俩恋爱那会你怎么那么会算计呢？逢年过节不买礼物给我也就算了，平时吃饭、坐车、看电影你还和我玩AA，你给我买的所有衣服加起来也没我送你的那套西装贵吧？"林晴走到窗边，推开一扇窗，望着车水马龙的高架桥抽烟。

"我把女人一生中最美好的几年给了你，换来的却是陪你坐公车、挤地铁、吃食堂。这三年你从没给我过过生日，也没带我度假旅游，就连我吃你请的饭，收你送的东西双手都能数得过来，更别说名牌、奢侈品了。"林晴侧过身，双臂环抱在胸前，用近乎轻蔑的口吻直视我说，"马山，有时我都怀疑你到底是不是纯种北方爷们，怎么比我认识的绝大多数南方男人还要精明呢？"

林晴这番抱怨我听了不下百遍，指责我的理由每次都会更新，但中心议题恒定不换，那就是我爱她不够，对她不好，欠她太多，付出太少。简而言之，用她的话来说，和我在一起的三年简直就是一场灾难。对于林晴的责备和埋怨起初我还据理力争，奋起争辩，后来默不作声，低头抽烟，偶尔开口也只说那就分手吧。现如今一切早已过去，风轻云淡，曾经沧海难为水，散买卖不散交情。况且坦诚说她责备得没错，她想要的那种稳定、平和、安全、富裕的中产阶级生活不是一穷二白，居无定所，前途未卜的我给得了的。所以早早分开，无论对她还是对我未尝不是一种解脱。

我有意观察着林晴，她倚窗而站，夕阳余晖均匀地洒在她的脸庞，使她显得格外安详圣洁。算一算分手半年不到，林晴已脱胎换骨从里到外焕然一新。她妆容精致，气色上佳，再无长期吃食堂、校外苍蝇馆子的那种菜色，一看就是经常吃法式大餐、日本料理才能有的红润贵气。着装上变化更大，从头到脚再没一件我陪她去七浦路小店淘的外贸货，取而代之的是一水欧美一线名牌，随便一件都顶得上我两个多月的生活费。尤其是那些象征她目前身价的路易威登包，想当初我和林晴在狭小的出租屋同居时，每回去逛南京东路、恒隆广场，她都会在路易威登、古驰等奢侈品牌店的橱窗前过足眼瘾，久久不愿离去。每当这时，杵在一旁的我就会腆着脸漫无边际地夸下海口，许诺毕业后赚到工资攒下钱就买最新季的包送她，或者干脆临时想个话题分散她的注意力以此敷衍过去，不了了之。不过这招骗个一两次还行，用多了就注定失效。每隔一段时间林晴就会旧事重提，明示或暗示我她对名牌包包的奢望顺便讥讽下我有多没用，和我相爱是多么的倒霉。我低声下气，连哄带骗，最后借口用完，实在混不下去，无奈之下，只好用刚发到手的奖学金以及攒下的几笔稿费凑在一起买了个高仿，也就是所谓的 A 货包当作生日礼物送她。代价是我窥觎已久的新笔记本电脑到手之日变得遥遥无期，为此好一阵子我都心疼不已。

　　记得那天是林晴二十三岁生日，她拿到包的表情我终生难忘。仿佛那不单单只是个普通的山寨包，而是开启她未来幸福人生的钥匙。林晴像爱惜自己生命一样爱着那只包，一天到晚背在身上形影不离。上课时会在邻座仔细铺好纸巾，像供神像般把包整整齐齐摆放好；挤地铁公交会把它小心翼翼抱在怀中或高举过头顶，似乎那包是易碎品，随时都可能碎成一地。林晴对待包的种种举动在我看来可笑滑稽，真搞不明白她这样做的乐趣所在。我笑话林晴心疼那包像心疼亲儿子，她不生气，甚至有点儿洋洋自得。

　　那个破包前前后后陪着她差不多小两年，这期间身为山寨货的它原形毕露，开过线，掉过皮，坏过拉链，可林晴就舍不得换，像坚定某种信仰般对它不离不弃。直到前年冬天，一场应聘会结束，林晴将她那如影随形的冒牌包以及装在里面的钱包、证件、手机、个人简历、各种证书等一并遗落在公共洗手间的水池台上。等她反应过来回头去找，那个包如冰雪融化、气球升空，早已人间蒸发。林晴疯了似的拉着我去公安局报案，这可苦了那两天没白天黑夜、二十四小时轮轴转忙导师课题的我，一边忍着耐心听她哭诉，一边打着哈欠在偌大的会场里毫无头绪地大海捞针。找了一晚上，结果当然是徒劳无益。这件事情对林晴刺激之大完全超乎我的预料，那之后的很长一阵子她都过得浑浑噩噩，恍惚走神，时不时暗自嘤嘤啜泣，悲伤好似亲人逝去。

　　这也就是一年前的事，却遥远得好像发生在上个世纪。现如今千元以内的包根本入不了林晴的眼，更别说廉价蹩脚的冒牌货了。从上个学期起，隔三差五林晴就会以她当天穿的衣服为基调搭配一款新包，悉心打扮，光鲜亮丽，像女明星一样假低调，真炫耀地在教室里、校园内眉头紧皱，快步疾走。似乎慢走几步就会被人认出拦下，合影留念、索要签名。她那些花花绿绿的包在我看来大同小异，相差无几。但是据林晴的京籍舍友苏婷婷讲，林晴背的那些包个个都是世界知名奢侈品，最便宜的一个也得小一万。保守估计，万元左右的包林晴没有十来个至少也有七八个。我猜现在即便弄丢一两个，林晴也不会在乎，更不会伤心难过，也许过不了几天就会忘记搞丢的究竟是哪个。她完全有资本这样潇洒，因为名牌包的价钱在我等草根眼里相当于一季度的工资，而对于林晴现任男友，那个大她六岁，在上海开酒楼的山西煤二代来说无非就是多卖几桌菜、多采几百吨煤而已。

要说林晴和我相爱三年一点好处没得到也不准确。至少我为她能找到理想中的富二代起了间接作用，林晴也算因祸得福。逻辑顺序如下：要不是我掏血本买假路易威登包给她，她就不会弄丢。包不丢她也不会课余时间去画廊打工攒钱买新包。不去画廊她就没机会认识那个开保时捷、住在黄浦江边高档公寓的花花公子，更不可能摇身一变成为有钱人的女友。我至今没清楚见过林晴那位煤老板男友的模样，倒是有天傍晚我在阳台晾洗衣服时远远望见校门外戴着墨镜的他坐在跑车里抽烟等待林晴。虽只是侧面，但他脖子上那又粗又长的金项链，以及车内传出的恶俗网络歌曲等细节基本符合我对暴发户的固有印象。

"要没有什么事的话我就先走了。"林晴冷冰冰的一句话中断了我的回忆，我回过神，她已走到教室门口。打开门的同时她侧身问我，"我说，明天就要毕业，这一散就四散天涯了。你我怎么说也相爱一场，难道就真没什么想对我说的吗？"

我迟疑，起身将烟蒂拧灭弹出窗外。

"真没什么好说的，过去的都过去了，该说的也都说了，那就祝你幸福吧。"我挤出笑容，尽量让自己的语气听上去平和且随意。

"不用你祝我也会很幸福。"林晴哼了一下，冷笑出声，她显然对我的回答非常不满意。我知道无论我说什么她都不会开心，她要的就是这效果。

"倒是我要祝福你，祝你早日找到一份正经体面的工作，不用让你的女朋友陪你租房蜗居、吃盒饭苍蝇馆、挤地铁公交车。"林晴带着胜利者的骄傲，仰头对我说，"好了，那就这样吧，再见。不，最好是再也不见。"

一声巨响，我看到因林晴摔门而震动的尘埃在金色光线中跳跃浮沉。

2

晚饭由师弟妹们遵循传统惯例集资做东为我们毕业生践行。一行十多人在东门外常去的烤串摊喝啤酒，回到寝室已是午夜。走廊里安静极了，并不是因为人们睡去，相反大伙儿都以明日毕业为由，三五成群结伴外出寻欢作乐。就连我的舍友，那个来自广西山区、平日不善言谈、勤俭节约、年年一等奖学金得主都和他的同系同学一道去衡山路泡酒吧，应该会狂欢至天明。像我这样还留在寝室睡觉的恐怕整栋楼里也找不出几个。

寝室的灯几个月前就坏掉，马桶也时好时坏，近期我和舍友都忙于投简历、找工作，为生计奔波。天不亮就去面试，回到宿舍倒头便睡，也就没顾得上修。宿舍本来就小，此刻地上又堆满两个人打包好的行李，大大小小十七八件，酒精上头的我尽管已格外注意，还是不小心碰倒一个纸箱，搁在其中的杂物像群调皮的小精灵，争先恐后地涌了出来，撒满一地。我懒得去收拾，骂了声操，头重脚轻爬至上铺。

时值7月初，天气预报说今日有望出梅。从窗口望去，白天人声鼎沸，喧哗躁动的商业街此刻空空荡荡，落寞寂寥，好似风情万种、颠倒众生的绝代美人回到家中，换上便服，卸下浓妆，行将入睡前的疲态。所有植物无精打采，浑浑噩噩，只有路灯忠诚如卫士，孤独且坚毅地排成一列，守卫着浓夜中的大都会。我把能开的窗门统统打开，却仍感受不到一丝凉风。这之前我已冲过凉水澡并将风扇调至高挡且直对着我吹，但汗液仍如决堤洪水，从身体各个角落向外溢出。我紧闭双眼，脑袋放空，试着在热浪中离世界远去，静心入眠。

半梦半醒间，手机铃声猛然响起，惊得我后背一紧，继而汗如雨下。我不想浪费好不容易培养出的睡意，翻过身去，任凭它响个不停，不去理会。致电者似乎摸透我的心理，和我比起耐心，我越是刻意不接，他越是重拨不断，执着地近乎挑衅。几个回合后我终败下阵来，强压怒火，一阵儿摸索找出枕头下的手机，掀盖一看，是李霖。

按下应答键的同时，脏话便从我口中飙了出去。李霖压根没再听我说话，他自顾自地吼道："你个龟儿子赶快出来陪老子喝酒。"

李霖是重庆人，学古代汉语，已在某出版社获职，我的好友兼酒友。从大二起我俩有事没事就混在一起，十天半月就会找各种理由呼朋唤友，组织酒局。酒的种类及档次因当下时节及经济能力而定。但无论喝什么，只要聚在一起，必定喝得昏天暗地、日月无光。醉后必是一通狂侃，古今中外、海阔天空、漫无边际地神聊直到有人因不胜酒力倒下而告终。5月伊始，进入毕业季以来，每周至少有三个晚上李霖都会以散伙饭为由召集人马聚餐豪饮。那阵子我刚失恋，工作也没着落，自然情绪不高，心情不好，每场酒局我都会准时参加，不用他人劝酒，我就先将自己灌倒。渐渐我运气好转，早期海投的上百份简历总算有了零星回音。一个月内，我从南跑到北，横穿半个中国，不是在面试就是在面试的路上。这期间很少和李霖碰面，更别说共饮烂醉。直到三周前，我从广州回来，在他为我组织的接风酒局上，半打啤酒下肚，我拍着他肩膀，手指四周，满口酒气骂道："他妈的，你们这帮即将在上海工作，落下上海户籍的小白领有什么好在一起天天吃散伙的？我说，该组织吃散伙饭的，应该是我这种工作没定又要告别上海的苦逼屌丝吧？"众人像听到笑话般哄堂大笑，喝酒的喝酒，玩手机的玩手机，除了李霖笑我喝醉了，没人搭理我。那天过后，李霖再打着散伙饭的旗号叫我喝酒吃夜宵我都会找借口拒绝。一方面是喝得过于密集频繁，实在喝不动；另一方面是要时刻保持清醒以防耽误面试机会。最主要的是我打心底不愿和那帮前景明朗、暂无后顾之忧的同窗们相见。和他们喝酒神侃时谈不上自卑，但也自信不起来。

我不耐烦地打断李霖的话，痛骂了他几句，没好气地告诉他我已睡觉。

"啥子？睡觉？太搞笑了。明天毕业，学生生涯的最后一晚你娃儿竟然这么早就睡觉了？你个锤子，没得意思，赶快出来，还是在老地方，我、翔总、背哥、婷婷、大伙儿都在，缺你一个，强烈要求你过来。你来嘛，来喝点冰镇啤酒，摆摆龙门阵，然后我们再去外滩夜店找个上海小妹妹要一耍，巴适得很呐……"

我在李霖的坏笑声中迅速收线，随即果断关机。经过这番折腾，怒火中烧，睡意全无，燥热空气中该死的蚊子更是扰得我心烦意乱。下床摸黑上厕所，又快速冲了今晚第二个凉水澡，索性不睡。我找出半瓶不知何时打开的矿泉水，趿拉着拖鞋，光着膀子，走到阳台。午夜的校园静谧如深海，鸣虫无休止地低吟，空中偶尔会划过一声尖叫或几句不成调的歌声。茫茫夜色，月朗星疏。我依靠围栏，掏火点烟，看来我在上海的最后一晚注定无眠。

3

十八岁那年夏天，我以县文科状元的身份坐大巴，乘火车，来到千里之外的上海读大学。这之前我对上海的概念仅局限于大白兔奶糖、回力球鞋，以及在电视上看到的外滩夜景。和我那干旱少雨的老家相比，我用了一个学期才适应上海温润潮湿的天气。又用了将近两年去了解这座城市的厚重历史，欣赏它如美人般绰约的风情。坦白讲，我人生中很多第一次都在这里经历：第一次乘地铁、第一次坐飞机、第一次吃西式快餐、第一次仰望高耸入云的摩天大楼、第一次住五星级酒店。就这样，本科四年，我彻彻底底在上海这座国际大都会完成个人的现代化进程。不夸张地说，上海对我这种乡下穷学生的冲击丝毫不亚于发展中国家的国民初到发达国家时的那种震撼。

大二寒假前夕，我挤在大礼堂的过道上和两千多位校友共同聆听了一场国内某知名青年人生导师的讲座。那堂讲座青年导师具体说了什么我早已忘记，倒是记得他油光满面的古怪笑容以及唾沫横飞喷溅出的若干人生哲理中的其中一条：努力不一定有机会，不努力就一定没有机会。我把这句话铭记在心，可以说有了这个座右铭，我才下了留在上海，成为新上海人的决心。

　　为了梦想能照进现实，无论是校内学习还是校外赚钱我都玩命去拼，全力以赴。我积极入党，明争暗斗争上班长职位，处心经营和辅导员、系主任的私人关系。本科期间，我数次被评为优秀学生、模范班干部，囊括各类奖学金。与此同时，我一有空闲就去赚钱，最高纪录曾经一个月做五份兼职。我干过的工作种类五花八门，除了卖报纸、做家教、跑遍整个宿舍区推销笔记本电脑外，盛夏我曾钻进人形玩偶，一身痱子、中暑两次为店家招揽生意，寒冬沿街发送小广告同城管玩猫捉老鼠的游戏。甚至在师哥的带领下还给某知名网络作家充当写手码穿越小说，也为高考辅导机构编写模拟试卷，总之只要有钱赚，我就会全力以赴，勇往直前。也就在这个过程中我逐渐体验到赚钱的快感，以至于节假日从不休息，连着两年假期都没回老家过年。李霖在不同场合当众取笑我玩命赚钱是为了在上海安家落户。每当我累得筋疲力尽一头栽倒在宿舍床上，他就会出现在我眼前，叼根烟，冲我坏笑说："怎么样，赚的钱够买洗手间了吧？"李霖的调侃我从不搭理，我承认我有上海梦，但在上海买房我想都不敢想。多少人逆流而上，奋斗大半生也没在这个城市换来落脚之地，我赚的那仨瓜俩枣，即使再辛苦十倍，除非狗屎运买彩票中五百万，否则上海的房子我几辈子也买不起。不过多赚一块钱离我的梦想至少能近那么一点儿。虽然到头来交完学杂费，贴补家用后所剩无几，但即便口袋空空、一无所有地走在异国情调的淮海路，看着别人在高档酒楼、购物中心进进出出，身处其中的我也会有种参与感，莫名开心。

　　如果说理想是棵摇钱树任你摇来摇去，那么现实就是个吝啬的房东令你滚来滚去。我曾自以为是地认为凭借我多年的种种付出和苦心经营的人际关系，取得上海户籍应是顺理成章的事情。然而人算不如天算，现实又一次残忍地教育了我，本科毕业前夕，因种种世俗的原因我终究未成为百里挑一的幸运儿，先前所有努力付诸东流，纵使万般不甘心却还是随波逐流，无奈成为万千应届毕业生中的一员。不过我只消沉堕落了两天，就重新振奋，在择业和考研之间，我毅然决然地选择后者。很长一段时期我都为我做出的这个英明决策感到庆幸，那是因为正是在考研英语冲刺班上我遇到了林晴，收获了我的初恋。

　　林晴和我一样都是从外省县城考到上海。不同的是她的家乡毗邻大海、美丽富庶、四季分明，而我的老家位处西部，地广人稀，每到春季空中就会刮起层层沙尘暴，黄风吹着黄土卷起满天黄沙，眯得人睁不开眼。林晴是那种乍看并不惊艳，越琢磨越有味道的南方囡囡。她的双眼尤其漂亮，雾蒙蒙好似三月烟雨江南。交报名费时我就注意到她，没想到上课第一天她竟坐到我的身旁。日子一长，交谈逐渐增多，惊喜得知她不仅报考我所在的大学，碰巧还和我报考同一导师。起初我俩只是普通研友，共同上课，课后去图书馆自习，关系纯洁简单。临近考试，林晴忽然以各种理由频繁约我，或是听讲座看电影，或是吃饭喝东西。每次林晴都抢着买单，我若结账，她还会假装不高兴。仅凭林晴这为人大气的优点，我就先入为主地将她塑造成开朗外向、好学向上、追求新鲜事物的同时又不失传统品德的都市独立女性。秋去冬来，我对林晴的迷恋越陷越深，即便复习再累、食堂的饭再难以下咽，只要每天能看到她的笑脸，我就会觉得到处都是阳光，生活充满诗意。

　　正当我把林晴想象成不食人间烟火的仙女时，发生了一件事情如冷水浇头瞬间使我清醒。那时距离考试不到一周，某晚睡觉前，我收到林晴发来的短信。内容很长，简而言之她以为我是本校生，又和导师相对较熟悉，想通过我打听专业课的考题。我顿时明白，原来从头到尾都是我一厢情愿，自作多情。林晴和我萍水相逢，不过是想利益交换，各取所需。只是她那丰富的想象力让我哭笑不得，不提全国，就是全校和我报考同一导师的就有十多个，我就算有通天的本事也不可能搞到考研试题。可我还是犯贱，鬼使神差地答应了。

我熬了一通宵，结合课堂笔记及复习心得编造出几道考题谎称是导师画的重点硬着头皮给了林晴。林晴半信半疑地谢过我，说若真考上，邀请我去她家乡游玩。我强颜欢笑说好，暗想没准等不到考试结束我和她就已缘分会尽，各奔东西。然而万万没料到的是我撞了大运，专业课五道题中的四道竟然同我炮制的伪试卷如出一辙。考场上的我欣喜若狂，回身偷瞄了一眼坐在后排的林晴，她的嘴角挂着一抹浅浅的微笑，埋头飞速作答。

结果在意料之中，我和林晴顺理成章地考上并做了同门。收到通知书不久我便借机向林晴表白，希望能成为她的男友。林晴略显惊讶，没有当即答应，说要考虑考虑，但也只矜持了一个晚上就点头答应。现在想想，林晴当初之所以愿意做我女友或许是通过"透考题"一事高估了我在学校的人脉和能力（直到今天她都不知道其中秘密），其次觉得我人还不算错，才试着和我交往，最终成为情侣。但当时金榜题名，又被突如其来的爱情冲昏头脑的我智商等同于零，根本考虑不了那么多，迫不及待想品尝初恋的味道。研究生入学前的那个暑假，除了林晴兑现诺言带我去了她家乡看海之外，我和她沿着国境线一路北上，饱览祖国壮丽河山，游玩了大半个中国。这趟玩下来虽然花掉我多半积蓄，我却心甘情愿，乐在其中。就这样，我和林晴相爱了。

短暂的热恋期一过，我和林晴的爱情渐渐趋于平淡。像大多数在读研究生情侣一样，我们俩有课上课，没课忙导师课题或兼职实习。三餐通常在食堂解决，偶尔在网上团购优惠券，找家性价比高的餐馆过过嘴瘾。周末假日各自抱着一台电脑，她追她的美剧，我看我的谍战电影。冬天的麻辣烫、夏天的烤串、考试前去自习室占座、店庆折扣日才敢去商场血拼……这样的生活不断被复制粘贴，无限循环，看不到有什么神奇的命运会在远方降临。时间一长，我和林晴都心照不宣地明白这种琐碎、乏味、暮气沉沉的生活并不是理想中的未来却又无力改变，也就睁一只眼闭一只眼，将浓郁的爱情稀释成共同取暖、相依为命的亲情。

一个学期不到林晴就在研究生院混得如鱼得水，风生水起。生性乖巧、嘴甜如蜜的她长辈缘奇好，上至导师、系主任，下到宿舍楼管阿姨每个人待她如宠亲闺女。林晴如愿以偿地竞选上班长，作为导师的助手飞赴全国各地参加学术会议。在林晴光环照耀下的我可以说是黯然无光，曾经的雄心壮志在世俗的压力下消失殆尽，一心想着迫在眉睫的就业难题，以穿西装、讲英文、赚美元、喝星巴克咖啡的外企白领为职业目标，整天忙于各种网投宣讲会。我同林晴相聚的时间越来越少，即便在一起也是各忙各的事情，间或拌嘴猜忌，斗智斗勇，抱怨对方对自己不够关心。

记得复习考研英语阅读时曾看过一个科普知识，据说美国生物学家经过反复实验得出结论，爱情是由人类大脑中分泌出的多巴胺所决定，在多巴胺的作用下，人们才会体验到爱和被爱的幸福感。多巴胺带来的激情，会给人错觉，以为爱可以永久。不幸的是，人们的身体无法一直承受这种像可卡因的成分刺激，也就是说，一个人不可能永远处于脸红心跳、意乱情迷的眩晕状态。所以大脑只好取消这种念头，让那些化学成分在自己的控制下自然地新陈代谢。这样一个过程，通常会持续一年半载最多三年。随着多巴胺的慢慢减少爱情也会逐渐恢复平淡。我与林晴的爱情就是支持这一论证的经典案例，热恋期间，我和她都给对方说过哪怕明天是世界末日也要手牵手微笑面对之类可笑肤浅的蜜语甜言。然而还没等2012年真的到来，仅是一个冒牌的路易威登包丢失，就将两个人自认固若金汤的感情冲得七零八散。其实确切点说，林晴因丢包去画廊兼职从而认识富二代只是压垮骆驼的最后一根稻草，在这之前，随着彼此了解深入，两个人就因成长环境差异、家庭背景不同，矛盾迭生，危机四伏。到了研二，特别是我俩在校外租房同居之后，我和林晴间的争吵日渐升级，从买菜、做饭、洗碗到争抢看电视、交各种水电杂费，再到不同的消费观、饮食习惯等先前两人根本不在乎的琐事却成了一次次战争的导火索。硝烟弥漫后是坠入深渊的冷战，我和她互相较劲，谁都抹不开面，拗着脾气不愿先开口认错。几次三番，我隐约感到我与林晴的爱情早已开始摇摇欲坠，大厦将倾。最终，我们爱的保质期是三年零九个月又二十一天。

我和林晴还算好聚好散，相对而言，失去这段感情我比她更在乎，毕竟她找到好的下家，而我却更加一无所有。林晴比我预料中要仗义，她非但没和我清算钱物，还将未到期的出租屋留给我住，只带走私人用品住进富二代的高档公寓。失恋头两天不适应的我曾犯贱地给林晴发过短信，内容多是回顾昔日的点滴美好，抒发脆弱时对她的思念之情并暗含破镜重圆、挽回旧爱之意。我连着发了十多条短信都石沉大海，渺无音讯，在校园碰到，她转身掉头疾走或远远绕道而行。又过了几日，林晴终于不堪我痴情的骚扰，总算回了条短信。她态度鲜明，立场坚定地回绝我，明确告我说，我们再也没有可能。她说三年过去，一切都已改变，爱让她长大蜕变，懂得了现实的残酷，知道了什么才是自己想得到的，在我这里却丝毫看不到未来。末了林晴寄语我早日成熟，多点儿责任感和进取心，好让我下一任女友不再对我失望。全文言简意赅，冰冷的几行字仿佛就是她那去意已决、面若冰霜的脸庞。林晴的话让我彻底死心，我把写好的短信存至草稿箱，本想反驳她，什么责任感、进取心，说穿了还不就是他妈有钱没钱的问题。

我以为我会伤心落泪，得颓废低迷好一阵儿，奇怪的是一觉醒来我丝毫没有失恋综合征应有的种种状况。我不痛苦，也不难过，只是轻微有点空虚而已。苏婷婷等友人打电话来安慰我，我一一谢绝，说没这个必要。

"别他妈死扛硬挺了。"酒桌上李霖搂着我，"我就不信你个龟儿子不伤心。"

"说不伤心是假的，我养条狗养三年也早处出感情了，可伤心又有什么用？该结束的会结束，该走的还是会走。"我醉眼迷蒙地看向李霖，一字一句说："走就走吧，林晴离开我，对我而言更像是自己的亲妹妹或是女儿出嫁，失落多于悲伤。"

论文答辩过后，我才彻底将林晴翻篇，将她和那苦涩的初恋一并尘封在我心中最柔软、隐蔽的角落，永不触及。我不否认林晴光鲜的现状以及她对我的冷嘲热讽是刺激我离开上海的因素之一，但最终让我动摇信念是在那个满天繁星的夜晚，多喝了几杯的我蹿到临街树丛中小便，无意间抬头竟望见在繁华都市难得一见的星空。我像修行人参透禅机般忽然醒悟，即便经过本硕七年积极进取，无论我再怎么发光发亮，在他人眼中我不过还是上海这条璀璨银河中一颗不起眼的小星星。想通这个浅显的道理后，我用一秒钟果断放弃我坚守多年的上海梦，同时告诫自己，宁可在大城市做条有梦想的沙丁鱼，也不回老家做混吃等死的咸鱼。

不再非上海不留的我秉承着四海为家、江湖阔处多奇遇的信念给全国各地的公司企业网投简历。我不过分看重对方是世界五百强还是民营企业，不预估职位的前景规划、上升空间。我只在乎薪金待遇能否高点，再高一点。不是我现实，是林晴用实际行动教我懂得在当下这个浮夸的时代，有且只有钱能使人拥有自信心，获得比石油还稀缺的安全感。这也是在众多的选择中我为何较倾向去广州那家工程机械贸易集团。虽然我对这一行业没半点兴趣，专业更是毫不对口，但月薪五千美金的诱惑我很难抵挡得住。当然，钱没那好赚，代价是要外派去叙利亚或伊拉克等战乱国家做三年销售代表。

4

我本不打算去吃散伙饭，李霖骂我装逼，召集背哥等人强行把我强拉至饭店。幽暗的大厅寂静空荡，服务员和厨师三三两两趴在餐桌上，打盹、发呆、嗑瓜子、看着古装穿越剧。看表五点不到，背哥笑言，从不参加院里活动的一群人，吃散伙饭却是最积极。李霖不知从哪儿摸出一副扑克，嚷嚷着喊人打牌。我点着烟在饭厅里瞎转悠，看见中央舞台上已贴满气球和彩带，背景墙是由我们这届所有毕业生的生活照所组成，不用问也知道这创意来自林晴及其领导的学生会。我注意到门厅上方的横梁上挂了条红色横幅：为了告别的聚会。

这还真是场为了告别的聚会。为了生计奔波，早已四散各地的同学，却因早上的毕业典礼，请假的请假，旷工的旷工，陆续从天南海北赶了回来。有好几个人我都一个多学期没见着，没想到竟在毕业典礼上碰面。一大早我就领了身肥大如戏袍般的学士服罩在身上，歪戴学士帽，在挂着"今日你以母校为骄傲，明天母校因你而自豪"的主教学楼前，摆着各种搞笑的造型，和每个相识的人合影留念。

经背哥提醒我才想起七年前的开学典礼竟也在国际会议中心。真快啊，我还记得当天我满眼憧憬、青涩傻愣的模样，还能回想起空气中飘荡的淡淡桂花香。"转眼七年便过去，凤凰花香送故人。"李霖双手交叉在胸前，用他那极富喜感的重庆方言摇头晃脑吟着歪诗，故作伤感。我掏出手机，调成录像模式记录着眼前正在进行的典礼，顺便抓拍了几张同窗旧友的特写，留着老了回忆。

国歌奏毕，校领导们按照官职高低先后上台讲话寄语。已在东北某省会城市政法系统上班的公务员背哥，半开玩笑半认真地低声埋怨："耍呢？没烟，没果盘，没茶水，这算开哪门子会啊。"背哥的话引来一片会心窃笑。笑声中，林晴作为我们这一届毕业生代表走上主席台。林晴悉心打扮，一身正装，带着她那标志性的笑容声情并茂、抑扬顿挫地朗读着空洞乏味的讲稿。台下后方的我远远地遥望着她，忽然觉得她很陌生，有那么一瞬甚至怀疑我和她是否真心爱过？主席台下方拿个手持单反、肩挎女式路易威登包的胖子应该就是林晴的现任男友。他比我想象中要高大粗犷，油亮的光头及发达的手臂肌肉让我迅速想到北方家乡常见的跑长途运输的卡车司机。他忽蹲忽站，毫无顾忌手举相机貌似职业摄影家似的从不同角度拍摄讲台上风姿绰约的林晴，时不时冲她竖大拇指，咧嘴憨笑。林晴颇默契地配合着他男友的甜蜜举动，把讲台当成舞台尽情表演起一个人的独幕剧，当她朗读道"我们不会忘记三年来导师们对我们的辛勤培育，不会忘记食堂师傅、舍管阿姨对我们生活的点滴照顾……"这句话时哽咽噎语，停顿数秒，像是动了真情，眼泪随时都能掉下。

"我操，好东西啊，那镜头是今年新款，配置很高，没个小十万拿不下来。"单反发烧友李霖仰着脖子眺望着富二代的单反相机，眼里充满羡慕嫉妒恨。

"摄影穷三代，单反毁一生。就你小子那点儿工资不吃不喝攒个一两年没准都买不起。"背哥在一旁暗损李霖，他用手肘捅了捅我："哎，马山，你说林姐这新男友，你的接班人，身价怎么着也得上亿了吧？"

"我他妈哪儿知道，滚一边去。"我不耐烦地将背哥的手从我肩上推开，低头捡起一份晨报胡乱翻看。这几分钟，我能明显感受到来自不同方向的目光在我身上聚集。目光的主人多是了解我和林晴情史的知情者，他们心照不宣地朝我诡异微笑，一言不发，表情却一致地意味深长。我坐立难安，不停地喝水，玩弄手机，以此掩饰内心的焦躁尴尬。

斜前方坐着的苏婷婷转过身招手示意我俯身附耳侧听，我趴在桌子上，探过身去，她手捂住我耳朵悄声对我说："林晴怀上了，看不出来吧？"我怔住了，还没回过神又听到她说："我不是说她坏话，我只是瞎猜，没准她是故意怀上的。你想啊，亿万富翁哪儿那么容易碰上，更别说成男女朋友了。林晴多聪明，她哪会轻易放过这个富二代，一旦搞定他，房子、车子、票子一应俱全。"苏婷婷并不看我，她直视着讲台上的林晴飞快地说着："半个月前她回宿舍收拾东西时告诉我她有了身孕，你是没看到当时她那得意的样子，就跟宫廷戏里妃子怀上龙种似的，异常兴奋，恨不得昭告天下。"苏婷婷自己把自己逗笑："她说她计划在肚子大起来之前办婚礼，初步定在今年9月，男方山西老家和她浙江家乡会各办一场，上海只宴客没有仪式。林晴说要拥有一场梦幻婚礼，婚宴得在国际知名的五星级酒店举行，婚纱非 Vera Wang（维拉王）不穿，婚戒指定卡地亚。蜜月地点马尔代夫或巴厘岛二选一，婚车最次也得是奔驰宝马。"

"这一场办下来怎么也得七八万吧？"

"七八万？"苏婷婷失声破音引来前排女生好奇侧目，她假装咳嗽又压低嗓门对我说："瞧你那点出息，七八万也就只够婚庆钱，按她设想的那样折腾一圈，没个小一百万根本不下来。这还不包括彩礼、婚纱照、订婚宴等小钱。"

我听得直冒冷汗，突然庆幸已和林晴分手，否则我就是卖血卖肾，倾家荡产也实现不了她那梦幻婚礼的十分之一。

苏婷婷冲着林晴现任男友所在方向努了努嘴："呵呵，这个倒霉的山西煤黑子，算是栽到林晴手里了。林晴说他已答应婚后就把他位于徐汇区的一套房子过户在她名下，而他送给林晴的二十六岁生日礼物会是辆宝马三系。也就这傻小子能养得起她，要是普通小白领累死累活一辈子估计都难博她大小姐一笑。一入豪门深似海，真不知林晴有没有那当阔太太的命。"

"马山，你追她那会儿我就说过你和她不适合，让你早早抽身，你不听，还数次挤兑埋汰我，非执拗要小马过河，飞蛾扑火，结果却差点没溺毙烧伤。说真的，你哪儿是林晴的对手，她要的爱你根本付不起，你们俩对生活的理解完全不在同一个范畴。算你迷途知返清醒得早，若再深陷几年，到最后一准遍体鳞伤，摔得粉身碎骨。"

我讪笑点头，并没接话，其实是不知该怎么回答。只好随苏婷婷一道释然地鼓掌，欢送林晴讲完下台。

5

大厅里逐渐有了人气，大伙三五成群围坐一起，交换着新的联系方式，询问彼此去向。我在餐厅外抽烟碰见迎面走来的老王和翔总。他俩睡上下铺，一个学明清史，一个是产业经济学。今日别过，二人将奔赴风格迥异的两条人生路。老王将北上清华，继续攻读博士学位。我问他博士计划研究什么课题？

"我打算在我硕士论文的基础上深入研究明末清初我国南方农村的资本主义兴衰始末。"老王扶了下他那近八百度的眼镜兴致勃勃地同我分享他的学术抱负，我听得云山雾罩又不好意思打断他，只好假装略懂一二，提了几个肤浅的问题假装和他探讨。

"老王，你加油，我早看出来咱这一批弟兄中就你是搞学术的料。我看好你，相信用不了多久你定能成为史学界的泰斗，到时候叫我儿子考你硕士。"

书呆子老王显然很享受我的奉承，羞涩地傻笑，我趁机结束和他的对话，转身问翔总："你那公司进展到哪一步了？营业执照下来没？"

西装笔挺的翔总匆忙中挂断电话，从钱包里掏出名片老练地递给我说："执照上周办妥，店面装修也已进入尾声，等第一笔资金到位，就全方面开展营销宣传工作。"

翔总炯炯有神，自信满满。我接过他的名片，"熊的家"餐饮有限公司董事长。来自湘西的翔总在沪求学期间一直吃不惯学校食堂师傅做偏甜口的江浙菜，于是有了创业动机。半年前翔总将校东门外那家倒闭书店盘下，招来湖南老家刚从厨校学成出徒的表哥、表弟，从亲戚好友那里东拼西凑三十多万作创业基金，主营南北小吃，传统名菜，好吃不贵，专攻大学生快餐市场。尽管才迈出慢慢创业路的第一步，但丝毫遮挡不住他那进入福布斯富豪榜的野心。

"第一年做口碑，第二年赚回成本，第三年盈利。五年，最多五年，我市场调研，核算过多次，五年内我至少能开四到六家连锁店，七年遍布上海各大高校，十年扩张到整个长三角，然后是整个华北、华东……不出二十年我绝对能做成餐饮业的航母，成为中式快餐界的'麦当劳'。"

翔总滔滔不绝讲着他的梦想蓝图，神采飞扬的神态与他那一谈学术便激情四射的舍友老王如出一辙。

"怎么说翔总你也是经济学硕士，开饭馆，做餐饮，一份份地卖盒饭，甘心吗？"

"这有什么不甘心的？卖盒饭怎么了？我们系出来的那几个谁不在卖啊？陈亮卖房、王胖子卖车、爽姐卖保险，反正大家都在卖，卖什么不是卖？"翔总嬉皮笑脸地点烟抽了起来。

我对他所谓的公司规划还有种种疑问顾虑，转念想起李霖曾说："翔总能放弃安稳工作，先于我们艰难创业，就冲这一点，谁也没资格笑话他。"再说无论将来他混好混差都和我无关，于是我面带笑意，改口说道："翔总，等你的商业帝国做强做大，遍布全球，哥们儿投奔你，给你打工。"

翔总顾不上搭理我的玩笑话，转身又接起电话，低声下气装起孙子来。

男生们还好，除个别刚下班从公司赶来穿着正装外，多数人还是如往常一样T恤、凉拖、大裤衩，看不出要去赴宴，更像是集体相约去海边玩耍。女生们则完全不同，无论长相美丑，全都刻意收拾，悉心打扮，争奇斗艳。人群中一眼望去还属林晴最耀眼，她化着浓妆，一袭粉色长裙，手拿晚宴包与几个熟人热络聊天，搞得好似在走星光大道。一轮酒还没喝完，有人提议玩游戏，一呼百应，但真心话和大冒险的题目玩来玩去还是那几个，不是自爆初次性经验的年纪，就是随即拨通通讯录里的号码调戏对方，没半点创意。酒局过半，好戏才正式上演，平日里默不作声的斯文学术男们相互簇拥上了舞台，站成一排，手握麦克风，借着酒劲，当众向各自暗恋多年的女生表白。女主角们在尖叫、口哨声中羞涩上台。看客们卖力起哄，鼓劲助威，笨拙憨厚的学术男们面对心仪的对象结结巴巴语不成句，个个满脸通红。我知道不少人和我一样怀着一颗八卦之心，之所以来吃散伙饭，重要动因就是期待看到这出精彩的求爱闹剧。

我所在的这桌人最多，酒也下得最快，没人玩弱智的游戏，成箱成箱的啤酒不一会儿只剩满地空瓶。在座的都喝得晕七素八，李霖读了几条手机里私藏的成人笑话，背哥掏心掏肺说着官场生存之道，酒胆大过酒量的翔总操着浓郁的湖南普通话逢人便讲他的辛酸创业史。

"我打心底感谢我的前女友，真的啊，你们别笑，我忘不了分手时她曾说的'没有二十万的年薪，就别想找个一米七的身高、36D的胸。'我这人不能激，就是因为她这句话我才下定决心举债创业。我要做出一番事业让她后悔。来，弟兄们，为了二十万的年薪，更是为了36D的胸，干了这杯。"

大伙随声附和，端杯起身，围成一圈。我正仰头喝着满满一杯冰镇啤酒，后背忽然感到有连续的触碰感，回头一看，段蕾蕾手握酒杯，面部绯红地对着我笑。

我与段蕾蕾虽同学一场，却不相熟。段蕾蕾相貌普通，但身材惹火，S型曲线、长腿、细腰、翘臀、丰胸。男生们都称她为"背影杀手"。硕士三年，段蕾蕾如同她所学的西方古典哲学一样神秘莫测。有时一学期到头都见不到她几次。即便看到，她也形单影只，行色匆匆。不止我一人如此，就我所知我这一届无论男女，没几人和段蕾蕾走得近，算得上朋友。据短暂单恋过段蕾蕾的背哥所说，好几晚他通宵写论文出门买夜宵时无意中看到着装清凉、浓妆艳抹的段蕾蕾进出校门。起初我只当背哥是吃不到葡萄说葡萄酸，纯属意淫。直至研二下学期，我陪导师的归国友人去浦东某高档会所唱KTV，十多个娇娆青春的"包房公主"中我一眼就认出段蕾蕾。我根本没办法将眼前艳丽性感的她和平日那背一双肩包、穿着休闲、素面朝天的段蕾蕾联系在一起。段蕾蕾也认出我，她只僵掉几秒，就很快恢复职业的笑脸。我再没心情玩乐，安排照顾好那些兴奋老男人们后，我坐到偏僻角落，自饮自酌，间或鼓掌叫好。段蕾蕾似乎没受丝毫影响，她热情敬业地陪大叔们玩骰子，划酒拳，连唱带跳了好几曲，混着喝了不少酒。散场前她主动邀我合唱《广岛之恋》，轻描淡写地夸我歌声不赖。

那晚回到宿舍已是后半夜，洗澡出浴室收到段蕾蕾短信。说她在南门外的粥店，问我若是没躺下愿不愿意一起吃夜宵。我想了想，还是去了。

去的途中我反复琢磨见到她该说什么，怎么说。出乎意料，段蕾蕾对刚才的事只字不提。她头发湿漉，初卸浓妆，困倦慵懒地喝着咸粥，与几小时前在会所见到的样子判若两人。段蕾蕾添了两碟小菜，帮我叫了碗热粥，从包里掏出一盒女士烟熟练地抽着。话题从恼人的梅雨季聊起，一路说到世博会、世界杯、院里谁交流去了台湾，谁和谁分了又和谁好了。段蕾蕾轻描淡写地有一句没一句地说着。而我有问有答地配合着。明明不熟的两个人却有了红颜知己的错觉。

"今晚真是不好意思，妨碍你寻欢了。"段蕾蕾突然开口打断正在讲背哥糗事的我。

"这话说的。"我局促不安，一通乱笑，"该说抱歉的应该是我，耽误你赚钱了。"

段蕾蕾低下头轻笑出声。她单手托着下巴换了种轻快的语调直视着我说："能说说你理想中的生活是怎样的吗？"

"好逸恶劳，不劳而获，随心所欲，为所欲为。"

"你还挺有追求的。"段蕾蕾像哲学家般微微皱眉思考，"你这理想没个几千万成不了真。"

"实现不了就实现不了呗，要不怎么说是理想呢，其实理想只是意淫的文雅表达方式。打个比方，是男人就爱见大美人，但这等大美人真正能得到的又有几个？看得见、摸得着是成功，看得见、摸不着，就纯属意淫。"

"你逻辑清晰，思辨力强，马山我觉得你挺适合学哲学的。"

"别逗了，那么高深晦涩的学科我可学不来。"我放松情绪，也抽上烟："你呢？你想过哪种生活？"话一出口我就后悔了。

"我啊。"段蕾蕾仰头狡黠地笑，用手把散落在眉梢上的头发捋至耳后，手指窗外答非所问地说："呀，你看，天亮了。"

那晚发生的一切及段蕾蕾沉默入迷的性格犹如一道哲学命题晦涩无解。我曾试着通过多种渠道打探有关她的种种讯息，却发现唯独有我意外见过她在绚烂夜色中的迤逦身影。说不上出于什么原因，我很自觉地替她守口如瓶，段蕾蕾好像很放心我，或者压根不在意，从没暗示，更没主动请求我为她保守秘密。这之后我和段蕾蕾再无交集，偶尔在校园里碰见，也只是点头微笑，并无过多交谈。那感觉就像在野外客栈投宿，度过美妙一晚，翌日醒来竟睡在荒野墓冢旁。

"听说你要出国？"段蕾蕾和我干杯共饮，又给我斟满一杯，"在上海待了八年，突然离开，舍得吗？"

"没什么舍得舍不得的，生活嘛，在哪儿不都是混口饭吃。"我干掉她给我倒的酒，"你呢？何处高就？"

"你认为我会做什么呢？"段蕾蕾笑得迷离妩媚，空气凝结，我一时语塞。不等我回话，她淡淡一笑："谈不上高就，我只想做我想做的，像你曾说的那样，为所欲为。"

我双手接过段蕾蕾的名片，她供职的是一家在国际上颇有名气的NGO组织，宗旨是保护流浪儿童、弃婴、给贫困山区适龄学童提供教育机会。我很诧异，我以为段蕾蕾会出国读博或进外企谋高薪，没想到她竟选择做了志愿者。

"马山，老同学，有一天你要成了有钱人，希望你还能葆有爱心，关注慈善事业。来，这一杯，我先替未来会被你帮助的孩子们谢谢你。"

话音未落，酒杯成空，段蕾蕾晃晃悠悠显然已经喝醉。我劝她别喝了，她笑着推开我。和在座的男生们逐一碰杯，挨个拥抱、头挨头合影留念。

6

我不知道喝了多少酒，也不清楚是怎么晕头转向被人领到KTV。桌上密密麻麻又堆满了啤酒，众人借着酒劲或咆哮嘶吼或深情款款地唱着。我打着酒嗝，硬扛了一会儿还是没忍住，冲到厕所狂吐半天，用冰水敷脸，这才舒服一些，酒也醒了一多半。返回包厢的途中，在走廊的角落里不小心撞见曾相爱一场、最终输给距离的苏婷婷和李霖，两个人各自握着一杯酒，像雕塑般面对面地站着，一动也不动。

我听见李霖对苏婷婷说："到那边自己照顾好自己，把烟戒了，你胃不好，少喝烈酒。"

苏婷婷只顾点头，听李霖往下说："别太累，拿不拿得到博士学位无所谓。若是待不习惯，不适应那里的气候和食物就早早回来报效祖国。到时候你要还没嫁掉，不嫌弃的话，兄弟我娶你回家。"

苏婷婷轻咬嘴唇，努力在笑："行了啊，就此打住，越说越不正经了。不是我说你，老李，你都奔三的人了，别再一天到晚嘻嘻哈哈吊儿郎当，也该有点责任感靠点儿谱了。说真的，上次吃饭你带的那个师妹不错，挺招人待见，你也别挑了，早点儿定下来，给人家一个交代，踏实过日子。哦，对了，等你有儿子了记得告我，我寄国外奶粉给你。"

两个人聊得过于投入，以至于我在他们斜后方抽完一支烟也没被察觉。推门进房间，有人应景地唱着一首老歌："就当他是个老朋友吧，也让我心疼，也让我牵挂。"

没一会儿，李霖和苏婷婷一前一后走了进来，分别坐在沙发的两端，若无其事地和友人们喝酒划拳。我发了条短信给苏婷婷："别硬撑着，要难受哥们儿陪你多喝两杯。"苏婷婷背过身看手机，昏暗光线中，她微笑冲我竖起中指，脸上挂着还没来得及擦去的泪痕。

伤感的骊歌一首接着一首，不断有人进进出出，背着行囊，拉着行李箱，和众人挥手告别。送走赶飞机的背哥，我再一次喝醉，头靠在墙上昏沉睡去。醒来时屋内一片狼藉，空空荡荡的，只剩我和李霖。

"我怕我没有机会，和你说一声再见，因为也许就再也见不到你。"我闭上眼，不知为何，在李霖乌鸦般的歌声中，脑中浮现读小学时在词典里学到的"光明"一词的例句："毕业了，李刚去了部队，张华考上北京大学，我在百货公司当售货员，我们都有光明的未来。"

托斯卡纳

1

去年，或许是前年，总之我记忆中护城河边的垃圾场荡然无存，像童话故事里的巫师挥动魔法棒，取而代之的是托斯卡纳——全市最奢华的高档小区。复式独栋、车库泳池、英式管家、私家园林，诸如此类广告语高频率强密度地出现在各种传播媒体上，海陆空三维立体全方位轰炸宣传，想不记住都难。

我去过那儿几次，都是去找大钱或被大钱带进去的。漫步在人工开凿的"天鹅湖"畔边，一想起脚下的鹅卵石小路下没准还埋着尚未腐化降解的垃圾，我就哑然失笑。再看楼盘宣传片则彻底笑出声来：依山傍水，欧陆风情，毗邻高等学府……这些套词吸引外地人来此投资安家不成问题，但对我这种土生土长的本地人来说，则是个还算不错的冷笑话。欧陆风情暂且不表，所谓依山傍水，说穿了其实是背靠20世纪末开采金矿、如今早已荒废的南山；干涸的护城河像进入风烛残年却尽职尽责的老佣人，绕着小区外墙吃力地流淌。而高等学府无非是几个大专技院，以及一所高中的分校。小区四周飘散着古怪的气味，有人说那是金子的味道……

托斯卡纳大小户型总共一百余套，大钱占了三套，而他整个家族则买下东面向阳的那两排所有大户型，面积占整个小区的七分之一。我曾坐在大钱悍马车的副驾驶位子上，半开玩笑地说，干脆搞个园中园，找几个工人在空地上弄个中式仿古门，砌道墙，朱红木门外搁俩滚绣球的石狮子，门上挂灯笼，再找个书法家求幅墨宝，写上繁体的"钱府"二字，烫金制匾，挂在门楣。冬季落雪，秋日结霜，就像古代大户人家那样。大钱嘴角上扬，眯着本来就不大的眼睛，嘿嘿傻笑。他自始至终没接话，叼着烟卷，直视远方，手指随着车内激昂的摇滚乐有节奏地敲打着方向盘，一副胸有成竹的样子。

不只是家乡的托斯卡纳，远在千里之外的首都，大钱和他的亲戚们依旧住同一小区，只不过由对门改为楼上楼下。该楼盘位于西二环，若不堵车，一刻钟内便可到达天安门广场看升降旗仪式，接受爱国主义教育，这是当初促使大钱购买那些房产的主要原因。那个高档社区无论硬件软件都远超托斯卡纳好几个档次，可大钱却只把它当作每次来京办事住的酒店，他坚定地认为托斯卡纳更有家的感觉。

夏天的一个傍晚，在托斯卡纳，大钱的私属庭院内，我和他各躺一把摇椅，喝着冰镇啤酒，逗着湖里不知从哪儿买来的黑天鹅。我问了大钱一个我自己也不确定的问题，你说真正的托斯卡纳究竟在哪儿？

真有这地方？大钱反问我。

应该有吧，要不这名从哪儿来？

在美国。大钱咽了口啤酒，音调上扬，目光笃定。

美国吗？但你这不是欧陆经典吗？我手指不远处的灯箱广告牌，抽出一根烟给大钱。大钱接过去深吸一口，朝半空中吐出一个不规则的烟圈说，在巴黎。

法国？我半信半疑。

对，法国。离巴黎不远，托斯卡纳，海边小城，盛产葡萄酒的地方。大钱说得自信。他倒满啤酒，愉悦地与我碰杯，就好像此刻我们置身于真正的托斯卡纳酒庄。

2

我与大钱的友谊能追溯到20世纪90年代中期。大钱是墨县人，高二上学期转学而来。大钱的老家墨县，省级经济强县，进入本世纪以来，时不时以或正面或负面的新闻出现在全国各大报刊上，就连国外各大媒体都纷纷报道过。这一切都得益于祖先恩赐：偌大一个国、一个省，却将几代人取之不尽、用之不竭的煤炭资源独独藏于墨县地下。在墨县，但凡和煤沾边的人财富都成倍激增。昨日还是工厂钳工、小学老师，只要胆识过人，敢借款下本赌对煤矿，一夜之间便身价暴涨，摇身一变成为千万富翁。有了钱的墨县人多数如其祖辈一样，低调本分，克俭持家，但还是有些煤二代，比老子会赚钱，但更比老子会享受。他们以"人生苦短，及时享乐"为信条，除了竞相攀比购买名车、四处购置豪宅外，还干过"山路交通不便，购买飞机代步""为争夺某二流女星芳心一掷千金"等蠢事。然而就是这些人，莫名其妙地成了墨县甚至我们省的代名词。

不过这都是近些年的事了。读高中那会儿，所有人都呆头呆脑，穷得兜比脸还干净。那时候我对富人没有明晰的概念，只知道大钱家乡产苹果也产煤，仅此而已。同时，在大钱身上也看不出半点儿有钱人的气质。首先，从外貌来看，大钱个儿不高，寸头，略胖，无处宣泄的荷尔蒙憋出一额头青春痘。他不喜名牌，更不讲究吃喝，常和舍友结伴去食堂打饭，水房排队打水的队伍中也能时常见到他手提暖壶、满头大汗的窘样。

高考前夕，备考无望的差生中，家境不好者已留心南方工厂的招工信息，准备自谋出路；家庭富裕、父母为官的，则喝酒打牌，去录像厅、台球室消磨时光。大钱成绩不好，每次模拟考都是倒数几名，可他没有自暴自弃，数学、英语学不会，就趴在桌上念古文、背历史，学累了就抱着足球去操场和低年级的学生踢上一会儿。

高中毕业后，在我再一次见到大钱之前，我对他的印象就是，落日余晖中，他身穿 AC 米兰球服，拖着敦实的身体，一脸不服输地追着球跑。正式踢起比赛来，身穿3号球服的大钱和他的偶像马尔蒂尼一样踢左后卫，尽管他的外形和球技与伟大的马尔蒂尼相去甚远，但我们还是喜欢叫他"钱尔蒂尼"，至少大钱在场上顽强的作风以及不知疲倦的奔跑还是令人钦佩的。

高中时期的大钱似乎偏爱穿球服，那年头足坛球星云集，高考时又正逢世界杯，男生们都有各自喜爱的球队，穿球衣以示支持不足为奇。而像大钱那样，隔几天就换一套不同俱乐部球服的，却没有几人。米兰双雄、曼联、皇马等豪门俱乐部的队服大钱都穿过，且一穿就是一身，专业程度毫不逊色职业球员。但这也没让人觉得有什么奇怪的，毕竟球服多为本地小型服装厂加工仿造，一套也不过百八十块。大钱不去游戏厅，也没早恋，省几周早饭钱满足收集球衣的爱好也在情理之中。直到好多年后的同学聚会，老同学们回忆读书时的趣事时，我听到同样也喝了不少的大钱追忆说，那些年，他穿的那些队服全都是欧洲原厂正版出品，多是他家人出差到北京、上海品牌专卖店购得，每套至少千元。

3

高中毕业后我就再没见过大钱。确切地说，高中还没毕业我就没再见到他。高考前几天他就没再来学校，最终是放弃了高考，还是如传言所说，他雇"枪手"替考就不得而知了。那年7月，我考到南方海边一所二本院校，学了四年经济学。大学毕业随当时的女友北上京城，在一家外企做了一年半财务工作。无奈赚钱太少，买不起房，女朋友暗中找了个有车有房的北京土著，理所当然地和我分了手。我痛定思痛，为了改变命运，现实点儿说，是为了能找到薪酬更高的工作及一纸户口，我决定辞职考研。玩命苦读外加少许运气，我一举成功，研究生一读又是三年。这期间，在学校食堂、街边小馆，我陆续接待过数位来北京出差、游玩的高中同学。老友相逢，能聊的也只剩往日时光，追忆青葱岁月。每次说完昔日班花近况，就有人迫不及待地提到大钱。讲述人一口一个钱总，崇敬之情溢于言表，这让我恍惚了好一阵儿才反应过来，他们口中的钱总就是当初那个独来独往、寡言少语、喜欢踢球和发呆的大钱。

听得多了，我也就渐渐梳理出大钱的近况：高中毕业后，大钱去了澳大利亚，不过究竟是读了几年预科、未混下文凭，还是一举拿下学士学位后学成归国，就暂无定论了。他在澳洲的第四年，他的父亲因一场车祸意外身亡，身为长子的大钱毫无心理准备，匆忙回家，继承家业。在此之前，他只是知道家里有煤矿、钢厂，真等他继承了这一切，成了公司的董事长，才确切清楚自己身价几何。

大钱虽不像商战片里少东家那样毕业于名校金融系，但有海外留学背景的他，与其家族那些只有小学或初中文化的叔叔、表哥们相比，俨然称得上是专业精英。大钱掌管整个企业后，实施的系列整改措施很好地证明了他的能力和学识。他先是从深圳高薪聘请职业经理人，将作坊式的家族企业建成现代化的公司。接着，他又说服和其父亲同时期创业的公司元老、家族长辈，拿出大笔资金投入此前从未涉足也并不被人看好的资本市场。大钱选股独到，入市神准，又正好赶上千载难逢的大牛市，一年下来赚得盆满钵满，收益毫不逊色于煤矿产值。这下迅速提升了大钱在公司中的权威，先前那些质疑者集体噤声，而市里乃至省里的媒体对大钱竞相采访报道，溢美之词层出不穷："少年股神""资本市场的哈利·波特"。但大钱头脑清醒，并没有骄傲自满，他把目光又投向了娱乐服务业，相继在县城乃至市区投资入股多家酒店、KTV、洗浴中心等。五年不到，大钱的产业遍布全市各县，为本市每年GDP增长做出了卓越贡献。

当我和多数同龄人还在为生计奔波时，大钱已成为富甲一方的商界才俊。即便如此，大钱还是尽可能地低调内敛，以至于很长一段时间都没有人知道本地神秘新贵就是自己高中的同班同学。若不是在市财政局工作的我们的老班长，在大钱旗下的酒楼用餐时认出了他，恐怕还是不会有人相信，如今的钱总就是当初那个普通到让人毫无记忆的大钱。

钱总就是大钱的消息很快在同学圈中传开，大家在惊诧之余更多的是喜出望外，似乎有了这么一个富翁同学，自己撞运发财是早晚的事情。从此，每个人都十分肉麻地和大钱套近乎，都努力地从记忆深处挖寻与大钱有关的陈年往事、点滴细节。就连只在读书时一起踢过几场球的邻班校友，都敢到处宣称自己和大钱是患难之交。据说，真有人打听到大钱的联系方式，开口就向他借钱、要项目，托他找工作，就好像大钱是万能且慷慨的救世主。大伙儿心照不宣地达成共识，在这四方小城，只要大钱点头答应，就没有他解决不了的事。此外，婚丧嫁娶、同学聚会更是以大钱的酒楼为据点。母校五十年校庆时，众人以班级的名义捐赠了一座两米来高、寓意"桃李满天下"的镀金雕塑，以谢母校培育之恩。当然，说是集资，实际上出钱的只有大钱一个人。

大钱想低调也低调不成了。市电视台、报纸上每隔几周就能看到有关他的新闻报道，以他名字命名的各种爱心基金、公益活动更是层出不穷。茶余饭后，酒局牌桌上人们热衷八卦大钱的私生活，猜测大钱究竟继承了多少家产，又在此基础上创造了多少财富。如果本市出版一本娱乐周刊，那么大钱会毫无悬念地期期上封面。我远在北京，只有逢年过节才会回乡探亲，无论是空间距离，还是财富悬殊，我都以为我和大钱此生注定不会再有交集，可没曾料到，因为一个女人，我与大钱再度相逢，而且越走越近，最后竟成为无话不谈的至交。

4

再次见到大钱是北京奥运会前夕，我们班长的婚宴上。大钱一出现，风头完全盖过新郎，人们争先恐后地站起身，像追星一般挤到他身前与他握手寒暄。我坐在靠角落的那一桌，左手捂耳，手机紧贴在另一只耳朵上，满头大汗地听着手机里远在香港的老总训斥，唯唯诺诺连声认错。刚挂线，正欲爆粗口发泄心中不满时，肩膀不知被谁重重拍了一下，毫无准备的我差点儿从凳子上摔下去。

马山，大记者，还记得我吗？我可没忘记你。

迎面而来的是一张自信又不失谦卑的笑脸。我与他握手，一边干笑应和，一边在脑子里将这张既熟悉又有些陌生的面孔与当年老同学的名字一一对应。这时，一位精心打扮过的女同学救了我，她一摇一摆地走了过来，说，钱总，有日子没见到老同学你了，真是日理万机啊。

钱总你好。我恍然，与大钱握手，像是被领导接见。

你就别跟着他们瞎起哄挤兑我了，我听着别扭，太陌生，有距离感。大钱摆了摆手，制止我像刚刚摇曳离去的那位女同学一样称呼他。叫我大钱，或者像当年一样叫我"钱尔蒂尼"，我喜欢这个外号，好多年没人这样叫我了。

十年没见，大钱胖了许多，头发有些稀疏，凸起的肚腩把有质感的白衬衣顶出一弯弧线。挂在小腹中央的古驰皮带扣锃亮耀眼。

告诉我你的手机号，晚上给个面子，老同学好久不见，吃个便饭，聊聊天。大钱从上衣内兜掏出他那价值数万的 Vertu（威图）手机，输入我的号码。

我明天一早的飞机，这次就算了，下次等你来北京，我去找你。

知道你忙，可你明天早上的飞机和今天晚饭有什么关系？等我电话，我来安排。大钱拍了拍我的肩膀，径直向前方走去。

我想不出大钱约我的目的何在，大钱应该知道我只不过是在京城某二流财经杂志混口饭吃的文字记者，若是想让我帮他或他公司写篇软文肯定指望不上，也没那个必要。莫非真如他所说，只是单纯的老友重逢，叙旧闲聊？待新郎携新娘到我所在这桌敬酒时，我的手机适时振动，是大钱的短信，他说，晚上六点半，晋府，到时我会派司机去接你。我起身透过人群向主桌望去，大钱的座位空空荡荡，餐具原封不动，摆放整齐。

5

说真的，若不是大钱请客，我真不知道也无法想象，短短几年，中国中部一个不起眼的三线小城竟然有如此奢华高档的私家会所。

车开出城差不多十余里地，一栋极具历史感的院落安静地坐落在一片金黄色的麦田深处，看样子似乎存在了好几个世纪。庭院内装修十分讲究，一眼看去还真辨别不出那些瓷器、家具是现代仿品，还是价值连城的老物件。院内灯火通明、雕梁画栋、曲径通幽，身着缎面旗袍的迎宾小姐个个身材高挑，面容姣好。

在领班的带领下，我来到一间半古不新的厅房。她清了清嗓，音色甜美地朝房里喊道：钱总，您的客人到。房门应声而开，金碧辉煌的大厅内，如帝王般的大钱坐在一米多高的龙椅上讲着手机，见我进来，他冲我颔首微笑，示意我坐到他右手边的位置。

偌大的包间内，用餐的只有我、大钱以及大钱的司机，服务生却有五六个。我刚一入座，两个女侍者又是给我摆餐具，又是给我宽衣，搞得我受宠若惊，极不自在。我瞥了一眼大钱，他继续讲着电话，很自然地抬起双臂让女侍者将餐巾掖在衬衣领上。

你还是老样子，没怎么变。大钱的手机几乎就没消停过，他趁着接完一通电话的间隙起身与我碰杯。

你也没变化。我仰头喝干大钱倒给我的满满一杯白酒，不，你还是变了。我停住，大钱也抬起眼睛，疑惑地望向我。你越来越低调了，都身为钱总了还这么平易近人，没有忘记老同学，太不像话了。

你还是那么能说，不愧当了记者。大钱拍打我的肩，豪爽地笑出声来。

大钱的话并不多，更谈不上有钱人的张扬，按照心理学，他可以被归类为防守型性格。与多数老同学不同，大钱既不追忆读书时的美好时光，也不感慨青春不再，他除了接电话，就是与我一杯接一杯地喝酒，间或礼貌性地询问我几句近况。

你现在还踢球吗？

早不踢了，赚钱都来不及，哪有那闲工夫。我拧灭烟蒂说。

那球也不看了？还喜欢曼联队吗？

我咀嚼海参的同时摇头。大钱若有所思地微微点头，点上一根烟说，我也不踢了，跑不动了，不过闲下来有空时我还是会看看球赛，德甲、西甲、英超都喜欢，中超、国足从来不看，一帮窝囊废，越看越撮火，净他妈黑哨假球。

还是AC米兰球迷？钱尔蒂尼？多喝了几杯的我放松下来，搂着大钱的脖子，就像高中时并排坐在草地上那样。

我们钱总是忠实的AC米兰球迷，去年欧冠决赛，钱总推掉一切工作应酬特意飞去希腊，亲临现场目睹米兰夺冠。大钱的助理兼司机，那个大个子平头男插话说道。

我朝大钱看去，他调出手机相册，画面上的大钱身着AC米兰经典的红黑条纹队服，背靠奥林匹亚体育场，手比V字形，开心大笑。

钱总可是米兰的铁杆球迷，他精辟地总结了AC米兰球队的球魂"顽强拼搏、奋斗不息"，并且把这八个字贯彻到整个公司，成了我们的企业文化，每一个员工都深受感染……平头男滔滔不绝地说着，他从足球扯到公司治理，又从公司治理聊到国际经济、能源价格、东亚政治格局，似乎没有他不知道的。大钱也没有丝毫制止他的意思，任他海阔天空说个不停，偶尔很有威严地补充几句。我在一旁埋头吃着各种名贵料理，心想，要是在古代，这小子一准会成为出色的门客或是得宠的师爷。

这顿饭如同大钱本人带给我的感觉一样，表面低调，暗藏奢侈。几道凉菜是由北方不常见的蔬菜调拌而成，两例精致主菜的价钱抵得上我一个月的工资，我们喝的是陈酿年份比我年纪还久的高度白酒。大钱及其助理并没有要翅鲍，取而代之的是两大碗优质羊肉面以及切好洗净的蒜瓣葱段。最后一杯酒喝光，果盘上桌，大钱依旧有一搭没一搭地东拉西扯，我脸上赔着笑，心里还是找不出他请我吃饭的理由，索性抽着他给的烟，喝茶醒酒。

你和马伊娜这几年还有联系吗？趁助理出门结账，大钱低下头用毛巾擦手，貌似不经意地问我。

我的大脑中放空数秒，才回想起大钱说的马伊娜是谁。那是个相貌平平、穿衣打扮颇有几分民国范儿的女文青。高中时无论大小考试马伊娜一直稳居前三甲，大学时马伊娜和我同城不同校，高中时我和她算不上很熟，互动也不多，但初到陌生城市，又是老乡兼同学，自然联系频繁。大一、大二那两年，每逢节庆假期或老乡聚会，我们都会叙旧聊天。大三下学期，我谈了女朋友，又弄丢了手机，和马伊娜失去联络。直到前两年在北京的一场同学会上与她再度重逢，彼时她已是人民大学博士，且出版了多本学术著作。

听说她目前也在北京，你和她还有来往吗？大钱双眼半眯，透过弥漫的烟雾似笑非笑地盯着我。

我没她的新手机号，不过找到她问题不大。我低头咬了口西瓜，怎么也没法将大钱和马伊娜这两个完全处于不同世界的人联系在一起，实在搞不懂他为何要找她。据我所知，大钱早已成家，况且像他这样的人，平日里肯定不乏主动献殷勤的姑娘，按常理来说不会缺女人。

也没什么，都是老同学，这么多年不见，就想找到她叙叙旧，聊一聊天，就像你我此刻这样。你可别想歪了。大钱像是看穿了我的疑惑，用牙签插了一瓣哈密瓜，不问自答。

我心领神会地冲大钱挤眉弄眼，借着酒劲向他许诺，明天一回北京我就立刻去找马伊娜，一定会把你的问候带到。

也不用这么着急，你先忙你的，只要能联系得上就好。看样子大钱似乎很满意我的表态，仰头将桌上最后一杯酒喝掉。

饭后，大钱又邀我去他旗下的娱乐城唱KTV，三四个女孩花插着坐到我和大钱中间，极具服务意识地为我们倒酒点儿烟。大钱脱掉西装，只手叉腰站在空地中央，动情地唱着《爱江山更爱美人》。姑娘们显然对大钱唱的老歌提不起兴趣，她们像一个个美丽花瓶，安静地坐着，不时鼓掌称赞，露出职业笑脸。我喝了几杯啤酒，渐渐有了困意，大钱助理凑到我耳边告诉我，接下来去泡澡、洗脚、吃夜宵，他说但凡贵客大钱都会如此安排。

翌日清晨，大钱陪我吃完早餐又亲自开车送我至机场。分别时递给我个信封，我接过一捏，厚厚一沓钱，没有一万也有八千。大钱不容我多说，执意塞进我的行李箱，说是连本带利还我高中时借给他的一百块钱。

6

我没费什么周折就联系上了马伊娜，约她在人民大学西门外的咖啡馆会面，她很爽快就答应了我的邀请。入座后，通过闲聊，我得知她已离异，无子，到美国某大学做了一年访问学者，归国不久。

除了多了几分成熟女人的妩媚外，马伊娜变化不大，仍然是五四女青年的齐耳短发，只不过曾经的黑框眼镜被某名牌金丝边眼镜代替。初见冷场，我没话找话随口问起中美文化的差异，没想到马伊娜进入角色，面带微笑，十分学术地系统对比起来。经她允许我点着烟，像专业捧哏的相声演员那样"嗯啊"不停，心里嘀咕，大钱怎么会惦记着这么一个姿色普通、寡淡如水的女人呢？

所以，归根结底，中美文化的差异还是儒家文明与基督文明的不同。马伊娜扶了下眼镜，做总结。

你还记得钱总吗？大钱，高中时爱穿AC米兰球服，和你坐过一学期邻桌的那个转校生。我趁马伊娜抿咖啡之际赶忙见缝插针，直奔主题。

他呀，咬着勺子的马伊娜用了五秒钟恍过神来。记得，那会儿他不爱说话，但很有礼貌，每次问我问题时都会用他那并不标准的普通话说

"请""麻烦您""谢谢"等敬语。听说他现在是大老板了，有同学在QQ群里留言说，大钱都进福布斯了？

暂时还没有，不过也快了。我接过马伊娜的话，随便挑了两个与大钱有关的段子，稍加演绎讲给她听。书读得多就是不一样，马伊娜并不像我等俗人初闻大钱生活方式时那样惊诧羡慕，她眉头微皱，专注倾听，不时轻轻点头，比我更像是记者。

你是说，大钱，他找我？马伊娜用手指了指自己，又用疑惑的眼神问我确定吗？

我不假思索地点头，顺便又补充了些大钱是如何找到我，又如何叮嘱我务必找到她的一些细节。

这都十多年没有联系了，他找我做什么呢？马伊娜盯着桌面上的咖啡杯，将一缕掉落在前额的头发拨至耳后，喃喃自语。直到这个时候，她那平静如湖面般的脸庞才泛起一丝不易察觉的微澜。

我也很想知道，已是省内数一数二的有钱人为何突然要找你这么一个与他完全不是活在同一个世界的女同学……我当然不会傻到把心里话说出来，我又给马伊娜续了杯咖啡，灭掉烟，清了清嗓子，像机场书店的电视里那些秃头大师一样，口若悬河、眉飞色舞地说着早已烂熟于心的台词。

我那点小伎俩轻易就被马伊娜博士看穿，还好她给我留面子，没有揭露我，装作被我游说成功，很配合地告诉我除了住宅电话外的其他联系方式。并让我转告大钱，等他再来北京时，只要他有空，随时可以和她一起喝茶聊天。事情进展得如此顺利反而使我有些不安，我诚心诚意地留马伊娜共进晚餐，她却以晚上开会为借口婉拒，这进一步加深了我的内疚感。

我和马伊娜在她办公楼下挥手道别，望着她尚未远去的背影，我迫不及待地掏出手机拨通大钱的电话，以邀功的心态，事无巨细地向他汇报了我所了解的马伊娜的近况。

听声音大钱并没我预料中那么兴奋，他安静聆听，除了略为惊讶地插了一句"马伊娜离婚了"之外，剩余的通话时间内，他不发一语，好几次我都以为讯号中断，连"喂"数声，大钱才不急不慢地说，你讲，我在听，这让我有那么一点儿沮丧。

我将马伊娜的各种联系方式编辑成短信发送给大钱，很快就收到他的回复，说择日来京当面谢过。说实话，临上飞机前大钱塞给我的那一万块钱，是迄今为止我赚得最轻松的一笔。只不过是帮他找个念念不忘的女同学，他就对我出手如此大方，我算就此明白了大钱的处世哲学、经商之道。

一周后，刚从外地采访回京的我在机场大巴上接到马伊娜的电话。她语气略显焦急地说，给你打了一下午电话你都关机。我还没来得及解释，她又说，一会儿去五道口吃日本料理吧，我有事麻烦你。

我猜她找我八成与大钱有关，但也心存疑虑，大钱不会这么快就来北京同她见面叙旧了吧？果然，还真是如此，冷盘还没吃完，马伊娜就从包里掏出一张信用卡，推到我面前对我说，请帮我把这卡转交给他，告诉他，这钱我不能要。

我瞄了一眼桌上某银行的金卡，大致清楚是怎么一回事了。

仅一周不见，马伊娜有了新的变化，她戴上了隐形眼镜，做了新发型，化了淡妆，红色长裙及好闻的香水味使她多了几分性感。

这不合适吧。我面露难色，把卡又推还给她。

没有别的办法了，昨天他给我时我就坚决不收，他钱再多也是他自己赚的，我没有拿他钱的理由。说这番话时马伊娜并没看我，一束柔和的光线不偏不倚地照射在她脸上，她如同舞台中央的话剧演员一样，深情地独白着。

后来我才发现他趁我不注意偷偷把卡塞进我的随身包里，我不好意思直接找他说，想了想，还是得找你。解铃还须系铃人，要不是你，我和他也不可能重逢。

我看着马伊娜，马伊娜看向我，有那么十几秒钟我和她谁也没说话，就那么对视着。我没想到大钱会这么快就飞来找她，更想不到大钱会豪气地直接给她一张信用卡。会有多少钱？十万？二十万？还是五十万？或许，会是一个完全超乎我想象力的金额。

要不这样，我现在就给他打电话，但这事还得你亲口对他说，由我说来真的不是很合适。我真诚得不能再真诚地望向马伊娜，她轻咬下唇，停顿数秒，点头应允。

我拨通大钱的号码，响了两声，他挂断电话，但很快就回拨过来。

刚才在招待领导，不过现在方便了，我在走廊，有什么事你说吧。

电话那端传来节奏强劲的动感舞曲的声音，听上去像是在夜总会。我乱扯一气，装作不经意暗示大钱，此刻马伊娜就和我在一起。大钱显然喝了不少酒，一直笑，舌头打结。但还是很快就反应过来，他压低嗓子说，你叫她接，我给她说。

马伊娜接过手机时略显慌张，一不留神抬手碰翻茶杯，水流一地。我识趣地走到几米外的落地窗前，同穿着日式和服的女侍者搭讪，抽完一根烟回头望去，只看见马伊娜唇动，却听不见她在说什么。再看去时，她不再出声，手机紧贴在耳朵上，像个乖顺的孩子，不时点头。

我的第三支烟抽完，马伊娜才挂了线。我回到座位上，看她双眼放空，若有所思地小口喝茶，就没去打扰她。

我吃着美味的生鱼片，那张银行卡照旧摆在桌子中央，有那么几分钟，四周安静得只听得到酒精炉上海鲜煲的蒸腾声。

要不要再来一壶清酒？马伊娜忽然开口，她挥手叫来服务生的同时，另一只手自然地将银行卡塞回包中，像什么都没有发生。

7

至今我也不清楚那张卡的额度，更不知道在那一段时间内大钱与马伊娜之间到底发生了什么。不过答案并不重要，反正如今大钱已经全家移民澳洲，而马伊娜也二度出嫁，且已有身孕。

或许在寻找马伊娜这件事上我赢得了大钱的信任，也就是从那时候起，大钱频繁往来老家和北京之间，每次一来，处理完公务他都会单独找我喝茶聊天，吃饭小酌。一来二去，短短半年间我和大钱越走越近，从多年不见的老同学逐渐成为能掏心掏肺、互诉衷肠的铁哥们儿。

　　2009年，我以大钱助理兼好友的身份，随他进出京城各大星级酒店、高档酒楼。应酬一多，也就难免去一些娱乐场所。据我观察，大钱并不迷恋女色，至少比包括我在内的多数男人要有绅士风度。那些莺莺燕燕，在大钱的眼里更像是同事或是下属，他甚至还劝身边的姑娘多吃水果少喝酒。这就更让我好奇他与马伊娜之间的关系。说来也怪，自从那晚和马伊娜在日本料理店分开后，她就杳无音讯了，大钱也再没主动和我提起过她。直到那一年冬天，在京郊某私人会所的温泉浴池里，不知怎么，我们就从地产股市聊到娱乐圈。我忽然来了兴趣，凑过去坏笑着问大钱，不是有人找你投资过电影吗？说实话，和女明星闹过绯闻？听到我的问题，鼻子以下都浸泡在水中的大钱像一只翻身的水獭，猛地浮出水面，水花四溅。

　　她们眼光很高，哪儿会看得上我这个没文化的粗人。大钱歪着头，不断摇头晃脑，看样子像是耳朵进了水。

　　我晃了晃食指，像个伤过无数女人心的情圣一样对大钱说，绝大多数女星在屏幕上演技很烂，但在现实生活中都是表演艺术家。她们不会因为男人有文化，就忽视这个男人有没有钱。她们见到有文化没钱的男人，最多谈谈文化就对这个男人腻味了，一旦她们遇上有点儿文化又有些钱的男人，比如像你这样的，便再也无法装矜持高贵，一个个像跳水运动员一样排着队，扑腾扑腾向下跳。我上岸给大钱倒了杯可乐，又给自己倒了一杯，那些口口声声说只要人好、钱不重要的女明星，其实一个赛一个物质。钱的多少决定了她们的安全感、归属感，是她们评判异性的唯一标准，也是她们活在这个世界上唯一的价值观。

大钱不置可否，你说的没错，但我也是来了北京后才懂得，在这里，即使有些钱也并不意味着能活得有尊严、随心所欲。再说，比我富裕的大有人在，我这点家底算不了什么。在那些阅过无数男人、见过各种大场面的女明星眼里我只不过是个土大款、暴发户而已，这点自知之明我还是有的。

大钱如此坦率，反而搞得我一时语塞，不知该怎么往下接话。他披了条粉色浴巾，在我身旁的躺椅上坐下，点了根烟缓缓说道，要说婚后真没动过心那是假话，前两年遇到过一个女孩，浙江人，舞蹈学院读大三，比我小整整一轮。那是在一次聚会上认识的，一个朋友酒喝多了打电话，用卖弄的口吻对我们说，他叫了几个艺术院校的校花过来助兴。不多时，果真有一排年轻貌美的姑娘推门而入，每个都身材高挑、气质不凡。她是最后一个进来的，齐耳短发，略施粉黛，她穿得最保守，也不是其中最漂亮的，可我眼中看到的只有她一人。当时我喝了不少，总觉得她像一个人，但具体像谁又说不上来。于是我就借着酒劲一直盯着对面的她看，盯得她都有些不自在，低下头自顾自地小口喝酒，后来干脆玩起手机。

讲到这里，陷入回忆中的大钱似乎想起了什么，轻笑出声，他又倒了杯可乐，继续说道，像李宗盛《鬼迷心窍》中唱的那样："曾经真的以为人生就这样了，平静的心拒绝再有浪潮。"当我遇到她时，瞬间又有了无法克制的爱的冲动。我很清楚那不是欲望，是爱，是想占有、呵护、疼爱、睁开眼睛就希望能看到她微笑的奇妙情感。这些年来，各种场合我也接触过不少女人，却单单对她一见钟情。我说不清这是为什么，就像说不清爱情究竟是什么一样。不过，我浅薄地认为，爱情之所以迷人，令每个人心醉又心碎，就在于它的神秘、不确定性，不是吗？

大钱双手抱在脑后，仰望璀璨星空，神情严肃专注得如同一位哲学家。我很少见大钱这般侃侃而谈，且逻辑缜密，佳句频出。若我和他不相识，初次相见听到他讲这番话，说他是大学教授或情感专家我都会相信。

你说那姑娘长得像一个人？像谁？

后来有一次我去广州，白天见客户喝了太多咖啡，夜晚彻夜难眠。索性不睡，打开电视机，按着遥控器想找场球赛看。忽然看到一幕熟悉的场景，定格后看了几分钟想起来，那是我高中时期在录像厅里看过的香港枪战片，女主角是我当时的偶像，梁咏琪。

我一口可乐差点儿没呛出来，硬是把笑憋了回去。

大钱没注意到我，他又说，那个浙江女孩和刚出道的梁咏琪实在太像了，尤其是侧着头、扬起眉微笑的样子，简直就是一个人。

后来呢？

后来，哪儿他妈有什么后来。后来就是我照旧过我的日子，在外请各路神仙吃饭喝酒，回家陪老婆孩子，伺候老妈做孝子。闭上眼睛惦记着要给那些跟着我混的弟兄们一口饭吃，睁开眼想着从哪儿找钱给银行还贷……那姑娘去年结婚了，邀请我了，但我不巧在成都，没去婚礼现场。听说找了个好人家，上个月生了个闺女，发了彩信给我看，眉眼很像她。

甘心吗？

这有什么不甘心的？就算不甘心，又能怎样？大钱反问，我在飞机上的一本杂志上看到：无论是平庸还是优秀的男人，一生都不可能只去爱一个女人。这是天性决定的，改不了。当然，爱是一回事，敢不敢付诸行动就是另一回事了。

那你既然这么爱她，就该不顾世俗，抛弃所有，大胆去追求她。

大钱坚定地摇了摇头，马山你还没结婚，等你有了家庭，尤其是有了小孩你就不会这样想了。

爱情与婚姻是两码事，在我看来，婚姻只不过是一种需要履行的契约责任，而爱情则要简单得多。它就该是你第一眼看到浙江姑娘那样，回忆四溢，天雷地火，时间静止，那一刻，你的眼里，天地之间有，且只有她一人。

大钱斜侧着身子，嘴巴半张，欲言又止，仰视我，一脸不可思议。

我朝洗手间走去，背后传来大钱的声音，你不觉得马伊娜也有点儿梁咏琪的味道吗?

我怔住了,一瞬间似乎全都明白了。我回过头对大钱说,既然你这么喜欢梁咏琪类型的姑娘,那你还不如干脆去香港追她本人得了,据我所知她尚未结婚。

大钱忽地一下从躺椅上弹起,接着挠了挠头,略带羞涩地笑了。

8

大钱的太太小廖和大钱算得上是青梅竹马。还在上小学时,大钱就知道了低他两级的小廖,而小廖却不认识大钱。小廖的爸爸也是煤矿主,只是生意做得没有大钱父亲那么大。而县城就那么大点儿地方,又是同行,山不转水转,两个人很快就在酒桌上相识,喝了几顿大酒,彻夜长聊几次,知心人话投机,没多久就互以兄弟相称。

20世纪80年代末期,大钱、小廖的父亲秉着有钱一起赚的朴素想法,集中所有的人脉资源和现金,联手做了几笔令人瞠目的大买卖,一举奠定了他们在江湖中的地位。但友情归友情,两个人自始至终都是各自经营打理旗下的产业,并未像人们期许猜测的那样强强联手,合并成集团公司。不过两家人时常互相走动,节假日更是相约聚餐或一同出游。大人们聊天谈事,孩子们自然就玩在一起,久而久之,大钱和小廖就这样相知相识相熟了。大钱谈不上多喜欢小廖,但也不至于讨厌,更多只是把她当作妹妹看待。少年时期的大钱当然爱上过不少姑娘,比如虚无缥缈的梁咏琪以及长得有几分神似她的马伊娜,到头来都只不过是青春期的一场梦。直到大钱的父亲去世,二十出头的大钱以长子及法定继承人的身份从澳洲匆忙飞回来料理后事的某一天,大钱的母亲以及小廖的父亲分别单独找大钱谈话,希望他能尽快和小廖结婚,说这也是大钱父亲的遗愿。这之前大钱已有四五年没见过小廖,不知道她是否还在读书,变成什么模样,有怎样的性格和爱好。尽管如此，大钱还是很爽快地应下这门婚事。

半年后，大钱家族在其县城举办了规模最大、档次最高的一场婚礼。直到今日还有人津津乐道大钱婚宴的奢华：烟是软中华，酒是茅台酒，由各种品牌豪车组成的迎亲车队浩浩荡荡有二十多辆，一眼望不到头。县电影院前的广场上，流水席开了两百桌，摆了三天，无论男女老少，不用礼金，只要道声喜，坐下便能吃饭。最令人吃惊的是，担任婚礼司仪的是从北京请来的某知名相声演员，证婚人则是省级官员。那些平日里在电视上才能看到的过气歌星竟活生生出现在眼前，站在用几块铁皮板拼凑搭建的临时舞台上，任凭台下宾客们大声喧哗、喝酒划拳，十分敬业地唱着20世纪90年代中期的流行歌曲，为大钱的婚礼助兴。

平心而论，小廖长得不算难看，若化化妆、好好打扮一下，也称得上是美女。我只见过她两次。一次是大钱带我参观他北京的家，碰见小廖正协助保姆给小孩换尿布，见我进门，冲我微笑点头，转身就抱着啼哭的婴儿去了卧房，再没出来。还有一次是大钱喝醉，深更半夜我送他回家，小廖不但没生气，反而过于客气地一口一句"谢谢，给你添麻烦了！"她吃力地和我一左一右将大钱扛上楼。

小廖个儿不高，很娇小，属于那种时刻都散发出浓郁母爱的贤良型女人。她本科毕业于一所三本大学，学的是经济法专业。我调侃大钱，说你们是绝配，万一哪天生意上遇到麻烦，嫂夫人亲自出马，都不用花钱请律师。大钱不以为然地摆摆手，用不着她抛头露面，她在家带好孩子就好。事实亦如此，定居北京后小廖就没出门工作过。她心甘情愿地成了全职太太，生活重心完全放在孩子身上，每周都会准时带着不满三岁的儿子参加各种收费昂贵的早教课程，月末去朝阳、海淀那几套自己名下的房产收房租，偶尔会为北京户口心烦，担心房产税的来临。

9

因一场轰轰烈烈的煤企改革，大钱家族经营二十余年的煤矿被国企兼并收购。大钱并不像其他煤矿主那样愁眉苦脸、忧心忡忡，他反而像是得到了某种解脱，出售了部分股权，并将董事长的位子让给伦敦政治经济学院学成归来的二弟，然后举家北上。

初到北京时，大钱并没确定下一步投资方向，他时不时约我陪他去见各种人。其中有尚未入流的北漂导演，能耐不大，野心不小，夸夸其谈；还有自命不凡、神秘兮兮的中年男子，张口闭口都是大人物的名字，暗示自己是"皇亲国戚"。来北京这么多年，这种嘴上说得天花乱坠，真正办起事来严重不靠谱的人我见得太多了，而大钱，即便对方说得再离谱，他还是温文尔雅地颔首微笑，间或提问，知性得好像谈话节目主持人。我不止一次提醒他，那些人个个都是老油条，没有一个不是想骗他钱的，千万别头脑发昏，交昂贵学费。大钱笑着拍拍我的肩，不做解释，就又开动他的路虎车奔赴下一个饭局。

我最近一次见到大钱是在2012年夏天，这之前差不多有大半年没有他的消息，只知道他去了南方，具体做什么不是很清楚，他不说，我也就没多问。大钱走后我又恢复原有的生活，日复一日打卡上班，熬夜写稿，轻易会喜欢上一个姑娘，但很快又会失去爱情。我从没幻想过能成为像大钱一样的有钱人，只希望能早一天买得起房，扎根北京。

盛夏某个周五的傍晚，我的手机上显示了一串久未出现的号码，是大钱，他说他早上到的北京，现在在我单位楼下。

晚上有没有空，找个地方一起喝一杯。他的声音沙哑，听上去略显疲惫。

大钱剃了个寸头，晒黑不少，胸前一块翠绿的玉佛引起我的注意。大钱说这是在香港，当地朋友引荐的大师赠给他的。大钱从这块玉佛说起，给我讲他在南方这一年的经历。我委婉地向他求证朋友圈里传言他在东莞投资 LED 显示屏被人设计下套而导致亏损的事，大钱坦然承认，吐着烟圈，慢慢悠悠说：没事，都过去了，两千万看清一个人，值。

不怕你笑话我，钱对我来说真的只不过是数字而已。说到底，钱无非是能满足人的各种欲望，钱越多，欲望越容易满足。可是钱再多也有个数，而欲望无极限。

你完成一个梦想，很快又会有新的梦想冒出来，这就是人生，生命不息，折腾不止。大钱干了一杯酒接着说，这两年基金股市不景气，餐饮酒店等服务业对我已没有吸引力，我不想像我爸、我叔那样活一辈子，挖煤、采煤、运煤、卖煤，钱是不少赚，却一点儿意义也没有，那不是我要的生活。虽然 LED 显示屏投资我赔了，可我至少明白了这一行是怎么一回事，这也就够了。现如今我最看好林业项目，我在广西承包了三十万亩林场，种桉树，可产纤维板，给纸厂生产纸浆。

大钱流露出只有在谈论 AC 米兰队时才会有的兴奋表情，他解开白色阿玛尼衬衫最上面的两颗纽扣，任汗水从脖颈流淌至胸口也不去擦，毫无保留地说着他对林场的投资计划。

我们家挖了这么多年煤，现在我来种树，算是弥补，为生态平衡可持续发展做点微薄贡献。大钱不和我碰杯，猛喝干一大杯冰镇扎啤，持续地打着酒嗝。

那一晚，在胡同深处的新疆小酒馆里，空酒瓶一地，最后究竟喝了多少瓶我记不清了，总之我和大钱都醉了。他抬起手腕看表，我随口夸他的百达翡丽好看。喜欢吗？喜欢送给你。说着大钱将表摘下来非要送我。

我受宠若惊地说，大钱你喝多了。

大钱手一挥，你喜欢就戴着，一块表嘛，又不是什么，就当作个纪念吧。

这话说的，又不是再也不见了，做什么纪念？

大钱不理会我，如同执行命令的士兵，硬是一丝不苟地把表戴到我手腕上。

　　一语成谶，那夜之后我再也没见过大钱。偶尔能接到他的节日问候短信，平日里就只能通过他不常更新的微博知道他人在何地。大钱的行踪飘忽不定，今天还在广西林场，明天就身在越南，后天又飞回澳洲家中。他没再来过北京，也没回过老家。

　　巧的是，上个月，我去香格里拉酒店参加马伊娜的二婚婚宴，当穿着洁白婚纱一脸幸福的马伊娜和她那马里兰大学生物系教授的美国丈夫互换婚戒时，我刷新看到大钱于十秒前@我的微博。照片上，大钱戴着硕大的墨镜，赤裸上身，背对湛蓝海面，做展翅高飞状。他在图下写着：我在意大利，托斯卡纳，这里盛产顶级葡萄酒，有好吃的海鲜，还有令人心旷神怡的碧海蓝天，以及久违的自由。

失眠便利店

11号桌

离开前一天，陈功还是给徐梦发了信息，告诉她自己来她所在的城市出差，事已办妥，明天一早就走。陈功约她：有空见一面？若是方便，请你吃顿饭。两个小时后，无事可做的陈功去博物馆看瓷器展，收到徐梦的回复：没想到你会突然出现。好，你定地方，晚上见。

晚饭在市中心一家商场的顶层，吃的是日本料理。陈功对这个城市不熟悉，这是他第三次来，前两次来都是出差，住一晚，最多待两天。机场、酒店、客户公司，三点一线，来去匆匆。陈功在大众点评网上挑选了这家店，五星好评，置顶的评语写着：这家店除了贵，挑不出任何毛病。

之所以吃日料，是陈功记得当初和徐梦恋爱时，有一年徐梦生日，她向他撒娇，主动提出想吃日本料理。徐梦说她最爱吃的美食排行榜，寿喜锅、天妇罗、烤鳗鱼能排前十名。尽管陈功想不明白徐梦这个如假包换的重庆女孩为何爱吃日本菜，可他还是透支了那个月的信用卡，消费了八百七十七元，请徐梦及她的两个闺蜜，大快朵颐，满足了徐梦那一年的生日愿望。多年不见，再见面的第一餐吃日本料理，徐梦多少应该会懂我的良苦用心吧！陈功心想。

晚饭吃得挺好，陈功说必须是他买单，所以麻烦徐梦点菜。多年未见，徐梦比陈功记忆中的模样稍许胖了些，或许是有了孩子的缘故，徐梦显得更加丰满。徐梦菜点得很节制，以素为主，这让陈功多少有些意外，他记得当初和徐梦在一起时她可是无肉不欢。徐梦拿勺子搅拌着金枪鱼沙拉，歪着头对陈功说，这半年我都在学练空中瑜伽，晚饭一般不怎么吃。

　　陈功问徐梦：还喝点吗？

　　徐梦说：除了招待应酬，很少喝了。不过今天你来了，我和你喝点。

　　陈功找来服务生，要了一瓶獭祭，一半冰镇，一半加热。单这瓶酒，就比上一次，也就是五年前徐梦生日宴那顿日料还要贵。

　　来的路上，陈功在出租车中就有点儿后悔约徐梦了，多年不见，物是人非，当初分手也不算愉快，见了她该聊什么？等徐梦一入座，陈功发现他多虑了。徐梦不愧是她所在公司的金牌销售，任何话题只要陈功起个头，她立刻就能接走，一二三四五，聊得头头是道。印象中徐梦没有这般善谈啊，陈功心里嘀咕，记得那几年和徐梦只要一吵架，她眼睛立刻鼓得像只河豚，却因嘴笨词穷，讲道理讲不过陈功，只能对他拳打脚踢。现如今她怎么这么能说呢？这些年她都经历了什么？陈功低下头，吃着盘子里的炙烤鹅肝，跟个捧哏演员一样，嗯、啊、是吗，不走心地随声附和着，任凭对坐的徐梦喋喋不休。

　　一出餐厅，陈功发现徐梦有点儿醉意。等电梯时陈功小声问徐梦：你老公一会儿来接你吗？

　　徐梦娇嗔回应：你才有老公，今天我单身。

　　听到这话，陈功确定她喝多了，便说：要不你告诉我下你家地址，我叫辆车送你回去。徐梦站在马路边一手戴口罩，另一只手冲着陈功摆了摆。陈功向她身后望去，路上空空荡荡，一辆出租车也没有。陈功掏出手机，打开叫车软件。

　　我没醉，这点酒算什么啊，平常我为了拿下大单，一顿饭和客户吃下来，红白一起兑，完了再来几瓶啤酒透一透，喝得可比这多得多了。徐梦面带些许傲色：老同学，好不容易见你一面，我可得把你陪好。我带你去个地方，你跟我走。

去哪里？陈功脱口问道，不早了。

我都不着急回去，你急什么？难不成你还要赶下一场约会吗？

陈功摇摇头。那你别问了，乖乖上车，到了你就知道啦。话音未落，徐梦身姿摇曳，一屁股坐进路边刚停好的出租车。

车沿着滨海大道向前驶去。车窗外，沉沉夜色中，大海如同一只熟睡的巨兽，难得的安宁。一旁的徐梦抱着手机不停地接发信息，看上去很是忙碌。陈功有了尿意，一时难忍。他强装淡定，问司机还有多久到目的地。徐梦抢在司机开口前冷冷地说，你要有事你直说，没必要耍心机，反复给我难堪。

她还是和当初一样，敏感多疑，急脾气。陈功笑了笑说：我没有任何事，就是烟瘾犯了，想抽根烟。

车在一家酒吧门前停住，陈功随着徐梦走了进去。酒吧空间并不大，上下两层目测也就不到二百平方米。店内正播放着20世纪80年代美国一支摇滚乐队的经典作品。那是陈功读大学时期最喜欢的乐队之一，这首歌曲得有近二十年没有听到了。

陈功从洗手间出来，四下张望，这家店走的是极简工业风，十来张不锈钢圆桌摆放随意，地板、墙壁都是光秃秃的灰色水泥面，毫无装修可言。唯一的装饰品，是吧台上方，装裱好的书法作品，草书七个大字："微醺时各怀心事"。这句话有点儿意思，陈功掏出手机，拍了张照片。

可能是还不到点，店内三三两两的客人零零散散地坐了四五张桌子。靠窗边的那一排高脚椅上，一个穿着牛仔短裤的少女孤零零坐在那，她的腿又细又长，陈功假装不经意偷瞄了两眼。徐梦在吧台喊陈功，问他想喝点什么？

我随便，别太苦就行。

口感清爽的吗？徐梦抬起头，望向挂在吧台上方写满酒名的小黑板，她给陈功点了杯柠檬拉格，自己要了杯桂花小麦。

我们来得晚了，要是傍晚六七点钟来，坐在这个位子能看到特别美的日落。在二楼的露台上，徐梦手指远处说，瞧见那栋高楼了吗？外形像红酒开瓶器似的，那是这座城市最高的建筑物，也是有名的地标之一，我们公司的总部就在那栋楼的顶层。

陈功顺着徐梦手指的方向望去，他其实并没看到也没兴趣去看一幢高楼。他颇为敷衍地点了点头。

海面上有几艘轮船闪着探照灯，汽笛声不时响起。陈功点燃一支烟，回复了几条与明日工作有关的微信。

徐梦主动与陈功碰杯，她喝了一口酒，身子向后仰，双手举过头，用皮筋绑起头发。陈功瞅了徐梦一眼，迎面撞见她蒙眬的醉眼，他赶忙喝了一口酒掩饰一时窘态。

徐梦找来服务生，要来一杯温水，又点了一份小吃拼盘，顺便结了账。陈功调整了下坐姿，身体微微前倾：听说你家先生的公司要上市了？恭喜啊，董事长太太。

你听谁说的？消息倒蛮灵通的。不过不准确，他已是我前夫，我也不是什么董事长太太。

陈功愣了一下，他本还打算问徐梦，如愿以偿嫁给有钱人，过上梦寐以求的上流社会生活是怎样一种体验？她这么一说，彻底堵住了他的嘴。

你是不是特想知道，我为何离婚？徐梦自问自答，我先问你一个问题，如果你的另一半无时无刻不缠着你，黏着你，一旦两个人分开，就会不断给你发信息，说想你、爱你、离不开你，你受得了吗？

这还好，挺甜蜜的啊，多数相爱的人不都如此吗？形影不离，如胶似漆。陈功笑了，你这是要秀恩爱给我看吗？

那我再问你：比如你有商务饭局，或者和老朋友聚会，你的另一半命令你不许失联，随时随地打电话，拨视频给你。如果你第一时间没接上，她会暴怒生气。若你及时接通电话，她要你报备行踪，和谁在一起，身边有没有异性。若你身边恰好有异性，即便和你没有任何关系，她依然对你不依不饶，不听你辩解，命令你立刻离开回家，否则她会赶到现场，要你好看，这你受得了吗？

这就有一点儿过分了，不过也能理解，有的人天生占有欲强，这也是他爱你的表现。陈功似乎猜到徐梦想说什么了。

那要是你的伴侣更加得寸进尺呢？去银行调查你的转账消费记录，趁你洗澡翻看你手机，逼着你说明你微信通讯录中的异性分别是谁，和你什么关系，这你也能忍受吗？

这谁能忍得了？两个人在一起得有起码的信任感。即便再相爱，也是独立的两个个体，还没一点儿隐私和空间了？能做出这样的事的人心理已经扭曲了，心理变态。陈功看了徐梦一眼，忽然有点儿心疼她。

是吧，他和你一样，也受不了我这样对他，所以就毅然决然和我离婚了。徐梦意料之中地笑了笑，你说心理变态都是轻的，他骂我骂得更是难听。

这突如其来的反转搞得陈功始料未及，他呆坐在那儿一时语塞，一口气喝了大半杯冰啤酒才缓缓说道：话也不能这么说，这从一个侧面也说明了你很爱他，离不开他，只是你爱他爱得有点儿用力过劲了。

行了，你就没必要替我圆了，我谢谢你啊。徐梦不以为然地接着说道，三年前我生完小孩得了很严重的产后抑郁症，看什么都不顺眼，一度想过自杀。尤其是对孩子他爸，那更是横挑鼻子竖挑眼，不依不饶。白天他去公司忙，我一个人抱着孩子在家里，难免胡思乱想，想他下班不回家去和别人喝酒，是不是嫌我生了孩子身材走了样、变丑了？想他和他那大学刚毕业的女秘书在一起有说有笑的画面，他是不是移情别恋，不爱我了？我越想越生气，越生气就越控制不住自己，我也不管他是不是真的在开会，还是见客户，我拼命给他发语音，打视频。他要立刻接通还好，他敢不接，我更会闹得没完没了。他还挺厉害，硬是忍了我两年，直到前年，他终于受不了我了，向我提出离婚，我同意了。他和他的家人要走了小孩的抚养权，不属于我的财产我也一分没多要。

徐梦平静得像是在讲他人的故事，信息量一时有点儿大，陈功本想安慰徐梦几句，话到嘴边，转念一想，换他是徐梦那位，这般浓烈到滚烫的爱，他保不齐也扛不住。

夜凉如秋水，海风吹来，陈功也就有了三分醉意。他原本想着约大学时的初恋叙叙旧，像老朋友一样聊聊天，好消磨人在他乡的漫漫长夜。万万没想到，今天的徐梦和他记忆中当年那个没事就爱去电影院看文艺片、喜欢穿粉色连衣裙的英语系系花判若两人。更别提她刚才那段自述，是个男人听了估计都得忌惮她三分。

不提我了，说说你吧，不想聊聊吗？徐梦只手托腮，直勾勾地盯着陈功看。

我？我有什么好聊的？

想聊什么就聊什么，聊你这些年的变化，经历了什么？聊一聊你的近况，成家了没有？或者你愿意，也说说当时你选择和我分手的真正原因。

7号桌

老邱推门走了进来，站在吧台内的酒吧老板冲他微笑点头，算是打过招呼。差一刻钟九点，他今天好像比上个月来得早了些。

老邱在老位子坐了下来，他还是和往常一样，点了一杯印度淡色艾尔、一杯荔枝海盐，外加一碟芥末花生。老邱喝了一口艾尔啤酒，那杯荔枝海盐摆放在他对座的桌面上，像是在等人品尝。

过去三年，每个月的七号，天一擦黑，老邱准会在酒吧出现。有时他会来得早一些，有时会晚到，但从来没有缺席。老邱每一次来，都坐在同样的位置，点同样的酒和小吃。他一般会待三个小时，前一个小时他不看手机，也不同任何人讲话，就坐在那里，如同品酒师般，专注地一口一口喝着酒。等一杯见底，老邱会从随身携带的背包中掏出纸笔，埋头书写。

大约一个小时，他会抬起头，小心翼翼折叠写好的那几页纸，再分三口喝掉面前那杯放置许久的荔枝海盐，收拾好随身物品，起身悄然离去。久而久之，有店员对他的怪异行为感到好奇，老板却说：开酒吧的第一准则就是只提供酒，客人的事情，不主动说的，一律不问。

遇见小艾时，正是老邱人生的至暗时刻，小艾是上苍的旨意，是照进他幽暗生命中的一束光。那一年老邱三十五岁，年初母亲因病去世，年末他创业失败，背负一身外债。老邱关掉了他亲手创办的自媒体传媒公司，卖掉了母亲留给他的北京四环边上的老式公寓，还清了外债。他买了张火车票，在绿皮车上哐哐当当睡了一天一夜，只身一人来到敦煌，开启他的疗伤之旅。

老邱在网上找了家旅行社，租了一辆越野车，随车还有一位导游，负责他在敦煌期间三天两晚六处景点的讲解。老邱说，他不需要向导，他习惯独来独往。电话那端的女声说：先生，你下单的是VIP套餐，导游包含在其中，不另收费用。我向你保证，我只会在景区讲解时和您说话，其他时间我绝对不会打扰您。那位导游就是小艾，她毕业于当地一所师范院校中文系。平日里她在一家教育培训机构教小孩子写作文，空闲时同时给两家出版社翻译英美作家的小说集，周末晚上会去五星级酒店的西餐厅帮厨，地接导游只是她众多兼职之一。

老邱最初的想法，是从敦煌自驾，出发进疆，不设目的地，开到哪儿算哪儿，反正新疆那么大。在敦煌的第一天，小艾带着老邱去了鸣沙山骑了骆驼，打卡了月牙泉，在阳关古道上看着一弯新月挂上戈壁滩。第二天，天降细雨，冷风中衣衫单薄的小艾冷得直打哆嗦，但还是十分敬业地站在榆林窟前给老邱讲着每一幅壁画背后的千年传说。为了答谢小艾，更是为了能吃到地方美食，第三天晚饭老邱让小艾找家本地特色饭馆，他请客。

那一晚老邱吃了半斤羊肉，喝了一瓶九粮液，他孤身一人活在这个世界上，压抑太久，也就不管不顾，当对面相识才三日的小艾是个能守住秘密的树洞。趁着酒劲，他把内心的苦楚和悲伤一一说出。小艾认真且耐心地听老邱倾诉，不时用纸巾拭泪。让老邱意想不到的是，临分别前，小艾走上前拥抱了他，像母亲般将他的头埋在她胸口，摩挲着他的头发柔声说：别害怕，一切都过去了，会好起来的。

第二日，老邱退还了车，他找了家快捷酒店，住了下来。他不顾小艾的反应，单方面炽热地追求她。早上，老邱守在小艾家门口，骑共享单车，送她上班；傍晚接她去吃大餐，餐餐不重样。小艾一周唯一可以休息的那个晚上，老邱带着她一起去看午夜电影，散场回去的路上在水果店买香蕉、甜柚、葡萄干，老邱和她手牵着手走在昏黄路灯下，宛如情侣一对。

老邱爱上小艾的第二十六天，两个人午饭在路边摊吃牛肉拉面，小艾习惯只吃面条，牛肉汤给了老邱。老邱喝干了汤，手背抹了下嘴，对着小他整整一轮的小艾说：你要瞧得起我，从今天起你就跟着我混吧，我们俩在一起，永远是面条你吃，我喝你剩的汤。

小艾一笑，两颗小虎牙就冒出尖来，她柔声细语问老邱：你这算是给我表白吗？

老邱说：是，也不是，只要你同意跟我，日后我再找机会正式向你求婚。

一听这话，小艾笑得眼睛眯成一道缝。她拿出女孩子的矜持对老邱说：让我考虑考虑。老邱说：当然得考虑，这事儿不小。小艾考虑了一个晚上，天亮她对老邱说：晚上来我家吃饭，见我爸妈。

两个人爱得一发不可收拾。小艾没跟家里人说就偷偷辞去工作。她从朋友那儿借来一部车，她送给老邱的定情礼物，就是达成老邱向往已久的西北大环线之旅。那一路上，老邱开车，小艾坐副驾驶，她陪着他一同听驼铃声阵阵，看大漠孤烟直、皑皑祁连雪、茫茫戈壁滩上升起的一轮红日。

爱上小艾之前，老邱未婚，十年间谈过三任女友，其中有一任和老邱好了快两年，差一点儿就终成眷属，两人都订了婚，赶上老邱创业失败，那女的以老邱脾气臭、心智不成熟、还是个没长大的男孩为由，离他远去。老邱对她用情也不深，也就谈不上伤心。而小艾完全不一样，老邱总感觉他和小艾之间除了爱情，还有形容不出的依赖感。他开玩笑和小艾说，也许上一世小艾是他的女儿。

有天晚上入睡前，刚看完一部地理纪录片的小艾喃喃自语说道：她自幼在沙漠边长大，从没见过大海。老邱二话不说，拿出地图，搂小艾入怀，两个人没怎么多作比较，当即决定择日办完婚礼，就去那座北方的海边小城定居。老邱拿出他的全部积蓄，在海边买了套小房子，又给小艾开了间甜品店。他们养了条叫安德鲁的狗，和一只叫三三的猫。白天老邱对着大海写小说，剪辑编辑各类短视频，以此来换柴米油盐。每天小艾的甜品店打烊，老邱牵着小艾，小艾牵着安德鲁，两个人肩并着肩走在夕阳下的沙滩上。等太阳落入大海，万家灯火，华灯初上，老邱会做他拿手的家乡菜给小艾吃，饭后若有兴致，老邱弹吉他，小艾唱歌，玩累了就去小区外不远处的酒吧坐一坐，喝杯啤酒，庆祝又是相爱的一天。

有小艾在身边的四年零三个月，1621日，老邱幸福得每一天都像在过情人节。小艾想赶在老邱四十岁来临之前，怀上他的孩子，当作生日礼物。小艾服用了各种补品，老邱也停掉烟酒、韭菜、生蚝、烤羊腰，什么补肾他吃什么。这对小夫妻前后折腾了大半年，可惜只开花不结果，一月一场空欢喜。老邱安慰小艾，说这事儿咱不急，享受过程，结果顺其自然，没准未来的宝宝还在天上观望，还没作好降临到咱们家的准备。小艾嘴上说她可不想早早当妈妈，一点儿也不急，可该吃的药，该做的孕前准备，小艾一刻不停。

又过了两个月，小艾肚子非但没有动静，反倒是一到晚上入睡前就低烧不断。一天半夜，老邱睡得迷迷糊糊时听见小艾呼唤他的名字，他搭手一摸小艾额头，烫得吓人。老邱火急火燎载着几近昏厥的小艾去医院挂了急诊，医生检查完各项指标，背过小艾对靠在墙角、精疲力竭的老邱说：你爱人得了急性尿毒症，肌酐值超八百，若不立马做血液透析，命悬一线。

小艾去世前的那十天，在后来的这三年间，像电影胶片般，在老邱脑海中一帧帧回放了无数遍。他想不明白，也接受不了，好好的一个人，他如此深爱的女人，怎么到了医院，直接送进ICU，第一次透析大出血，没过两天就深度昏迷了，直至死亡将他们分开。

小艾还有意识时，示意老邱摘掉她的氧气罩，她手心捧着老邱的脸，挤出一丝微笑说：哥，我又累又困，没有力气了。我恐怕要食言了，不能陪你到老。等我走了，你别犟，你再找个伴，要不没有我和你闹，你一个人得多么孤单，我会放心不下你。老邱拼命摇头，哭得说不出一句完整的话。

今后你要有空，记得写信给我，我喜欢读你写的东西，你就对着我的照片读，我听得见。这是小艾留给老邱的遗言。

那一天结婚证拿到手，薄薄的两页纸，小艾翻来覆去看了又看，喜不自禁。她跳到老邱身前，扬起脖子，头发一甩说：哥，这么大的喜事，不得喝一杯庆祝下啊？老邱和小艾在家附近找了一间酒吧坐下，小艾跟女土匪头子似的，盘腿坐在沙发椅上，又飒又美：哥，这杯酒干了，从今天起，我就是你的人了。往后余生，你要敢对我不好，欺负我，我和你同归于尽。老邱不甘示弱：放心，妹妹，你是哥哥的心肝、哥哥的宝，从今往后，哥哥对你负责，对你好。说罢，玻璃杯碰玻璃杯，杯中酒二人一饮而尽，结了同心。

说来也巧，老邱和小艾领结婚证，小艾告别这个世界的日子都是七号。小艾走后，每个月的七号，老邱定会来这家酒吧，他还是和第一次来一样，给自己点杯印度淡色艾儿，给小艾点的荔枝海盐放在对面的空桌上，就好像多等一会儿，她就会连蹦带跳，像一只饱食的小鹿，出现在他眼前。

老邱掏出纸和笔，并没着急去写。他喝了一口酒，翻看着手机相册里他和小艾的合影，傻傻两个人，笑得多甜。

5号桌

回去就分手！

梁莹莹越想越生气，她头也不回地朝前走。秦阳猛跑了几步追了上来，梁莹莹一把甩开男友秦阳的手，别碰我啊，我警告你，你要敢再跟着我，我这就买票回西安。

这已是这趟旅行两天以来，梁莹莹第三次生秦阳的气了。前两回事儿小，梁莹莹都忍了，好不容易攒够钱出来玩一趟，梁莹莹可不想破坏美丽心情。这一次秦阳属实过分，事情是这样的：一大早梁莹莹跟秦阳说，晚上不去看电影了，反正回去也能看。梁莹莹提议，下午早一点儿去小吃街吃美食，然后去她前一晚在小红书上刷到的，那个有着无敌海景的网红酒吧打卡，穿什么衣服、摆什么姿势拍照梁莹莹都想好了。结果晚饭吃到一半，秦阳剥了一只虾放进梁莹莹的盘中，若无其事地说：刚才你逛衣服店时，我上网查了下，不少影评人都说新上映的那部喜剧片蛮好笑的，你应该会喜欢，莹莹你看我订几点的票合适？

梁莹莹一听就恼了，她狠狠地瞪了秦阳一眼，不是说好的吃完去海边酒吧看落日的吗？

见梁莹莹生气了，秦阳赶忙小声辩解：我这不是在和你商量。你快生理期了，我担心你去酒吧喝冰的，过两天再肚子疼。再说这部电影你喜欢的易烊千玺是男主角，我看评论都说挺好看的，七点多有一场，最近的电影院离这儿也不远，我们步行过去也就一刻钟，刚好饭后消食了。

秦阳，我千里迢迢，坐了九个小时火车来海边，是来看电影的吗？你爱看你去看，我自个去酒吧，不用你陪。说着，梁莹莹摔了筷子，拿起包起身就走。这可吓坏了秦阳，他急忙结账，喊着梁莹莹的名字，一路小跑追上前去。

梁莹莹不是那种第一眼美女，好在她个高腿长，农林类大学本来就男女比例不协调，梁莹莹又喜欢打扮，哪怕下宿舍楼取个快递，她都会化个淡妆，所以追求者众多，上至研二师哥，下到大一学弟，没有两位数，也能组成一支篮球队了。其中不乏校园十佳歌手、校排球队队长，个顶个的优秀。无论从哪方面看，秦阳在所有追求者中都不占优势，他家境普通、外貌普通、情商更是普通，之所以秦阳能后来居上，打动梁莹莹的是他那真诚又不失浪漫的表白。

梁莹莹与秦阳在校军乐团相识，秦阳吹小号，梁莹莹拉大提琴。日常排练完一伙人会去校外大排档撸串喝啤酒，大家AA制，自然吃得心安理得。梁莹莹注意到，不知什么原因，聚餐时秦阳总是忙忙碌碌，他一会起身给在座的每个人添茶倒酒，一会儿帮服务员上菜撤盘。秦阳留给梁莹莹最初的印象，就是勤快礼貌，笑多话少。

军乐团没有演出，也不需排练的日子，秦阳偶尔会给梁莹莹发降温加衣、多喝热水等问候信息。梁莹莹对秦阳谈不上反感，但也没有怦然心动感。两个人相安无事，做了一学期朋友，大二下学期刚开学，秦阳才第一次打电话约梁莹莹单独约会。梁莹莹不用猜也知道秦阳的那点儿小心思，那天她从下午就开始洗头、敷面膜、描眉画眼，出门前换上风衣、黑丝袜、小皮靴，可谓是盛装赴约。没想到梁莹莹居然判断失误，秦阳和她一前一后漫步在校园的梧桐树下，绕着教学楼正反走了两圈。秦阳和她聊了一会久石让的作曲以及村上春树的小说，在校内超市，秦阳给她买了包糖炒栗子，就原路返回，把梁莹莹送回她宿舍楼下了。初次约会，别说牵手，肩并着肩走在一起都没有。秦阳这笨拙的表现让梁莹莹又好气又好笑，想手把手教他该如何和女孩约会的心都有了。

时隔一个半月，梁莹莹再一次收到秦阳的邀约信息。鉴于上一回他那傻不拉叽的表现，梁莹莹本想随便找个借口婉拒秦阳，转念一想，虽说不是一个院系，可毕竟在同一个社团，抬头不见低头见，反正一时闲着也是闲着，就应了秦阳的约。

和头一回约会相仿，秦阳还是明显有话不说，除了问了梁莹莹喝不喝奶茶，要喝他去买，别无他话。梁莹莹双手插在风衣兜内，脚踩满地落叶，心中暗想，谢天谢地，快点结束，放我回宿舍吧，我要再答应和秦阳在大周末的晚上轧马路，我梁莹莹就是个大傻子。眼瞅就要走到女生宿舍楼了，路灯将两个人的影子拉得修长。秦阳忽然像通了电的玩偶，猛地转过身，和梁莹莹面对着面，好半天他才开了口，一字一顿地说：我变个魔术给你看。不等梁莹莹说好，秦阳就自顾自地展示起来。秦阳这突如其来的才艺展示，让梁莹莹好不尴尬。她左顾右盼，生怕撞见熟人，一旁的秦阳旁若无人，还在一招一式地表演着，梁莹莹看了几眼就知道，这花里胡哨的招数，秦阳准是跟着网上的短视频学的。只见秦阳掌心猛然有火苗蹿出，待火光消失，几朵白玫瑰出现在梁莹莹眼前。梁莹莹实在没有忍住，噗嗤笑出声来说：秦同学，送女孩子花要么送一束，要么送一枝，哪有你这样的，送五朵，还有个含苞待放的花骨朵，这是什么花语啊？

秦阳等梁莹莹笑得停了下来，不紧不慢地说：这几朵玫瑰花不是买的，是我亲手种的。莹莹，在校军乐团初次遇见你，我就喜欢上你了。我去花卉店选了种子，种在我们班试验田的一角，我按时给它施肥、浇水，悉心栽培，我告诉自己，待花开之日，就是我向你表白之时。所以，梁莹莹同学，我喜欢你，你能做我秦阳的女朋友吗？我发誓，我会照顾好你，永远爱你。我向你保证，我的眼里有你，心里有你，一生一世对你好。

身为资深韩剧迷，梁莹莹都没在影视剧中见过如此浪漫且极具诚意的示爱。她虽然当时没有答应秦阳，但日后她能和秦阳确定恋爱关系，那五朵玫瑰花，功不可没。

和秦阳刚在一起时，舍友问梁莹莹，那么多男生追你，为何进入决赛、脱颖而出的是秦阳？梁莹莹想都没想说：他对我好。秦阳对梁莹莹是真的好，天不亮秦阳排队给梁莹莹买她爱吃的豆浆、鸡蛋灌饼；晚上熄灯前，秦阳替梁莹莹打好泡脚用的热水。天气热了，秦阳自制冰镇酸梅汤给梁莹莹喝；冬雪降临，不等梁莹莹开口，秦阳一下课就去离学校最近的那家海底捞火锅店排队等位。

热恋时期，秦阳这三百六十度无死角地呵护，梁莹莹还挺乐在其中的。可时间一长，秦阳那无微不至的关心，和浓稠如蜂蜜般的宠溺，逐渐使梁莹莹有了不适感。秦阳每天按三餐的频率，对梁莹莹嘘寒问暖，梁莹莹上一秒说嗓子疼，怕不是换季感冒了，下一秒秦阳就给她送来一兜子药。周末老乡聚餐，梁莹莹与高中同学玩得正嗨，秦阳的电话一个接一个不间断打来，梁莹莹躲进卫生间刚一接通，电话那头的秦阳连珠炮似的发问：莹莹，你不接电话没出什么事吧？快结束了吗？少喝点儿酒，我就在你们唱歌的那家KTV门口的公交站牌下等你。就连梁莹莹每个月的生理期，秦阳都记得比她还清楚，到日子就给她准备好姜糖水，点鸡汤外卖给她喝。这在其他女生眼里，简直是二十四孝好男友的行为，但对热爱自由、从小无拘无束的梁莹莹来说，却是甜蜜的负担。

梁莹莹不是没有坐下来，面对面和秦阳认真沟通过，她对秦阳说，她才二十一岁，她要找的是能陪她疯狂陪她闹，能和她不管不顾、携手向前、勇闯天涯的男朋友，而不是找个事无巨细、事事都要管着、水烫吹凉、手冷焐热的老妈子。秦阳嘴上答应得挺好，说他只是担心她的安全，不会也不可能侵占她的个人空间；可等梁莹莹再出去玩，一过十点，秦阳的夺命连环call还是会准时上演。

最让梁莹莹难以忍受的，是秦阳那十年如一日的生活习惯。说好听点，秦阳生活规律，可在梁莹莹看来，秦阳事无巨细、按部就班地像是输入了指令的机器人，没有温度更谈不上共情。秦阳周有周进度，月有月计划，一天二十四小时被安排得明明白白，他按照自个的作息表一丝不苟地执行。比如早上六点半秦阳会去操场锻炼，哪怕天气再极端再恶劣，一到点操场上会准时出现秦阳夸父追日般的矫健身姿。梁莹莹曾不止一次恶作剧，在本该是秦阳午休或练琴的时间，临时提出她想去逛商场。尽管到头来秦阳还是会顺了她心意，可她能在秦阳的脸上明显看出他那勉强不情愿又无可奈何的神情。

就说这趟海边之行，出发前一周，秦阳熬了通宵，做了份详尽的旅游攻略：第一天去哪儿、第二天干吗、美食街吃哪几家、最高温度二十六摄氏度、其中有两天可能会下雨。梁莹莹收到那跟实验报告似的厚厚一沓，白眼都快翻到天上了。她没好气地对秦阳说：大哥，咱们是去度假，不是出差，度假是什么你懂吗？度假是要放松，要在一个陌生地方，漫无目的随心所欲，虚度光阴，消磨时间。梁莹莹说，她可不想去看什么明朝城墙、清代炮台，她要穿美美的连衣裙去海边拍好看的自拍照，吃Q弹（此处形容食物很劲道，有嚼劲）多汁的海鲜，再在酒店柔软的床上一觉睡到自然醒。

梁莹莹在前面走两步，秦阳在身后追一步。路口红灯亮起，梁莹莹回过身冲秦阳吼：不都说了不让你跟着我，你耳朵是聋掉了吗？秦阳不急不恼，他抓紧机会，轻声说：我刚在网上找到你想去的那家酒吧的预约电话，我订好了他们家二楼户外平台的位子，我看评论说，那个位子拍落日的角度绝佳。莹莹，刚才是我又说错话了，我的嘴实在太笨了，影响了你的好心情。我给你道歉，你别生我气了，好不好？我保证待会肯定给你拍出令你满意的氛围感大片。

望着秦阳那有点胆怯又有点儿呆傻的样子，梁莹莹仍臭着个脸，心中早已乐开了花。她太清楚秦阳有多么爱她，离不开她，不敢不听她的话。她有的是招数，让秦阳对她爱得欲罢不能，敢怒不敢言，这个男人她吃定了。

那你倒是叫车啊，没看到风这么大，我的头发都吹乱了，一会儿还怎么拍照啊？真讨厌。

2号桌

何灿灿的抖音粉丝数突破十五万了。这个数字何灿灿说满意也满意，毕竟开播不到三个月，能吸引十五万人关注，这个阶段性的成绩差强人意，还算说得过去。

每场直播何灿灿都用心准备，她会化上精致的妆容，美颜滤镜当然必不可少，着装上更是费尽心思。她时而旗袍高跟鞋，手拿折扇，像穿越过来的民国名媛；时而百褶裙，篮球背心，扎着双马尾，活力十足得如同即将上场的啦啦队员。作为一名新主播，何灿灿可谓是相当敬业，她早晨七点、晚上十一点各播一场，每场至少上播四个小时，全周无休。

　　和那些只会坐在镜头前卖萌傻笑的女主播不同，何灿灿集编导、舞美、灯光于一身，何灿灿自己一个人就是一支队伍。直播间几点劲歌热舞，几点走抒情路线，和榜一大哥走走心，聊天互动……她心中有数，节奏控制得稳稳当当。和大主播连线打PK要是输掉，喝生鸡蛋，往脸上画乌龟等惩罚何灿灿二话不说，说来就来，从不耍赖。这也是同一时段，上万个女主播同时在线直播，她房间能涌入几千名观众的原因所在。

　　不过热闹归热闹，自从做了主播，何灿灿别说赖床了，基本就没睡过一个囫囵觉，通宵熬夜更是家常便饭。每天不是直播，就是准备直播的内容，她快有一个月没和闺蜜群里的小姐妹们去夜店蹦迪了。就是钱赚得没有预期的多，这三个月拼死拼活忙乎下来，刨去平台抽成，也就赚了四万多块，马马虎虎。

　　何灿灿喜欢忙碌的感觉，换句话说，何灿灿喜欢赚钱，更喜欢有事没事就查自己的银行余额。只有那一串串数字，才能带给她一定的安全感。男人不行，何灿灿谈过的两任男朋友，别说为她遮风挡雨了，不向她要钱花，给她制造点风雨，何灿灿就算是烧高香了。

　　对何灿灿来说，只要她愿意，钱向来不是问题，她赚钱不能说轻而易举，也起码是顺风顺水。大学一年级，她做过平面模特、接网上各种街拍单子；大二做车模，科技公司新品发布会、楼盘开盘需要礼仪小姐之类的活儿她都接；大三她和舞蹈社的几个姐妹组了一个女子热舞团，出入市内各大夜店、演艺酒吧，表演爵士舞；到了大四，何灿灿成为韩国某化妆品的区域代理，她拿先前打工攒的钱做创业启动资金，注册了一家公司，又和热舞团的两个女孩一起，线上建社群，搞裂变营销，线下地推发传单，入驻一家又一家商场专柜。赚到人生第一桶金后，何灿灿并没有大肆挥霍，她拿一部分钱用于自我投资，普拉提、甜品烘焙、星座命理、心理咨询，何灿灿在两年内先后学了五项技能，考取了六个资格证书。另一半钱，她投资理财，买了股票基金。

在这座城市拥有一套拉开窗帘就能眺见海景的大平层，养一只拉布拉多犬，换一辆奔驰车，创办一个以自己名字命名的美妆品牌，再给何志刚准备好一百万的养老金——这是何灿灿给自己设定的三十岁前需要达成的人生目标。至于男人和爱情，那好比奶油蛋糕上的那颗樱桃，有了是点缀，没有也不重要。

自打何灿灿在窗边的吧台坐下，一双美腿自然垂落在高脚凳上，那来自四面八方、装作无意、实则偷瞄的男人目光就没消停过，有的男的还带着女伴，眼睛也不老实，时不时偷瞄她一眼。这场景何灿灿早已见怪不怪，她点了一杯苹果苏打，用修图软件修着刚在酒吧二楼露台拍的照片。那是日落时分，何灿灿逆光自拍，脸部轮廓凸显得异常完美。她选了其中六张发朋友圈，随图配了一句："好好做自己，即使没那么完美，又有什么关系？在夕阳下的海边与自己握手言和，是人生最好的治愈。"

店内 Wi-Fi 信号不是很好，照片一时上传不成功，趁这工夫，何灿灿给何志刚发了条语音消息：你什么情况啊？是你约的我八点见，这都八点二十了，你人呢？靠不靠谱啊？我十点还要赶回公司准备上播呢，再有十分钟你不来我可就走了啊。

何志刚几乎是秒回何灿灿：对不起啊宝贝，今儿天邪了门了，路上堵得死死的。你别急，还有一个路口我马上就到，我都看见你的车了。

何灿灿童年家境一般，她爸何志刚早些年开大货车跑长途，不到四十岁腰肌劳损，医生说不宜久坐，便托熟人找关系去了市里公职机关，成了一名小车司机，开车之外也给领导端茶倒水。何灿灿妈妈在她小学一年级时辞去县医院护士长一职，和别人合伙做中韩贸易生意，其实说白了，就是把老家这边的白菜、苹果等农副产品倒腾到韩国，再从首尔东大门淘一批当季衣服，拿到省城的地下服装商场去卖。

何灿灿跟着爷爷奶奶在镇上长大，小学四年级她刚转学到城里，新鲜劲儿还没过去，爸妈就办了离婚手续。按日后何志刚醉酒后的说法，何灿灿妈妈与她生意上的合作方久处生情，招呼也不打，火速离婚后，两人结伴去了韩国定居，很快组建了新的家庭。据在那边打工的同乡说，何灿灿妈妈生意一年比一年做得大，在济州岛开了间食品加工厂，还代理了某品牌四川火锅，在韩国五六个城市有七八家连锁店。何灿灿对她妈妈印象稀薄，自然也就没有多深的母女感情，这么多年，何灿灿总共也就见过那个女人六七面，要不是小时候定期能收到韩国寄来的零食、糖果，长大成人后，妈妈又托人送给她几套韩国本土的化妆品，她都差不多快忘了自己在海的对面还有个妈。

何灿灿由何志刚养到初中毕业，高中她选择了住校，每个月只有最后一周的星期六能和何志刚住一晚，斗斗嘴，吃他做的海鲜毛血旺、糖醋里脊，其余时间她和何志刚难得一见。等读了大学，虽然没有远走他乡，还在同一座城市，何灿灿差不多也就寒暑假能见何志刚一面了。除了半年前失恋，以及大三那年市电视台举办的选秀活动，何灿灿以一票之差屈居亚军，与两万块冠军大奖失之交臂，何灿灿大半夜主动去了何志刚住处，抱着他嚎啕大哭外，平日里父女俩更多靠微信联系。

何志刚跟个铁粉头子似的，会在何灿灿直播间炒气氛，刷礼物。何灿灿一更新朋友圈，何志刚更是第一时间给闺女评论点赞。何灿灿看到其他直播间卖的进口护肝片和腰部按摩椅，优惠券都等不及领，直接下单，快递给老何送去。多年父女成兄妹，何灿灿嘴硬得要死，一和何志刚见面就各种怼他，可她心里明白，何志刚是她活在这个世界上唯一的依靠，也是她玩命搞钱的动力所在。

那个出租车司机就是个新手，我都告诉他怎么抄近道走了，非不听，跟我呛，结果一下高架桥就堵得水泄不通。何志刚一屁股坐在何灿灿对座，整个人像从水中捞出来似的浑身是汗：宝儿，饿了吧？

还行，本来晚上我就不怎么吃东西。何灿灿咬着吸管玩着手机，头也不抬地说。

晚上可不能不吃东西，晚上营养最容易吸收了。你瞧你瘦的，细胳膊细腿的，想吃什么随便点，这顿你老爹我请客。说着，何志刚高声喊叫服务生，引得邻桌频频侧目。

何灿灿要了份水果沙拉，何志刚点了一份烤猪肋排，一个双层牛肉汉堡，外加一扎德式小麦啤酒。

你尿酸那么高还喝啤酒？身体不要了？何灿灿瞟了何志刚一眼，语气严厉。

我尿酸早降下来了，天天吃你给我买的进口药，要再降不下来，那我得找那药厂说道说道了。何志刚满脸堆笑，两礼拜前我单位刚组织做了体检，医生说我身体棒得跟二十岁的小伙子似的，我们一起打球的那老哥几个，篮下两米没一个人能扛得动我，真的。

何灿灿翻了翻白眼，一副爱搭不理的表情。何志刚赶忙对服务生说：啤酒要大杯，菜做得快一点儿，我宝贝闺女饿了。对了，我点的都别放香菜、洋葱，我闺女忌口。

什么事啊，还非得见面说，神神秘秘的。

没事，这不又快三个月没见到你，老爸想你了。

打住啊，别一上来就这么肉麻，有事说事，没事我可就走了啊。何灿灿用叉子拨着盘中的沙拉，我今晚可有两场直播呢，有话快说，别耽误我赚钱日后孝敬你。

真没什么大事，何志刚喝了一口啤酒，顿了下，提高嗓门说：哎，对了，来之前我去了趟你那里，我给你买了些你爱吃的柑橘、哈密瓜、大樱桃，新鲜着呢，都给你搁冰箱了，顺便把你的床单被罩、枕巾沙发套什么的都洗了换新的了，卫生间的地漏也修好了，你以后洗澡得注意头发，头发积得多了，下水道就容易堵，另外啊……

你这个人怎么这么烦人啊，我给你说过多少回了，我不在家时你别去我那，堵了我愿意，谁让你给我通了。钢叉摔在陶瓷盘上，何灿灿脸上写满了不爽。

你看你这孩子，都大姑娘，当老总了，怎么还是这急脾气。我这不担心你一个人住，平常你又忙东忙西的，顾不过来，我这当爹的不得搭把手，做点力所能及的？你要身边有个人能照顾你，像之前那个东北小伙子，我还能少操点心，这不你现在又……

少给我提那个渣男。何灿灿怒目圆睁，她伸手拿起何志刚还没来得及喝的啤酒，仰头灌了一大口。

我再要一杯？

何灿灿摆了摆手，我噎着了，喝你一口，我直播不能喝酒。你也不许再喝了。

是，你胃不好，别喝酒。我也就这一杯，不喝了。何志刚余光偷偷观察着何灿灿的神情，小心翼翼说道。

有那么几分钟，何灿灿不停地接打电话，回复信息。她对面的何志刚一口猪排一口酒，像在参加大胃王比赛一样风卷残云。

我还有事，真的走了，你要不想说，微信给我留言吧。何灿灿气消了一半，包里掏出口红，对镜补妆。

这个你拿上。何志刚用纸巾抹嘴，变魔术般掏出一个牛皮纸袋放在桌子上，化妆品，抹脸的，说是什么蓝海谜语，瓶瓶罐罐的全是洋文，我也看不明白。

什么蓝海谜语，LA MER海蓝之谜。何灿灿用手指拨了下纸袋，朝里面看了一眼说，她送我的？

她高中都没读完，哪懂这高级货。话说回来，你妈得有快一年没和咱爷俩联系了吧？她还不知道和那个谁在哪儿吃香喝辣呢。何志刚声调扬了上去，很快又弱了下来，那什么，这不是你张姨，上个月去新加坡、马来西亚玩了一圈，她说看你直播太辛苦了，她睡觉前看你在播，睡醒一觉了你还在那蹦跶，心疼你，就让我把这兜东西带给你，说熬夜用，对皮肤好。何志刚越说声音越低沉，他摆弄着纸袋，不时偷看何灿灿的反应。

我就知道你来没好事，何灿灿冷笑，你想告诉我什么事你说吧，邀请我参加你俩的婚礼吗？

倒也没那么快。何志刚停顿了下，还是说道：灿灿，你看我和你妈离婚也有十七八年了，我这转眼也就六十岁，该退休了。你这孩子，从小就独立，有自个的主意，我呢，也就周末打打球、喝点儿小酒时能和我那帮老哥几个说说话，聊聊天。酒局一散，不管多晚，人家一回家，哪怕和媳妇拌个嘴，吵两句，起码屋内有个动静。而我呢，这么些年，尤其是你搬出去住以后，我都是自己做饭自己吃，天一黑，说不孤单那是假话。别的不说了，就说我这上了年纪，手脚是真不如从前利索，越来越笨，有时候我想剪个脚指甲，腰都弯不下来，够不着自个儿的脚。

这好办，你别管了，我明天就给你在洗脚城办张年卡，你想什么时候去剪就什么时候去剪，你就算带你篮球队那帮哥们儿都去，我也请得起。

宝贝儿，这不是按脚的事。何志刚有点儿着急，怎么就不明白呢，我的意思是说，哎，怎么说呢。你张姨呢，你也见过，人没得挑，精干、漂亮，对我也不赖，我身上穿的、平日里用的，除了你买给我，就只有你张姨了。关键是人小我九岁，还是正儿八经的大学毕业生，艰苦奋斗了二十年，在咱这城里开了四五家海鲜大酒楼，管着二三百号人，是成功女性。她能看得上我，愿意和我在一起，你说你老爹我，何德何能？我要是不答应人家，是不是有点给脸不要脸了？

是啊，我也纳闷，特想知道，人家一霸道女总裁，要钱有钱，还比你年轻，看上你什么了？就网上说的，看上你年纪大、不洗澡、腰不好、有低保？

话也不是这么说啊，年轻时你爹我也很帅的，当年我们同车队的都说我长得像那个唱《一场游戏一场梦》的歌手王杰。现在你爸也不差啊，我要不说，别人都猜我顶多四十五六岁。

何灿灿收拾着随身包说：老何，我真没空听你瞎贫嘴了，我要回去开播了。你有话就直说，兜兜转转一大圈，有劲儿没劲儿啊？

也没什么大事，就是你张阿姨这不又在东城新开了一家海鲜酒楼，看你这周末有没有空，她想正式请你吃顿饭，和你认识下。还说想找你代言，拍拍视频啥的，向年轻人宣传宣传她们饭店。何志刚故作停顿，看何灿灿没有接话，他喝了口酒，继续说：到时候你张姨会把她和她前夫的儿子也叫上，那小伙子也很优秀，自个开了个公司，在网络上卖东西。你们年轻人彼此认识下，聊一聊，都在创业阶段，没准相互之间能有个照应。

何灿灿死死地盯着何志刚，脸上仅有的那一点儿笑容此刻也收了回去。

你别这么看着我啊，我瘆得慌。那什么，咱不去了，我一会儿就给你张姨说，你最近特别忙，等忙过这阵子，回头再说吧。

看着何志刚手足无措的样子，何灿灿硬是憋着没有笑出声来。她掏出车钥匙，戴上墨镜和口罩，气场十足，如同担心被狗仔队偷拍的女明星。饭店定位你发给我，周末几点？别太早，我可起不来。

听何灿灿这么一说，何志刚瞬间乐坏了，他赶忙回应道：你好好睡觉，周末我开车去接你，起得早咱吃午饭，起晚了咱吃晚饭，你张姨饭店的生蚝都是野生的，每一个都比这盘子还要大，真的，我一点儿都不夸张。到时候生蚝管够，你可劲儿造，你从小就爱吃生蚝。那时候我跑长途回来，第一件事就是去海鲜市场买生蚝回家清蒸了给你吃。

何灿灿做了个打住的手势，她起身经过何志刚身旁，从包里掏出一个长方形盒子放在他面前桌子上。

还给我准备礼物了？何志刚喜出望外，什么啊这是？

你打开看不就知道了。

何志刚应声开了盒子，一双黑色羊皮手套映入眼帘。

快把你那双破涤纶手套扔了吧，你都戴了多少年了，瞅着都要包浆了。何灿灿故作厌恶状说。

真好看，上手也暖和，舒服，明天我上早班出车就换上。要不说还得生闺女，小棉袄，会疼人。何志刚像个讨大人欢心的孩子般，抬起脖子，冲着身旁的何灿灿，笑得幸福洋溢。

吧台内

星期三晚上九点半，店内楼上楼下坐了七八桌，营业额将近五千块钱。今天卖得还行，高飞蹲在地上给女儿养的小猫喂食，心中暗想稍晚点儿不太忙了，约上骑友群里那几个不到后半夜不睡觉的夜猫子，去邻街的锦州烤要一把羊肉串，再来俩大腰子，犒劳下这会咕咕直叫的胃，顺便把自己四十四岁的生日过了。

五年前，高飞结束了长达二十年的北漂生活，回到了他出生的这座北方海边小城。高飞用他全部的积蓄，以及额外借哥们儿的几万块钱，开了这家名叫"失眠便利店"的精酿啤酒馆。早年间还在北京的时候，有次演出结束，几个外国歌迷领着他去了一家英国人开在胡同深处的精酿酒馆，高飞一喝就爱上那富有浓郁麦芽香气的手工啤酒，从此喜欢上精酿文化，一发不可收拾。

高飞托朋友找到一位曾在比利时精酿啤酒大赛获过金奖的酿酒师，跟着他学习酿造各种风味的啤酒，短短两年，高飞就成为京城摇滚圈中贝斯弹得最好的酿酒师。他自酿的每一款酒都以一首经典的摇滚歌曲命名，后口偏苦的印度淡色艾儿啤酒取名为"无地自容"，入喉酸甜的古斯啤酒名为"西湖"，酒精度较高的浑浊IPA则是"一无所有"。

说来有趣，高飞玩了小半辈子摇滚乐，从没获过什么奖，半路出家酿酒，国内但凡知名点的精酿大赛，高飞都挂上了名，一度拿奖拿到手软。有人出钱想与他合作，建厂量产他所酿的各式各样啤酒，抢占精酿啤酒这一细分领域的蓝海市场，高飞笑着婉拒了，他说他不想将他这为数不多的业余爱好搞得太过庸俗化，小打小闹，图一乐呵也挺好。

失眠便利店开在离大海最近的一条商业街的拐角，天气好时，在顶层的露台上能俯瞰蔚蓝海面，不时会有三三两两的海鸥从上空飞过。之所以取这么个店名，一是店内不仅有高飞自酿的酒，还有装满了七八个酒柜，来自世界各地，风格迥异的罐装啤酒。客人们可以像在便利商超一样，想喝什么，酒柜自取吧台结账。再就是高飞想让这个城市里和他相仿的入睡困难户，以及或心累，或心醉，一时不愿回家的都市夜归人，天黑后能有个去处，栖息灵魂，短暂停留。

从什么时候起，失眠便利店成为了小城网红店？高飞自个也说不清楚。他只知道本地乃至省外十好几个知名探店博主都来店里拍过抖音。有个两百万粉丝的美食大V，在其个人的自媒体账号上说，"失眠便利店的主理人是个外形粗犷，内心柔软的摇滚大叔，在这里你能品尝到好喝得令你忍不住爆粗口的啤酒，还能欣赏到绝美的海景，吹到最温柔的晚风。"每一天都会有客人慕名来店内打卡拍照，尤其是到了落日黄昏，成群结队的女孩子们会把本就不宽阔的顶楼挤得如同巴黎时装周的舞台，她们化着精美妆容，穿着夺人眼球的服饰，摆着或甜美可爱或性感撩人的姿势，拍摄着如同时尚杂志封面般的照片，再经修图软件加工，上传至抖音号和朋友圈，获取那能满足片刻虚荣感的"红心点赞"。

和琳琅满目的啤酒相比，失眠便利店提供的吃食有限，多是薯条、凯撒沙拉、香酥鸡米花等西式简餐。通常来酒馆的客人，要么是来前吃过东西，要么是离开后会找个地方吃点夜宵，在这里更多是坐下来喝一杯，聊聊天，吃什么并不重要。小酒馆全年无休，每个周末的晚上九点到十点半，会有乐队演出。高飞有时候技痒了，一时兴起会上台客串一把，过过琴瘾。现今除了每个月酿新酒的那几天，高飞很少来店里。高飞找来远方亲戚家的男孩教他酿酒，同时雇了两个有眼力、手脚麻利的小姑娘照顾店内生意。

除了失眠便利店，高飞还有一家摩托车配件修理厂，每个月他也会去老友开的琴行代几节课，教新一茬喜欢摇滚乐的小孩们基本的指法，爬爬格子。过了四十岁，高飞不再追求所谓的人生意义，世俗定义的焦虑感在他身上更是不存在。舒坦、简单、观自在，高飞把这七个字文在小臂内侧，当然，要是生活能时不时赐予礼物，有小的惊喜发生，那就最好不过了。平日里高飞像是退了休的老干部，去海滨公园遛遛弯，泡泡温泉，洗洗海澡。天气好时，约上几个志同道合的朋友，在环海山路上赛一圈摩托车，出出汗，或是坐船出海钓鱼，天黑了找个农家院子，杀鸡蒸鱼，喝上二两烧酒，一天接着一天，春来秋往，不亦快哉。

中专没读完，高飞兜里揣着三百块钱，背着那把破吉他，坐了十几个小时的绿皮火车去了北京。离开北京时高飞还有仨月满四十岁，在北京的那小二十年，高飞落魄过，也辉煌过。一度离成功很近，高处跌落时又输得一塌糊涂。他穷得住过地下室，也数次喝多了在酒吧一掷千金。他爱过一个姑娘，也被那个姑娘伤透了心。他结过婚，也离过婚，父母两年内相继去世，却迎来了天使般可爱的闺女。当初同一个乐队的老哥几个，鼓手两年前心肌梗死不在了；主唱患上了抑郁症；键盘手和一名越南女歌迷结了婚，跟着女方去了胡志明市，成为当地一所知名中学的音乐老师；只有年龄最小的吉他手还留在北京，去年还和其他人组队上了一档乐队选秀综艺节目，替他们哥几个坚持着最初的摇滚乐梦想。

有时喝了点酒，高飞会一时恍惚，北漂组乐队、玩摇滚乐，遥远得仿佛像是上辈子的事。他曾经顶着国内第一贝斯手的名号，在京城乃至国内摇滚圈中无人不知，无人不晓。有那么几年，他同时客串四个乐队的贝斯手，经常上午和一帮人排练，下午进棚录制另一个乐队的新专辑。他一手创办的乐队，那几年国内但凡能叫得上名的摇滚音乐节，都会邀请他们作为压轴嘉宾表演。只要高飞的琴声一响起，必定引爆舞台下万千年轻人，叫好声、欢呼声、呐喊声，以及哭泣声，在密集的鼓点之下，此起彼伏，山呼海啸。高飞的乐队曾是一代人的精神寄托，他们发行的那三张专辑，四十多首歌，不知抚慰了多少不甘平庸，渴望自由的灵魂。然而这一切对高飞来说已经不重要了，回到家乡小城，渐渐开始衰老的他也不会再引起谁的注意。现在的高飞和昔日的摇滚巨星毫不沾边，一眼看上去，只不过是有点儿酷有点儿啤酒肚的中年邻家大叔，仅此而已。

除了到日子就会坐在七号桌的老邱，今晚店内熟客不多。十一号桌的那对男女，穿着打扮像是精英，眉目之间的暧昧之情，隔着十几米远都清晰可见。五号桌的男孩像是做错了什么事情，手足无措了整晚，满头大汗。二号桌的那个女孩好看极了，要脸蛋有脸蛋，要身材有身材，浑身上下散发着不与命运妥协的气质，不知道她又会成为谁的刻骨铭心。高飞打了个哈欠，看了眼手表。换了首较轻快的爵士乐，他打算抽完手中这根烟就先行离开。

有人推门而入，高飞循声望去，他九岁的女儿牵着萌萌老师的手，两个人迈着欢快的步伐，朝他走了过来。

萌萌是高飞摩托车队副队长最小的妹妹，也是他女儿的小学语文老师。说是老师，萌萌研究生毕业也没两年，在高飞眼中她还是个活泼可爱的小丫头。萌萌爱慕高飞这事儿，高飞心知肚明，但他绝口不提。毕竟按年龄，早些年高飞要是一时没把持住，犯了错误，和初恋女友生个女儿，现今也就萌萌这么大了。萌萌不止一次主动向高飞表达爱意，高飞装傻充愣，实在掩饰不过去，干脆对萌萌说，要不让你哥委屈一下，我认你做干闺女。高飞这话非但没惹萌萌生气，反而爱他爱得更加死心塌地，这让高飞摇头苦笑，好生郁闷。

电影好看吗？高飞抱女儿入怀，宠溺地亲吻着她的额头。

好看，我喜欢易烊千玺哥哥，他好帅的。

那小子帅还是你老爸帅？高飞逗着女儿，用胡子扎她的小脸。女儿并没搭理他，边笑着躲闪边说，老爸，你把你手机给我。

你要干什么？

你给我用下，我保证不玩游戏。

高飞掏出手机给女儿，一旁的萌萌见状解释，她刚看电影学了一招。

什么？

你别急，看看不就知道了。萌萌冲高飞调皮地笑了笑。

女儿打开街景地图APP，在搜索栏熟练地输入了失眠便利店。

爸爸，这是你的酒馆，对不对？看着很大吧？女儿用拇指和食指划拨着手机屏幕，你看，这下它只不过是这条街道上的一个小房子。你再看，女儿继续放大地图，现在它成了城市中的一颗五角星。那么，如果你不断将地图放大，放大，再放大，喏，你看，这样它就成为地球上的一个小小的蓝色光点，是不是很有趣？

说着，女儿仰起脖子，一脸得意，等待着高飞的赞许。

附录：彩蛋

老邱写给小艾的信

亲爱的小艾：

今天又到了每个月我给你写信的日子，你应该是有感知，否则昨晚你怎么会准时在我的梦中出现？我梦见一池碧绿湖水，很强的日光下，你穿着我第一次遇见你时的那身衣裳，在远处的柳树下冲我笑。我朝你站的方向拼命跑去，边跑边呼唤你的名字，明明很近的距离，可我怎么跑都跑不到你的身边，我眼睁睁看着你融入一束强光中，消失不见，我哭着醒了过来，今天是我失去你的第1314天。

写上一封信给你时还是夏末，一转眼，秋风一起，枫叶、梧桐、银杏叶随风落满地，这座城市蔚蓝金黄。我还记得我和你初次来到这里，就是此时这个季节，我们安顿好我们的小家，夕阳下，我牵着你的手走在沙滩上。虽说那不是你第一次见到大海，可你兴奋依然，你不时弯下腰捡着各式各样的贝壳，开心地显摆给我看。你的长发随晚风飘动，我抓拍了多张你赶海的模样，那也是时至今日，我记忆中最美好的画面。

刚刚过去的这个月，没有大的惊喜和你分享，倒有这么几件新鲜事，我说给你听：安德鲁又生宝宝了，这一窝五只，三只小公狗，两只小母狗。小狗的爸爸是谁，和上次一样，不得而知。不过这五只小狗比它们的哥哥姐姐要漂亮许多，毛发金黄，眼珠巧克力色。我一个人养不过来，四只送了人，留下最小的那只，喂它喝牛奶时我总会想，若你能看到该会多么开心。我知道，你喜欢小狗，安德鲁刚到咱们家，每回你给它洗澡，在公园遛它玩的那些画面，对我来说，如神赐予的礼物一样弥足珍贵。

上个月的信里我给你说了，你的弟弟，也就是我的小舅子，考上了南方一所大学，学的是生物工程。他开学那天，你妈妈因腿疼（现在已好了许多）没去，我和你爸爸送的他。在校门口，我给他和你父亲拍了张照片，照片上的他俨然已是大小伙子了，不再是你印象中那个总惹你生气，和你顶嘴的大男孩。如果你能见到弟弟，你也许会一眼认不出来，也会因他长大成人的欣慰喜极而泣，毕竟你泪点低，稍微一点人世间的美好，都会惹你掉眼泪。

至于我，还是老样子，短短一个月，没有太明显的变化，就是头发长了些，瘦了四斤，对你的思念又添厚了几分。一个人独居，日复一日，波澜不惊，人生对我来说没有太大的意义，更没有期盼，我又缺乏了解生命的勇气。我好比汪洋中随浪浮沉的一只小船，晃晃悠悠，靠不上岸。不过，你大可放心，我并没有因此沉沦下去。我知道，你不想也不愿看到我和你相遇时那般颓废不堪的死样子，是你拯救了我，重新赋予我对生活的热情，我不能也不会因你的离去再次坠落下去，那样你会难过。

我每天跑五公里，每周节食一天。听你的话，我尽量不点外卖，自己做饭吃（我厨艺有所长进，上周烧的排骨很成功，不淡不咸），酒不喝了，烟抽得少了，就是咖啡一时难以戒掉。你留下的盆栽都按季开花，枝繁叶茂。小说我还在写，新写的这篇题目暂定为《总有人在路口先走》，等再过几日，写定修改好，我会去你墓前，读给你听。你曾不止一次对我说，你喜欢读我写的东西，你的这句话会温暖着我翻山越岭地写下去，直到我才思枯竭，写不动为止。

对了，差点儿忘记，你应该还记得之前你甜品店里那个瘦瘦高高、一笑有两个小酒窝的女店员吧？两周前她结婚了，男方是她老乡，一个看上去本分憨厚的小伙子。在她的婚宴上，我忽然想起，咱们俩交换定情戒指那一刻，我掏出一张彩票递给你，你满脸诧异，接着用手捂住嘴大笑不止。我对你说，这张彩票今晚开奖，若是中了头奖，保你我这辈子衣食无忧。若是没中大奖，也没什么好遗憾的，那就证明我老邱能娶到你艾静静，花光了我这辈子所有的运气。

小艾，我记得，那天当着你的至亲好友，你引用了一位英国女作家的话回答我。你说，我是个悲观的现实主义者，我总觉得爱不会一成不变，彼时说爱你的那个人，此刻哪怕爱着，以后的日子也很难说。爱在流动，永恒地流动，一天之间，一月之内，尚有无数新鲜事物奔涌至身前，更不论潜在的暗流激涌、世俗困扰。所以，亲爱的邱先生，如果你说你爱我，我会微笑安静聆听，深信不疑。如果你说你一生爱我，我期待你我弥留之际，执手紧握，你能轻声与我耳语。

深深爱你！

你的老邱
10月7日于失眠便利店